A Mulher do Piloto

Da Autora:

O Peso da Água

ANITA SHREVE

A Mulher do Piloto

Romance

Tradução
Fausto Wolff

BERTRAND BRASIL

Copyright © 1998 *by* Anita Shreve

Título original: *The Pilot's Wife*

Capa: Simone Villas-Boas
Foto de capa: Candace Gottschalk/GETTY Images

Editoração: DFL

2008
Impresso no Brasil
Printed in Brazil

Cip-Brasil. Catalogação na fonte
Sindicato Nacional dos Editores de Livros. RJ

S564m Shreve, Anita, 1946-
A mulher do piloto: romance/Anita Shreve; tradução Fausto Wolff.
— Rio de Janeiro: Bertrand Brasil, 2008.
320p.

Tradução de: The pilot's wife
ISBN 978-85-286-0920-2

1. Acidentes aéreos — Ficção. 2. Viúvas — Ficção. 3. Ficção americana. I. Wolff, Fausto, 1940-. II. Título.

08-0788

CDD — 813
CDU — 821.111 (73)-3

Todos os direitos reservados pela:
EDITORA BERTRAND BRASIL LTDA.
Rua Argentina, 171 — 1º andar — São Cristóvão
20921-380 — Rio de Janeiro — RJ
Tel.: (0xx21) 2585-2070 — Fax: (0xx21) 2585-2087

Não é permitida a reprodução total ou parcial desta obra, por quaisquer meios, sem a prévia autorização por escrito da Editora.

Atendemos pelo Reembolso Postal.

Para Christopher

AGRADECIMENTOS

Esta é uma história ficcional sobre uma mulher cujo marido morre em um acidente de avião. Os personagens não foram extraídos da vida real e nem se parecem com qualquer pessoa que eu conheça ou de quem tenha ouvido falar.

Gostaria de agradecer às seguintes pessoas da Little, Brown and Company: meu editor, Michael Pietsch, por sua visão aguçada, seu amor pelo ofício e sua discreta sabedoria; meu assessor de imprensa, Jen Marshall, pela facilidade com que consegue resolver qualquer problema que surja no caminho; e a Betsy Uhrig, pelo cuidado e clareza com que realizou a edição do livro.

Gostaria ainda de agradecer à minha filha, Katherine Clemans, por ter me ajudado a construir a personalidade de Mattie; a Alan Samson da Little, Brown and Company, no Reino Unido, pela leitura do manuscrito e pelo constante apoio; a Gary DeLong por ter dividido comigo os detalhes sobre a dura realidade de um processo angustiante.

Agradeço a John Osborn, o primeiro a ler todos os meus manuscritos e que gentilmente me aponta a direção certa.

Finalmente, embora não menos importante — na verdade, ela é a mola mestra de todos os meus livros —, agradeço à minha agente e amiga, Ginger Barber, por seu excelente espírito crítico e decidida gentileza.

um

Ouviu uma batida e em seguida o latido de um cão. O sonho que sonhava a abandonou, esgueirando-se para além da porta fechada. Fora um bom sonho, envolvente e íntimo. Ela ficou triste e lutou para não despertar por completo. O pequeno quarto estava às escuras e ainda não havia luz alguma por trás das sombras. Desajeitada, tentou alcançar o abajur. Pensava: o que será? O que será?

O quarto iluminado a alarmou. Havia alguma coisa errada, como uma sala de emergências à meia-noite. Pensou em rápida sucessão: Mattie, Jack. Então, os vizinhos. Então, acidente de carro. Mas Mattie estava deitada em sua cama, não estava? Ela mesma a vira descer para o *hall*, entrar no quarto e bater a porta. A batida fora forte o bastante para marcar uma posição, mas não para provocar uma reprimenda. E Jack? Onde estava Jack? Massageou as têmporas, levantando os cabelos que o sono havia colado à sua nuca. Jack estava – onde? Tentou lembrar-se dos horários. Londres. Deveria estar em casa por volta da hora do almoço. Ou ela entendera mal e ele esquecera as chaves outra vez?

Sentou-se na cama e tocou com os pés o assoalho gelado. Jamais entendera por que a madeira de casas antigas perde completamente o calor durante o inverno. As calças do seu pijama negro haviam subido até os joelhos. As mangas da camisa branca e velha de Jack que vestira haviam se desenrolado e agora os punhos cobriam as pontas de seus dedos. Não ouvia mais as batidas e por alguns segundos pensou que imaginara tudo. Talvez tivesse sonhado um desses sonhos em que se acorda para estar dentro de outro sonho. Pegou o pequeno relógio na mesa-de-cabeceira: 3h24min. Bateu o despertador com tanta força contra o tampo de mármore que uma das pilhas caiu no chão e rolou para baixo da cama.

Mas Jack estava em Londres – ela disse novamente para si mesma – e Mattie estava na cama.

Ouviu uma batida e mais três, breves e secas, contra o vidro. Uma compressão em seu peito desceu até o estômago e lá ficou. Ao longe, o cachorro recomeçou a latir.

Deu alguns passos cuidadosos como se qualquer movimento mais apressado pudesse desencadear algo que ainda não havia começado. Destrancou a porta com um leve clique e desceu pelas escadas dos fundos. Pensou em não fazer barulho, pois sua filha dormia no andar superior.

Atravessou a cozinha e tentou ver pela janela sobre a pia a entrada de automóveis. Pôde apenas vislumbrar a forma de um carro escuro. Dirigiu-se ao estreito corredor, cujos azulejos eram ainda mais frios do que o assoalho do seu quarto e gelavam as solas dos seus pés. Acendeu a luz e viu um homem pela pequena abertura da porta.

Ele tentou não parecer surpreendido pela luz que o envolvera subitamente. Devagar, virou o rosto para um lado, como se considerasse descortês olhar diretamente para a pequena abertura da porta; como se tivesse todo o tempo do mundo; como se não fossem 3h24min da madrugada. A luz aumentava sua palidez. Tinha sobrancelhas bem arqueadas e profundas olheiras, cabelos cor de serragem, bem aparados e escovados para trás, nos lados. Levantara a gola do sobretudo e o frio o obrigara a inclinar os ombros. De repente, começou a mover os pés sobre o degrau da porta sem, entretanto, sair do lugar. Ela o analisou. O rosto comprido, levemente triste; boas roupas, e uma boca interessante, o lábio inferior ligeiramente curvo e mais cheio que o superior. Nada de perigoso. Ao virar a maçaneta, pensou: não é um ladrão, nem um louco. Definitivamente, não é um tarado. Abriu a porta.

— Senhora Lyons? — ele perguntou.

E então ela compreendeu tudo.

Fora o modo como ele dissera seu nome; o fato de saber seu nome. Eram seus olhos; o piscar cauteloso. O modo rápido de tomar fôlego.

Ela afastou-se dele e, sem querer, inclinou-se para a frente. Levou a mão ao estômago.

O homem atravessou o umbral e tocou gentilmente nas suas costas.

Seu toque fez com que ela hesitasse. Tentou retomar a posição anterior, mas não conseguiu.

— Quando? — ela perguntou.

Ele deu um passo para dentro da casa e fechou a porta.

— Hoje de manhã mais cedo.

— Onde?

— A uns vinte quilômetros da costa da Irlanda.

— No mar?

— Não. No ar.

— Oh! — Ela levou a mão à boca.
— É quase certo que foi uma explosão — disse rapidamente
— Tem certeza de que foi Jack?
Ele olhou para o lado e depois para ela:
— Tenho.
Amparou-a pelos cotovelos enquanto ela caía. Ela sentiu-se momentaneamente envergonhada, mas não havia nada que pudesse fazer. Não sabia que o corpo pudesse abandoná-la desse jeito. Simplesmente, suas pernas não conseguiam suportá-la. Ele continuou a ampará-la pelos cotovelos, mas ela queria soltar os braços. Gentilmente, o homem a amparou até o chão.

Ela inclinou o rosto sobre os joelhos e cruzou as mãos atrás da nuca. Dentro de si havia um som distante, não conseguia entender o que o homem estava lhe dizendo. Conscientemente, tentou respirar, encher os pulmões de ar. Levantou a cabeça e tomou fôlego. De muito longe, ouviu um som estranho, sufocado. Não era exatamente choro, pois sua face estava seca. Por trás dela, o homem tentava levantá-la.

— Deixe que eu a leve até a cadeira — disse.

Balançou a cabeça. Queria que ele lhe deixasse se abandonar. Queria entrar num buraco no chão.

Desajeitadamente, ele pôs seus braços debaixo dos da mulher. Ela permitiu que a levantasse.

— Acho que vou vom... — disse.

Rapidamente, afastou-o com as mãos e recostou-se contra a parede para não cair. Tossiu, mas não tinha nada no estômago. Quando olhou para cima, notou que o homem estava apreensivo. Ele a ajudou a ir até a cozinha.

— Sente-se nesta cadeira — disse. — Onde fica o interruptor?

— Ali no canto.

Sua voz estava rouca e dava sinais de abatimento. Deu-se conta de que tremia.

Ele acendeu a luz da cozinha. A mulher pôs a mão em frente ao rosto para evitar a luz. Instintivamente. Não queria ser vista.

— Onde a senhora guarda os copos? — perguntou.

Ela apontou para um armário. O homem lhe passou um copo d'água, mas ela não conseguia segurá-lo com firmeza. Ele a ajudou enquanto a mulher tomava um gole.

— A senhora está em estado de choque. Onde guarda os cobertores?

— O senhor é da companhia aérea? — perguntou.

— Não. Do sindicato.

Ela anuiu com a cabeça tentando dar sentido ao que o homem acabara de dizer.

— Meu nome é Robert Hart.

Ela anuiu novamente e tomou outro gole de água. Sua garganta estava seca e dolorida.

— Estou aqui para ajudar — disse. — Sei que será muito difícil para a senhora. Sua filha está em casa?

— O senhor sabe que tenho uma filha? — perguntou rapidamente.

Então pensou: é claro que ele sabe.

— A senhora preferiria que eu informasse à sua filha? — perguntou.

Kathryn meneou a cabeça.

— Sempre dizem que o pessoal do sindicato é o primeiro a chegar... Quer dizer, as esposas dizem isso. O senhor quer que eu a acorde agora?

Robert deu uma rápida olhada no relógio. Depois olhou para Kathryn, como se estivesse pensando no tempo que ainda tinham.

— Em alguns minutos — disse o homem. — Quando a senhora se sentir preparada. Não tenha pressa.

O telefone tocou — um som áspero e estridente no silêncio da cozinha. Robert Hart atendeu imediatamente.

— Sem comentários — ele disse.

"Sem comentários.

"Sem comentários.

"Sem comentários."

Kathryn o observou recolocar o telefone no gancho e massagear a testa com as pontas dos dedos. Tinha dedos grossos e mãos largas; pareciam grandes demais para o seu corpo.

Ela olhou para a camisa do homem. Branca, tipo Oxford, com listras cinzentas, mas tudo o que podia ver era um falso avião num falso céu, explodindo na amplidão.

Ela queria que o homem do sindicato se voltasse e dissesse que tudo não passava de um engano, confundiu o avião, confundiu a esposa. As coisas não tinham acontecido do modo que ele dissera. Kathryn quase podia sentir a felicidade que a invadiria.

— Há alguém que a senhora quer que eu chame? — perguntou. — Alguém para lhe fazer companhia?

— Não — ela disse. Fez uma pausa. — Não.

Balançou a cabeça. Ainda não estava preparada. Baixou os olhos e os fixou no armário debaixo da pia. O que havia dentro? Detergentes. A graxa preta dos sapatos de Jack. Mordeu a parte interna das bochechas e olhou em volta. A mesa de pinho rachada, a lareira manchada por trás dela, o armário verde-claro. Seu marido engraxara os sapatos nesta cozinha dois dias antes, o pé apoiado numa gaveta que havia aberto. Geralmente, era a última coisa que fazia antes de sair para o trabalho. Ela ficava sentada observando-o, o que acabou se tornando um ritual nas suas partidas.

Era sempre duro vê-lo partir. Não importa quanto trabalho ela tivesse para fazer; não importa o tempo que tivesse para se ocupar consigo mesma. Não que sentisse medo. Não era do seu feitio. Mais seguro do que dirigir um carro, Jack sempre lhe dissera. Sua autoconfiança era absolutamente natural; como se nem valesse a pena conversar sobre sua segurança. Não, não era exatamente segurança. Era o ato de Jack ir embora, de sair de casa, que sempre fora difícil aceitar. Às vezes, ao observá-lo passar pelo umbral da porta com sua maleta grossa e quadrada na mão direita e a bolsa com as roupas na outra, o quepe do seu uniforme debaixo do braço, tinha a sensação profunda de que estava se separando dela. E, é claro, ele estava. Jack a estava deixando para decolar um avião de 170 toneladas e pilotá-lo por sobre o oceano para Amsterdã ou Nairóbi. Não era, particularmente, um sentimento muito difícil de superar. Passaria depois de alguns minutos. Outras vezes, acostumava-se tanto com sua ausência que se arrepiava ao notar a mudança da rotina ocasionada por suas voltas. E então, três ou quatro dias depois, o ciclo recomeçava.

Não acreditava que Jack sentia sua falta como ela sentia a dele. Partir, afinal de contas, não era a mesma coisa que ser deixada.

"Eu não passo de um motorista de ônibus de luxo", costumava dizer.

"E o luxo nem é tão grande assim", acrescentava.

Costumava dizer. Ela tentou forçar o pensamento. Tentou entender que Jack não existia mais. Mas tudo que conseguia ver eram lufadas de fumaça de revistas em quadrinhos e linhas em todas as direções. Deixou que a imagem desaparecesse tão rapidamente como havia surgido.

— Senhora Lyons, tem algum aparelho de televisão, num outro cômodo, em que eu pudesse dar uma olhada? — perguntou Robert Hart.

— Na sala da frente — disse, apontando.

— Só preciso saber o que eles estão noticiando agora.

— Está bem — ela disse. — Estou bem.

Ele pareceu relutar em deixá-la sozinha. Kathryn viu quando o homem se afastou. Fechou os olhos e pensou: não posso dar a notícia a Mattie, de jeito nenhum.

Já imaginava a cena. Ela abriria o quarto e veria os pôsteres de cantores e de esquiadores nas altas montanhas do Colorado. Roupas espalhadas pelo chão. O equipamento esportivo de Mattie encostado num canto — seus esquis e bastões, seus tacos de hóquei. O quadro de avisos coberto com desenhos e fotos de amigos: Taylor, Alissa, Kara, garotas de quinze anos com rabos-de-cavalo e longas franjas caídas na testa. A menina estaria encolhida debaixo do seu edredom e fingiria não ouvi-la até que Kathryn a chamasse pela terceira vez. Então Mattie alçaria o corpo de repente, a princípio irritada, pensando que já era hora de ir para a escola e se perguntando por que sua mãe entrara no quarto. O cabelo de Mattie, de um ruivo cor de areia com mechas metálicas, estaria jogado sobre os ombros e sobre uma camiseta roxa onde estava estampado "Ely Lacrosse" em letras brancas sobre seus pequenos seios adolescentes. Ela se apoiaria com as mãos no colchão.

— O que é, mãe?

Desse modo.

— O que é, mãe?

E outra vez, agora em voz mais alta e aguda:

— Mãe, o que é?

E Kathryn teria de se ajoelhar ao lado da cama da filha; teria de dizer-lhe o que acontecera.

— Não, mãe! — Mattie gritaria, chorando. — Não, mãe!

Quando Kathryn abriu os olhos, ouviu o ruído da televisão.

Levantou-se da cadeira da cozinha e se dirigiu à sala da frente, que possuía janelas que iam do chão ao teto e davam para o gramado e água. Havia uma árvore de Natal num canto que a fez parar na soleira. Robert Hart estava inclinado para frente num sofá e um homem muito idoso dava uma entrevista na TV. Ela perdera o começo da reportagem. Era a CNN ou, talvez, a CBS. Robert voltou os olhos rapidamente para ela.

— A senhora tem certeza de que quer ver isso? — ele perguntou.

— Por favor — disse. — Prefiro ver.

Entrou na sala e aproximou-se do aparelho.

Chovia onde o homem estava sendo entrevistado. Mais tarde, na parte inferior do vídeo, apareceu o nome do local. Malin Head, Irlanda. Imaginou um mapa, mas não soube localizar o lugar. Não sabia nem ao menos em qual das duas Irlandas ficava. Gotas de chuva desciam pela face do velho, que tinha longas bolsas brancas sob os olhos. A câmera mudou o ângulo e mostrou uma vila cercada pelo verde e prédios com antigas fachadas brancas. No centro da fila de habitações, havia um hotel que passava uma impressão de tristeza. Ela pôde ler o nome ao longo da marquise: Malin Hotel. Havia homens em volta da entrada com xícaras de chá e café nas mãos. Olhavam meio sem graça para as equipes de TV. A câmera voltou-se para o velho e deu um *close* em seu rosto. Ele parecia chocado e sua boca estava meio aberta como se tivesse dificuldade para respirar. Ao vê-lo na televisão, Kathryn pensou: devo estar parecida com ele. Face cinzenta. Os olhos esbugalhados olhando para alguma coisa que nem existe. Boca aberta como a de um peixe no anzol.

A repórter, uma morena com um guarda-chuva preto, pedia ao velho que descrevesse o que havia visto.

— O luar batia sobre a água negra — ele disse, hesitante.

Seu sotaque era tão carregado que puseram legendas na parte inferior do vídeo.

— Havia pedaços de prata caindo do céu em volta do barco — continuou.

"Os pedaços tremulavam como

"Pássaros.

"Pássaros feridos.

"Caindo.

"Como em espiral, girando."

Ela foi até o aparelho e ajoelhou-se de modo que seu rosto ficou frente a frente com o do velho. O pescador gesticulava para enfatizar o que dizia. Ele fez um cone com as mãos, depois moveu dedos para cima e para baixo tentando desenhar uma lâmina dentada no ar. Disse à repórter que nenhum dos estranhos pedaços de metal havia caído em seu barco. Quando chegou ao local onde lhe pareceu que as coisas haviam caído, elas já tinham desaparecido ou afundado no mar. Não conseguiu alcançá-las nem com suas redes.

De frente para a câmera, a repórter disse que o nome do homem era Eamon Gilley, tinha 83 anos e fora a primeira testemunha. Aparentemente ninguém mais vira nada e até aquele momento nada fora confirmado. Kathryn teve a sensação de que a repórter torcia para que a história de Gilley fosse verdadeira, mas se sentia na obrigação de dizer que talvez não fosse o caso.

Kathryn, porém, sabia que era verdade. Podia ver o luar sobre as águas do mar, como ele devia ter se encrespado e reluzido; os clarões prateados caindo do céu, caindo, caindo como pequeninos anjos descendo à Terra. Podia ver o barco no mar e o pescador, de pé, na proa – seu rosto voltado em direção à lua, as mãos espalmadas. Podia vê-lo arriscar o equilíbrio na tentativa de pegar algum pedaço de prata, mãos abertas batendo contra o ar, como uma criança tentando capturar vagalumes numa noite de verão. Então, ela pensou na estranheza do desastre. Algo que suga o sangue do nosso corpo, o ar de nossos pulmões e nos esbofeteia a face uma, duas, três vezes e, entretanto, pode, às vezes, transformar-se numa coisa bela.

Robert se levantou e desligou o televisor.
— A senhora está melhor? — perguntou.
— Quando o senhor disse que aconteceu?
Ele sentou-se novamente, apoiou os cotovelos nos joelhos:
— 1h57min no nosso horário. 6h57min no horário deles.
Havia uma cicatriz sobre a sobrancelha direita de Hart. Devia ter quase quarenta anos, ela pensou. Mais próximo da idade de Jack do que da dela. Tinha a pele clara de um louro, e olhos castanhos com pequenas manchas cor de ferrugem nas íris. Jack tinha olhos azuis. Dois tipos de azul. Um olho de um azul pálido quase translúcido, como um céu de aquarela; o outro, brilhante, de um azul vivo e intenso. O colorido inco-

mum atraía olhares para seus olhos, fazia com que as pessoas examinassem seu rosto, como se essa característica assimétrica sugerisse um certo desequilíbrio, alguma coisa errada.

Pensou: será este o trabalho do homem à minha frente?

— Esta foi a hora da sua última transmissão — Hart balbuciou numa voz que ela quase não pôde ouvir.

— O que ele disse na última transmissão? — Kathryn perguntou.

— Algum procedimento de rotina.

Ela não acreditou. O que havia de rotineiro numa última transmissão de um avião à base?

— O senhor sabe — perguntou — quais são as últimas palavras mais comuns ditas por pilotos quando descobrem que o avião vai cair? Bem, é claro que o senhor sabe.

— Senhora Lyons — disse, voltando-se para ela.

— Kathryn.

— A senhora ainda está em estado de choque. Deveria tomar alguma coisa doce. Há algum suco na casa?

— Na geladeira. Foi uma bomba, não foi?

— Gostaria de ter mais alguma coisa para lhe dizer.

Ele se levantou e foi até a cozinha. Kathryn se deu conta de que não gostaria de ser deixada sozinha na sala — não agora — e o seguiu. Olhou para o relógio acima da pia: 3h38min. Seria possível que apenas quatorze minutos tivessem se passado desde que olhara o despertador sobre a mesa-de-cabeceira do seu quarto?

— O senhor chegou aqui rapidamente — disse ela, sentando-se na cadeira da cozinha.

Hart encheu um copo com suco de laranja.

— Como foi que o senhor chegou aqui tão depressa? — perguntou.

— Nós temos um avião — disse-lhe com calma.

— Não, quer dizer, me diga. Como é feita a coisa toda? Vocês têm um avião esperando? O senhor fica por lá aguardando um acidente?

Ele lhe passou o copo com suco de laranja. Encostou-se na pia e massageou, verticalmente, a sobrancelha, com o dedo médio; desde o alto do nariz até o repartido dos cabelos. Parecia estar fazendo um julgamento; tomando decisões.

— Não, não fico — disse. — Não fico esperando que um avião exploda. Mas se isso ocorre, nós temos um procedimento padrão a ser cumprido. Nós temos um Learjet no Aeroporto Nacional de Washington. Ele me deixa no maior aeroporto mais próximo. No caso presente, Portsmouth.

— E então?

— Já há um carro à minha espera.

— E o senhor fez essa viagem em...

Ela calculou o tempo que levaria para ele viajar de Washington, a sede central do sindicato, até Ely, New Hampshire, logo acima dos limites com Massachusetts.

— Pouco mais de uma hora — disse.

— Mas por quê?

— Para chegar aqui primeiro — respondeu. — Para informá-la. Para ajudá-la a passar por isso.

— Esta não é a razão — ela disse rapidamente.

Hart pensou por um minuto.

— É parte dela — retrucou.

Kathryn descansou o braço sobre o tampo rachado da mesa de pinho. Nas noites em que Jack estava em casa, ele, ela e Mattie pareciam viver num raio de cinco metros daquela mesa — lendo os jornais, ouvindo as notícias no rádio, cozinhando, comendo, limpando a cozinha, fazendo os deveres escolares e então, depois de Mattie ter ido para a cama, conversando ou não dizendo nada, e outras vezes, se Jack não tivesse de viajar, dividindo uma garrafa de vinho. No princípio, quando Mattie era menorzinha e ia cedo para a cama, acendiam velas e faziam amor na cozinha, pois um ou outro, de repente, sentiria desejo.

Ela inclinou a cabeça para trás e fechou os olhos. A dor parecia espremê-la por dentro; do abdômen até a garganta. O pânico a invadiu, como se ela tivesse forçado muito e chegado perto de um limite. Tomou fôlego tão bruscamente que chamou a atenção de Hart.

E então saiu do choque para a tristeza. Como se saísse de um quarto para outro.

As imagens a assaltaram. A sensação do hálito de Jack no alto da sua coluna, como se ele sussurrasse para o corpo dela. A sensação deslizante em sua boca quando ele lhe dava um rápido beijo e ia trabalhar. O formato do seu braço em volta de Mattie depois do seu último jogo de hóquei, quando ela suava e chorava, pois seu time havia perdido. A pele pálida da parte interna dos braços dele. As discretas marcas de espinhas entre seus ombros, um legado da adolescência. A estranha delicadeza dos seus pés, o modo como não conseguia caminhar na praia sem tênis. O constante calor que ele lhe transmitia mesmo nas noites mais frias do inverno, como se tivesse uma fornalha interior. As imagens faziam acrobacias, se empurravam, competiam rudemente umas com as outras em busca de espaço. Tentou pará-las, mas não conseguiu.

O homem do sindicato continuava encostado na bancada, observando-a. Não se moveu.

— Eu o amava — ela disse quando finalmente conseguiu falar.

Levantou-se e arrancou uma toalha de papel da parede da cozinha. Assoou o nariz. De repente, sentiu uma momentânea perplexidade com sua tensão. Perguntava-se se o tempo estava abrindo um envelope para engoli-la — por um dia, uma semana, um mês, talvez para sempre.

— Eu sei — disse Robert.

— O senhor é casado? — ela perguntou, sentando-se outra vez.

Ele enfiou as mãos nos bolsos. Vestia calças cinza, de terno. Jack dificilmente usava terno. Como a maioria dos homens que usam uniforme para trabalhar, jamais se preocupou muito com roupas.

— Não — Hart disse. — Sou divorciado.

— O senhor tem filhos?

— Dois meninos, de nove e seis anos.

— Eles moram com o senhor?

— Com minha mulher em Alexandria. Minha ex-mulher.

— O senhor os vê com freqüência?

— Tento.

— Por que foi que se divorciou?

— Parei de beber.

Disse isso muito naturalmente, sem maiores explicações. Kathryn não tinha certeza de ter entendido. Assoou o nariz novamente.

— Preciso informar à escola. Sou professora.

— Isso pode esperar. De qualquer modo, não haverá ninguém lá a essa hora. — Ele olhou o relógio.

— Fale-me do seu trabalho — ela disse.

— Não há muito para falar. Principalmente, relações públicas.
— Quantas dessas coisas o senhor já teve de fazer? — perguntou.
— Coisas?
— Desastres. Desastres.
— Cinco. Cinco grandes.
— Cinco?
— E quatro menores.
— Fale-me sobre eles.

Ele olhou pela janela. Passaram-se trinta segundos. Talvez um minuto. Novamente, ela teve a impressão de que Robert julgava, tomava decisões.

— Uma vez fui à casa da viúva — ele disse — e a encontrei na cama com outro homem.
— Onde foi isso?
— Westport. Connecticut.
— E o que aconteceu?
— A mulher desceu as escadas usando um robe de chambre e eu a informei do que ocorrera com o marido. Então, o homem desceu já vestido. Era um vizinho. Ele e eu ficamos parados na cozinha vendo a viúva desmoronar. Foi um problema.
— O senhor o conhecia? — perguntou Kathryn. — Meu marido?
— Não. Sinto muito.
— Ele era mais velho que o senhor.
— Sei disso.
— O que mais lhe disseram sobre ele?
— Onze anos com a Vision. Antes disso, cinco anos na Santa Fé. Antes disso, dois anos com a Teterboro. Dois anos com aviões de artilharia DC-3 no Vietnã. Nascido em Boston.

Universidade Santa Cruz. Um filho, uma menina, quinze anos, esposa.

    Ele pensou um instante.

    — Alto — disse. — Um metro e noventa, certo?

Ela assentiu.

    — Bom registro. Registro excelente, na verdade.

    Ele coçou as costas da mão esquerda com a direita.

    — Eu sinto muito — continuou. — Sinto saber esses fatos sobre seu marido e jamais tê-lo conhecido.

    — Eles lhe disseram alguma coisa sobre mim?

    — Somente que a senhora é quinze anos mais jovem do que ele. E que a senhora estaria aqui com sua filha.

    Kathryn examinou seus pés descalços. Pequenos, brancos, como se o sangue os tivesse deixado. As solas não estavam limpas.

    — Quantos havia a bordo? — ela perguntou.

    — Cento e quatro.

    — Não estava lotado.

    — Não, não estava.

    — Algum sobrevivente?

    — Estão fazendo buscas...

    Novas imagens intrometeram-se na sua mente. Um momento de súbita revelação — que revelação? — na cabine de comando. As mãos de Jack no controle. Um corpo rodopiando no ar. Não. Nem sequer um corpo. Ela balançou a cabeça violentamente.

    — Preciso estar sozinha com minha filha para lhe dar a notícia.

    Ele concordou com a cabeça como se aquilo fosse sabido.

— Não. Quero dizer que o senhor terá de sair da casa. Não quero que ninguém mais veja a cena ou ouça o que vai se passar.

— Vou ficar no carro — ele disse.

Kathryn devolveu o capote que ele lhe dera. O telefone tocou novamente, mas nenhum dos dois se moveu. De longe, ouviram a secretária eletrônica.

Ela não estava preparada para a voz gravada de Jack na secretária: grave e amável, leve sotaque bostoniano nas vogais. Pôs o rosto entre as mãos e esperou o fim da mensagem já familiar.

Quando levantou os olhos, viu que Robert a estivera observando. Ele virou o rosto.

— É para evitar que eu fale com a imprensa, não é? — ela disse. — Por isso você está aqui.

Um carro estacionou do lado de fora, esmagando os cascalhos. O homem do sindicato olhou pela janela, pegou o capote e vestiu-o.

— É para que eu não diga a ninguém que pode ter sido falha do piloto — ela afirmou. — Você não quer que eles pensem que possa ter sido falha do piloto.

Hart tirou o fone do gancho e pousou-o sobre o balcão.

Ultimamente, ela e Jack dificilmente faziam amor na cozinha. Concluíram que Mattie já tinha idade suficiente para descer e comer alguma coisa. Na maioria das vezes, depois de Mattie subir para seu quarto, quando ia telefonar para as amigas ou ouvir seus CDs, eles ficavam na cozinha lendo jornais. Cansados demais para tirar os pratos da mesa ou até para falar.

— Vou falar com ela agora.

Ele hesitou.

— A senhora compreende que não podemos ficar muito tempo do lado de fora.

— As pessoas no carro aí fora são da companhia de aviação, não é verdade? — Kathryn perguntou enquanto olhava pela janela da cozinha. Mal podia vislumbrar duas pessoas saindo de um automóvel na entrada da frente. Ela caminhou até o pé da escada.

Olhou para cima. Havia quinhentos degraus, pelo menos quinhentos. Prolongavam-se sem fim. Ela se deu conta de que alguma coisa havia sido posta em marcha e estava começando agora. Não tinha certeza de ter forças para chegar ao topo.

Olhou para o homem do sindicato que atravessava a cozinha para atender a porta.

— Mamãe — ela disse, e ele se virou. — O que dizem geralmente é Mamãe.

O BRILHO DO SOL REFLETIDO PELOS CARROS QUE PASSAM OCAsionalmente move-se como um estroboscópio em câmera lenta pela parede posterior da loja. Hoje, parece não haver ar dentro da loja. Está sufocante e as partículas de poeira flutuam nos fachos de luz. Ela está parada com um pano nas mãos no meio de um labirinto de mesas de mogno e carvalho, de lâmpadas, de antigas toalhas de linho, livros usados que cheiram a mofo. Ela levanta os olhos ao vê-lo entrar. Por um momento, tem a impressão de que ele vem cumprir uma missão oficial ou traz alguma coisa ou que é alguém perdido em busca de uma informação. Ele usa uma camisa branca de mangas curtas que descem dos seus ombros como delgadas bandeiras brancas. Veste uma calça azul-marinho, pesada. Seus sapatos são clássicos, geralmente usados por pessoas mais idosas. Sapatos pretos, pesados e enormes.

— Já fechamos — ela diz.

O homem olha rapidamente para trás e vê o sinal de ABERTO do lado de dentro da loja. Coça a nuca por uns segundos.

— Desculpe — diz. E prepara-se para sair.

Ela sempre se maravilhara com a capacidade da mente de julgar situações em instantes – um segundo, dois no máximo, alguém se mover ou dizer uma palavra. Trinta e poucos anos, calculou. Não pesado, mas grande. Ombros largos e é óbvio que não tem nada de anêmico. O que impressiona de imediato é a linha da mandíbula, retangular e contudo suave. Suas orelhas são levemente cômicas pois despontam para fora na parte superior. Ela tem a impressão de que talvez haja alguma coisa errada com seus olhos.

– Estou fazendo o inventário – diz. – Mas tudo bem, se o senhor está procurando alguma coisa.

Ele penetra num tubo de luz solar que entra por uma janela redonda acima da porta. Agora a moça vê claramente seu rosto.

Há pequenas rugas nos cantos dos olhos; seus dentes não são perfeitos. Tem os cabelos cortados curtos e eles certamente seriam crespos caso fossem mais longos. Estão achatados, como se o homem ainda há pouco estivesse de quepe.

Põe as mãos nos bolsos da calça. Pergunta-lhe se tem algum tabuleiro de damas antigo.

– Sim – responde.

Ela começa a se dirigir por entre os móveis até uma parede distante e se desculpa pela bagunça. Está consciente da presença dele atrás dela. Está também consciente da sua própria postura e modo de andar que, de repente, parecem artificiais, muito duros. A moça usa uma calça jeans, blusa curta vermelha e sandálias de couro. Seu cabelo está solto e grudando na nuca. Sente-se como se o calor e a umidade, combinados com a poeira contra a qual lutava instantes atrás, tivessem pregado uma película empoeirada sobre ela. Surpreende de relance no mosaico do antigo espelho na parede pequenas mechas molhadas de cabelo em ambos os lados do rosto, que brilha devido à transpiração. As alças do seu sutiã, pôde verificar, aparecem através da fina blusa vermelha, como um lampejo branco, e há uma mancha azul na blusinha, de alguma coisa que desbotou na lavagem.

O tabuleiro de damas está encostado na parede juntamente com várias pinturas antigas. O homem passa à sua frente e se inclina para ver melhor. Pode ver sua força pelos músculos das coxas, o comprimento de suas costas quando se abaixou, o lugar onde o cinto afunda. Nota as dragonas brancas nos ombros.

— O que é isso? — ele pergunta, atraído por um quadro ao lado do tabuleiro de damas.

É uma paisagem, a visão impressionista de um hotel nas ilhas Shoals. O hotel é antigo, século XIX, varandas profundas, um gramado longo e suave contra um cenário rochoso.

Ele se levanta e lhe mostra o quadro no qual ela nunca prestara muita atenção.

— Isso é muito bom — o homem diz. — Quem é o artista?

Ela balança a cabeça e lê atrás da pintura.

— Claude Legny. Século XIX. Aqui diz que é parte da venda de um espólio em Portsmouth.

— Parece um Childe Hassam.

Ela não responde. Não sabe quem é Childe Hassam.

Ele passa os dedos pela moldura de madeira e a moça tem a impressão de que faz o mesmo com o corpo dela.

— Quanto é? — pergunta.

— Vou verificar.

Vão juntos até a caixa. Ao ver o preço, ela o considera exorbitantemente alto. Sente-se constrangida por ter de anunciar a quantia, mas a loja não é sua e deve tentar vender as peças para a avó.

Quando lhe diz o preço, o homem nem titubeia.

— Fico com ele.

Paga-lhe em dinheiro e a moça lhe passa um recibo que ele, distraidamente, enfia no bolso da camisa. A vendedora se pergunta o que ele faz, como militar, e por que não está na base numa quarta-feira à tarde.

— O que você faz? — ela indaga, olhando novamente para as dragonas.

— Transporte de carga. Sempre que passo aqui, peço emprestado o carro de um funcionário de uma agência de passagens no aeroporto, e dou umas voltas pela cidade.

— Você é aviador — ela diz, como se estivesse descobrindo o óbvio.

— Sou como um motorista de caminhão, só que piloto aviões — ele responde, olhando intensamente para ela.

— E o que seu avião transporta?

— Cheques sem fundo.

— Cheques sem fundo?

Ela ri. Tenta imaginar um avião carregado de cheques sem fundo.

— Bela loja — ele diz, olhando em volta.

— É da minha avó.

Ela cruza os braços sobre o peito.

— Seus olhos têm duas cores diferentes — diz a moça.

— É genético. Do lado da família do meu pai.

Faz uma pausa.

— São ambos verdadeiros, caso lhe interesse saber.

— Eu estava curiosa mesmo.

— Seu cabelo é maravilhoso — ele diz.

— É genético — retruca a vendedora.

Ele inclina a cabeça e sorri como se dissesse *touché*.

— É... de que cor? — ele pergunta.

— Sou ruiva.

— Não...eu quis dizer...

— Depende da luz.
— Que idade você tem?
— Dezoito.
Ele parece surpreso e decepcionado.
— Por quê? — ela pergunta. — Que idade você tem?
— Trinta e três. Eu havia pensado...
— Pensado o quê?
— Que você fosse mais velha.

Agora está ali, entre eles, a diferença de idade. Os quinze anos.

— Olhe — diz o homem.
— Olhe — diz a vendedora.

Ele põe a mão sobre a caixa registradora.

— Nasci em Boston. Cresci em Chelsea, uma parte de Boston que, tenho certeza, não vai lhe interessar. Estudei na Escola Latin de Boston e depois entrei para a Universidade Santa Cruz. Minha mãe morreu quando eu tinha nove anos e meu pai teve um ataque cardíaco quando eu estava na faculdade. Não tive sorte. Fui recrutado e aprendi a voar no Vietnã. No momento, não tenho namorada e nunca fui casado. Tenho um apartamento de um quarto em Teterboro. É muito pequeno e eu dificilmente...

— Pare — diz ela.
— Quero acabar logo com essa parte.

Então a moça entendeu, até onde se podem entender tais coisas aos dezoito anos, que tinha tudo nas mãos naquele momento. Que poderia pegá-lo com seus dedos, fechar a mão, apertar e jamais deixá-lo escapar. Ou poderia abrir a mão e desistir. Largá-lo simplesmente.

— Eu sei onde é Chelsea — diz ela.

Passaram-se dez segundos, talvez vinte. Estão parados na obscuridade da loja, ambos em silêncio. Ela sabe que o homem quer tocá-la. Sente o calor que sai de dentro dele, mesmo do outro lado do balcão. Ela respira bem devagar para não chamar a atenção para sua ansiedade. Sente um desejo quase arrebatador de fechar os olhos.

— Está quente aqui dentro — ele diz.
— Está quente lá fora — ela diz.
— Quente demais para a época.
— Quente demais para princípio de junho.
— Você não quer dar uma volta de carro? — ele pergunta. — Refrescar um pouco?
— Dar uma volta por onde?
— Qualquer lugar. Só uma volta.

Ela finalmente se permite olhar diretamente nos olhos dele. O homem sorri devagar e seu sorriso a pega de surpresa.

Eles vão de carro até a praia e entram no mar vestidos. A água está gelada, mas o ar quente, e o contraste é delicioso. Jack arruína seu uniforme e mais tarde arranja outro emprestado. Quando ela sai da água, ele está de pé na praia com as mãos nos bolsos e uma toalha enrolada num dos braços. Está ensopado e sua camisa branca ficou da cor da pele.

Eles deitam sobre a toalha na areia. A moça treme encostada à camisa dele. O homem mergulha os dedos nos seus cabelos enquanto a beija. Põe a mão por baixo da sua blusa e desce até o abdômen. Ela se sente largada, pernas bambas, aberta — como se alguém que houvesse puxado um fio de linha a estivesse desenrolando.

Pousa a mão sobre a dele. O calor que o homem irradia é estranho, terno e, ao mesmo tempo, áspero e abrasivo. Ela está feliz. Uma felicidade pura e não diluída. Tudo está começando e ela sabe disso.

Mesmo antes de chegar ao topo da escada, Kathryn ouviu Mattie andando pelo banheiro. A menina tem cabelos bonitos, naturalmente crespos, mas todas as manhãs sobe para lavá-los e depois secá-los, para, então, alisá-los. Sua mãe sempre achara que Mattie tentava dominar seus cabelos, como se lutasse com uma parte de si mesma que havia emergido há pouco tempo. Kathryn esperava que a filha ultrapassasse essa fase; qualquer dia desses acordaria e deixaria seus lindos cabelos em paz. Nesse dia, a mãe saberia que estava tudo bem.

Mattie provavelmente ouvira os carros na entrada para a garagem, pensou. Talvez também tenha ouvido vozes na cozinha. A menina estava acostumada a acordar em plena madrugada, sobretudo no inverno.

Sabia que tinha de dar um jeito de tirar a filha do banheiro. Não era um lugar seguro para lhe dar a terrível notícia.

Ficou parada do lado de fora da porta. Mattie tinha aberto o chuveiro. Kathryn podia ouvi-la tirando a roupa.

Bateu à porta.

— Mattie — ela disse.

— O quê?
— Preciso falar com você.
— Mãe...

O modo como ela disse "mãe" demonstrava que já estava chateada.

— Não posso. Estou tomando banho.
— Mattie, é importante!
— O quê?

A porta do banheiro foi aberta abruptamente. A menina apareceu envolta numa toalha verde.

Minha bela e adorada filha, pensou. Como poderei dizer a ela?

As mãos de Kathryn começaram a tremer. Cruzou os braços sobre o peito e enfiou as mãos sob as axilas.

— Ponha um roupão, Mattie — disse-lhe sentindo que choraria a qualquer momento. Ela jamais chorara na frente da filha. — Preciso falar com você. É importante.

Imediatamente, Mattie obedeceu. Tirou o roupão do gancho da parede e o vestiu.

— O que foi, mãe?

A mente de uma criança não agüentaria, Kathryn concluiu mais tarde. O corpo de uma criança não poderia absorver fatos tão grotescos.

Mattie jogou-se no chão como se tivesse levado um tiro. Agitava os braços em torno da cabeça, fez a mãe pensar num ataque de abelhas. Ela tentou segurar os braços da filha, mas a menina se desvencilhou e saiu correndo. Já estava fora de casa, no meio do gramado, quando Kathryn conseguiu alcançá-la.

— Mattie, Mattie, Mattie — disse-lhe quando a pegou.

E outra vez:

— Mattie, Mattie, Mattie.

Kathryn pôs as mãos por trás da cabeça da filha e abraçou-a, colando seu rosto no dela, apertou-a com tanta força que parecia dizer "Você precisa me ouvir; você não tem escolha".
— Eu vou cuidar de você — disse.
E de novo:
— Escute, Mattie, mamãe vai cuidar de você.
Kathryn a abraçou. Estava frio sob os pés delas. Mattie chorava e a mãe pensava que seu coração podia despedaçar a qualquer momento. Mas chorar era melhor, ela sabia. Era melhor.

Kathryn ajudou a filha a entrar em casa e a deitou no sofá. Embrulhou Mattie num cobertor e ficou massageando as pernas e os braços da garota, que não paravam de tremer. Robert tentou dar-lhe água, mas o líquido fez com que a menina engasgasse. Julia, a avó de Kathryn, a mulher que a criara, fora chamada às pressas. A viúva tinha vaga consciência da presença de outras pessoas na casa. Havia gente parada junto à bancada da cozinha, esperando.

Ela ouvia Robert falando ao telefone e em seguida sussurrando alguma coisa para o pessoal da companhia aérea. Não se apercebera de que a televisão estava ligada, mas Mattie se levantou subitamente e olhou para ela.
— Eles falaram de bomba? — perguntou a menina.

E então a mãe ouviu a notícia e percebeu que todas as palavras já foram ouvidas e que estão enfileiradas na cabeça, esperando apenas chamadas.

Mais tarde, Kathryn viria a pensar nas notícias da TV como balas de revólver. Balas verbais que penetram na mente e explodem, obliterando as lembranças.

— Robert! — chamou.
Ele entrou na sala e se sentou ao lado dela.
— Ainda não foi confirmado.
— Eles acham que foi uma bomba?
— É só uma teoria. Dê um comprimido desses para ela.
— O que é?
— Valium.
— Você anda com isso no bolso?

Julia se movimentava pela casa com a obstinada presença de alguém que é chamado de repente para uma zona de emergência: desrespeitosa em relação à morte e aparentemente pouco disposta à intimidação. Com seu porte matronal, seus cabelos ondulados e levemente tingidos num tom prata — única concessão à idade —, em poucos minutos, fez com que Mattie deixasse o sofá e acomodou-a no quarto. Depois de se certificar de que a garota vestira seus jeans e estava em condições de ficar sozinha, ela desceu as escadas para ajudar sua neta. Foi à cozinha e fez um bule de chá forte. Dentro dele, colocou generosas gotas do conhaque que trouxera consigo. Disse à funcionária da companhia aérea que se certificasse de que Kathryn beberia pelo menos uma caneca. Depois disso, subiu ao quarto e obrigou Mattie a lavar o rosto. A essa altura, o Valium iniciava seu efeito e a menina, com exceção de alguns soluços, começava a se acalmar. Entre outras coisas, Kathryn sabia, o pesar exauria fisicamente.

Julia fez Mattie deitar-se na cama e voltou para a sala. Sentada ao lado de Kathryn no sofá, de vez em quando, fiscalizava a caneca para ver quanto chá ela havia tomado e lhe dizia para beber mais. Perguntou diretamente se Kathryn tinha algum tipo de tranqüilizante em casa. Robert ofereceu o Valium. Julia perguntou:

— Quem é você?

Robert explicou e ela lhe pediu um comprimido.

— Tome isso — ela disse para Kathryn.

— Não posso. Já tomei conhaque.

— E daí? Tome o comprimido.

Julia não perguntou à neta como estava se sentindo nem se estava bem. No modo de pensar da avó, Kathryn sabia, não havia um meio-termo numa situação daquelas. Nada além do calmante funcionaria. As lágrimas, o choque, a solidariedade — tudo isso poderia vir depois.

— É terrível — disse Julia. — Kathryn, eu sei que é terrível. Olhe para mim. Só se atravessa a situação passando por ela. Você sabe disso, não sabe? Diga que sim com a cabeça.

— Senhora Lyons?

Kathryn voltou-se da janela. Rita, uma mulher loura e baixinha, funcionária da companhia de aviação, enfiava os braços nas mangas do casaco.

— Vou agora para o hotel.

A mulher, que usava um batom discreto, estava na casa desde as 4h, ainda assim seu rosto parecia fresco e o uniforme azul-marinho da companhia quase não estava amassado. Seu colega, Jim alguma coisa, havia deixado a casa horas antes. Kathryn não conseguia se lembrar exatamente quando.

— Robert Hart continua aqui — disse Rita. — Está ali no escritório.

Kathryn estudava com uma espécie de fascinação os cabelos lisos daquela mulher. Achava que Rita se parecia muito com a apresentadora de TV de uma estação de fora de Portland. No princípio da manhã, a mãe de Mattie ficara perturbada com a presença de estranhos em sua casa, mas rapidamente entendeu que, sozinha, não conseguiria enfrentar a situação.

— Vocês estão hospedados no Tides? — perguntou.

— Estamos. Em vários quartos.

Kathryn fez um gesto com a cabeça. O Tides Inn que, fora da temporada, dificilmente tinha mais que dois casais de hóspedes para o fim de semana, deveria estar cheio hoje. Repórteres e o pessoal da companhia aérea.

— Você está bem? — perguntou Rita.

— Estou.

— Posso fazer alguma coisa por você antes de ir?

— Não — disse. — Estou bem.

Era uma declaração absurda, pensou Kathryn enquanto observava Rita sair da cozinha. Não fazia sentido. Provavelmente, ela nunca mais estaria bem.

Ainda não eram 16h15min, mas já começava a escurecer. Depois da segunda quinzena de dezembro, as sombras apareciam logo depois do almoço e, durante toda a tarde, a luz se esticava levemente no céu. As sombras criavam cores pálidas, cores que não se viam há meses, nada mais parecia familiar. A noite se instalaria como uma lenta cegueira, sugando a cor das árvores e o horizonte, as rochas, o gramado coberto de geada e as brancas hortênsias congeladas, até que ela não visse nada além do seu próprio reflexo na vidraça.

Kathryn cruzou os braços, apoiou-se na bancada e olhou pela janela da cozinha. Fora um longo dia; um dia longo e terrível — um dia tão longo e terrível que acabou com aquilo que ela chamava de realidade. Tinha a sensação de que jamais voltaria a dormir; parecia que, de madrugada, havia entrado em um mundo do qual jamais poderia sair. Ficou observando Rita dirigir-se a seu carro, dar a partida e se afastar. Havia quatro pessoas na casa agora. Mattie dormia em seu quarto. Kathryn e Julia se revezavam na vigília ao sono da menina. E havia Robert. Rita dissera que ele estava no escritório de Jack. Fazendo o quê?, ela se perguntou.

Durante todo o dia, apareceram pessoas na longa entrada de cascalho e atrás do portão de madeira. Outras pessoas mantinham os curiosos à distância. Agora, Kathryn imaginava, todos os repórteres, fotógrafos, câmeras, produtores e maquiadores, estavam reunidos no bar do hotel, bebendo, contando histórias, discutindo boatos, comparando versões, jantando e dormindo. Para eles era apenas o fim de mais um dia de trabalho?

Kathryn ouviu passos pesados na escada, passos de homem e, por um momento, pensou que era Jack descendo para a cozinha. Mas lembrou-se imediatamente de que não podia ser Jack. Não podia ser Jack de modo algum.

— Kathryn.

Estava sem gravata, as mangas da camisa arregaçadas, o botão do colarinho aberto. Já havia notado que Robert Hart tinha o hábito nervoso de segurar a caneta entre os dedos e movimentá-la para a frente e para trás como um bastão.

— Acho que você deveria saber — ele disse. — Estão dizendo que foi falha mecânica.

— Quem está dizendo?

— Londres.

— E eles têm certeza?

— Não. A essa altura, é só palpite. Estão tentando adivinhar. Acharam um pedaço da fuselagem e um instrumento.

— Oh — ela disse. E penteou os cabelos com os dedos. Era o seu tique nervoso. Um pedaço da fuselagem, ela pensou. Repetiu a frase mentalmente. Tentava ver o pedaço da fuselagem, imaginar como poderia ser.

— Que pedaço da fuselagem? — ela perguntou.

— A cabine. Estava uns cinco metros no fundo mar.

— Algum...? — ela perguntou.

— Não. Você não comeu nada o dia inteiro, comeu?

— Está tudo bem.

— Não, não está nada bem.

Olhou para a mesa. Estava coberta de comida — tortas, jantares inteiros em grandes caixas de plástico, biscoitos, quiches, saladas. Levaria dias para uma família enorme comer tudo aquilo.

— É isso que as pessoas fazem, geralmente — disse ela. — Não sabem o que fazer, então trazem comida.

Durante todo o dia, policiais uniformizados caminhavam pela entrada de cascalho até a casa trazendo mais comida. Kathryn compreendia esse costume. Já o vira repetir-se sempre que ocorria uma morte em uma família. Impressionava-se com o modo como o corpo continuava indo adiante, superando o choque e o pesar, superando a ânsia, o enjôo, o vazio interior e querendo sustento, querendo ser alimentado. Parecia uma coisa imprópria, como fazer sexo.

— Deveríamos ter distribuído toda essa comida entre os policiais e a imprensa — disse. — Aqui só vai estragar.

— Nunca alimente a imprensa — respondeu Robert rapidamente. — Eles são como cães atrás de afeto. Estão loucos para entrar aqui.

Kathryn sorriu e na mesma hora se espantou com o fato de poder sorrir. Sua face doía de tão seca, do sal de tantas lágrimas.

— Bom, acho que vou indo — disse ele, abotoando o colarinho e desenrolando as mangas da camisa. — Você provavelmente quer ficar sozinha com sua família.

Kathryn não estava muito certa de que queria ficar sozinha.

— Você vai voltar para Washington?

— Não. Vou ficar no hotel. Dou uma passada por aqui amanhã de manhã antes de ir embora.

Hart apanhou seu paletó nas costas de uma cadeira e o vestiu. Tirou a gravata do bolso.

— Ah — ela disse de modo vago. — Está bem.

Ele ajustou a gravata no colarinho.

— Bem... — disse Robert, quando acabou de dar o nó. Deu um ligeiro aperto na gravata.

O telefone tocou. Fazia muito barulho na cozinha, era muito invasivo, muito abrasivo. Ela olhou desanimada para o aparelho.

— Robert, não consigo — disse Kathryn.

Ele foi até o telefone e atendeu.

— Robert Hart — disse.

"Sem comentários.

"Por enquanto não.

"Sem comentários."

Quando desligou, Kathryn começou a falar.

— Você suba e tome um banho de chuveiro — aconselhou, cortando o que quer que ela pretendesse dizer.

Ele tirou novamente o paletó.
— Vou esquentar alguma coisa.
— Ótimo — ela disse. E ficou aliviada.

No corredor do andar de cima, ela ficou momentaneamente confusa. Era um corredor longo demais, com portas demais e quartos demais. As lembranças do dia já começavam a tomar conta dos cômodos para se empilhar sobre outras lembranças. Ela percorreu toda a extensão do corredor e entrou no quarto de Mattie. Julia e a menina estavam na cama dormindo. Sua avó ressonava levemente. Estavam de costas uma para outra e dividiam os lençóis e colchas da cama dupla. Kathryn ficou observando os cobertores subir e descer; viu, de repente, o mais novo brinco de Mattie na cartilagem da sua orelha esquerda.

Julia se mexeu.

— Oi! — Kathryn sussurrou de modo a não acordar Mattie. — Como ela está?

— Espero que durma a noite inteira — disse a avó, esfregando os olhos. — Robert ainda está aí?

— Está.

— Ele vai ficar?

— Não sei. Acho que não. Acho que vai para o hotel onde estão todos os outros.

Kathryn gostaria de se deitar com Julia e a filha. Ao longo do dia, sentira periodicamente dor nos músculos das coxas e necessidade de se sentar. Mas aqui havia uma hierarquia, pensou. Na presença de Kathryn, Mattie podia ser uma criança. Na presença de Julia, Kathryn se viu sentindo a necessidade do abraço e do conforto da avó.

No andar de baixo, na entrada do corredor, havia uma foto da avó, uma foto que evocava outra época. Nela, vestia uma saia preta justa que ultrapassava minimamente seus joelhos, uma blusa branca e um suéter de veludo. Usava um colar de pérola. Era magra e seu acetinado cabelo preto estava repartido para o lado. Suas feições eram marcantes, era uma mulher bonita. Na foto, Julia estava num sofá tentando pegar algo fora do alcance da câmera. Na outra mão, ela segurava um cigarro, fazendo o tipo de pose que, em outros tempos, tornara o hábito de fumar charmoso. O cigarro entre os dedos, casualmente, e a fumaça em volta do queixo e da garganta. A mulher da foto talvez tivesse vinte anos.

Agora, Julia tinha 78 anos e usava jeans folgados que pareciam sempre meio curtos. Preferia suéteres largos numa tentativa de camuflar a barriga proeminente. Já não havia mais rastro da jovem de cabelos brilhantes e cintura fina na mulher com o ralo cabelo prateado que estava ao lado de Mattie. Talvez ainda restasse alguma semelhança nos olhos, mas mesmo neles o tempo havia destruído a beleza. Seus olhos, agora, de uma certa forma, eram úmidos e haviam perdido quase todos os cílios. Não importa quantas vezes se observasse o fenômeno, Kathryn achava difícil compreendê-lo: o modo como nada pode permanecer como era; uma casa caindo aos pedaços, o rosto de uma mulher que já foi bonita. Nem a infância, nem o casamento. Nem o amor.

— Não sei explicar — disse Kathryn. — Sinto-me como se tivesse perdido Jack temporariamente e precisasse encontrá-lo.

— Você não vai encontrá-lo — afirmou Julia gravemente. — Ele morreu.

— Eu sei, eu sei.

— Ele não sofreu.
— Isso nós não sabemos.
— O senhor Hart tinha bastante certeza.
— Ninguém sabe de nada ainda. O que existe são rumores e especulações.
— Você deveria sair daqui, Kathryn — disse a avó. — Sua casa virou um hospício. Tiveram de trazer Charlie e Burt para manter as pessoas afastadas do portão de entrada.

Kathryn sentiu atrás de si um fio de vento que entrava por uma fresta da janela. Respirou fundo e foi invadida pelo cheiro de sal. Não estivera do lado de fora o dia inteiro, exceto quando trouxera Mattie de volta para casa.

— Não sei quanto tempo vai levar até as coisas se acalmarem — afirmou Julia.
— Robert disse que pode levar algum tempo.

Kathryn encheu novamente os pulmões de ar. Era como respirar amônia, o modo como o ar iluminava sua mente e aguçava seus sentidos.

— Ninguém pode te ajudar com isso, Kathryn. É algo que você mesma terá de resolver. Você sabe disso, não sabe?

A neta fechou os olhos por um instante.
— Kathryn?
— Eu o amava.
— Sei disso, sei disso — exclamou Julia. — Eu também o amava. Nós todos o amávamos.
— Por que foi que aconteceu?
— Esqueça os porquês. Não há porquês; não há importância; não ajuda ficar se perguntando. Aconteceu e não pode ser desfeito.
— Eu estou...
— Você está exausta. Vá para a cama.
— Não. Estou bem.

— Quer saber de uma coisa, Kathryn? Quando seu pai e sua mãe se afogaram, eu achei literalmente que não podia suportar aquilo. Pensei que mais dia menos dia sucumbiria. A dor foi terrível. Terrível. Perder um filho, é impossível imaginar uma coisa dessas até que ela acontece. E eu culpei sua mãe, Kathryn. Não vou fingir que não a culpei. Ela e seu pai eram criaturas letais quando bebiam; descuidados e perigosos. Mas havia você, atônita com a morte dos pais que nem possuía ainda. Foi isso que me salvou, Kathryn. Salvá-la foi a minha salvação. Ter de tomar conta de você. Para fazer isso, tive de parar de me perguntar por que Bobby morrera. Simplesmente, tinha de parar de perguntar. Não havia um porquê naquela ocasião e não há um porquê hoje.

A neta pousou a cabeça no travesseiro. Julia passou a mão pelos seus cabelos.

— Você o amava. Sei que amava — disse Julia.

Kathryn saiu do quarto de Mattie e foi ao banheiro. No chuveiro, deixou a água escorrer o mais quente possível, sem se mover. Seus olhos estavam inchados e doíam de tanto chorar. Sua cabeça pesava. Assoara o nariz tantas vezes que feriu a pele entre as narinas e a boca. Fora atacada pela dor de cabeça desde a madrugada passada e tomara muitos comprimidos. Imaginou seu sangue se afinando e entrando pelo ralo com a água do chuveiro.

Passaria por muitos dias como este, Robert lhe advertira. Não tão terríveis, mas ruins.

Não se imaginava sobrevivendo a mais um dia como aquele.

Não conseguia lembrar a seqüência em que as coisas tinham acontecido. O que acontecera primeiro, e em segundo lugar e terceiro. O que acontecera de manhã e o que à tarde; ou no fim da manhã ou no princípio da tarde. Havia boletins na TV, repórteres que diziam coisas que a faziam sentir como se a golpeassem no estômago, que se contraía quando Kathryn ouvia coisas como: Caiu logo após a decolagem...Roupas de bebê e uma poltrona flutuando...Tragédia no... Noventa segundos para a destruição...Choque e pesar em ambos os lados do...O T-900 de 15 anos...Destroços espalhados...Ainda a história do Vision,Vôo 384...Notícias indicam que...No começo da manhã, empresários... A companhia de aviação de propriedade anglo-americana...Reunião no aeroporto... Inspeção da turma de manutenção da FAA... Especula-se que uma possante...

E então apareciam as imagens que Kathryn duvidava que a abandonassem algum dia. A foto de formatura de uma jovem tomava todo o vídeo; uma enorme massa de água sobrevoada por helicópteros que apanhavam destroços do topo das ondas. Uma mãe estendendo os braços para a frente, mãos abertas, como se empurrasse o ar, como se pudesse manter fora de si uma sucessão de palavras que não queria ouvir. Homens, vestindo roupas de mergulho, ansiosos, em botes. Parentes das vítimas no aeroporto, desesperados atrás de notícias. E então, imediatamente após a cena com os parentes, a televisão mostrou três fotos, uma debaixo da outra, três homens de uniforme de piloto em poses formais, com seus nomes escritos na parte inferior do vídeo. Kathryn jamais vira aquela foto de Jack. Não podia imaginar o propósito para qual fora batida. Não, certamente, para aquela eventualidade. Para o caso... Mas por que outro motivo a foto de um piloto apareceria no noticiário televisivo?

Robert a prevenira o dia inteiro para não acompanhar as notícias. Ele a advertira de que as imagens permaneceriam com ela e não desapareceriam. Era melhor não vê-las, pois elas retornariam durante o dia e em seus sonhos.

É inimaginável, ele lhe dissera.

Querendo dizer, não imagine.

Mas como ela poderia evitar; como evitar a enchente de palavras e imagens na sua cabeça?

Durante todo o dia, o telefone não parara de tocar. Na maioria das vezes, era Robert quem atendia; outras, o pessoal da companhia aérea. Mas, quando ouviam as notícias na TV, deixavam tocar e Kathryn era obrigada a ouvir a voz de Jack na secretária eletrônica e, depois, as vozes do outro lado querendo notícias; vozes de repórteres, de amigos, de vizinhos da cidade chamando para dizer o quanto os atingira o terrível acontecimento ("Não posso acreditar que isso aconteceu com Jack...", "Se houver alguma coisa que eu possa fazer..."). A voz de uma mulher mais idosa, funcionária do sindicato – profissional, áspera, exigindo que Robert retornasse o telefonema. O sindicato, Kathryn sabia, não queria que se atribuísse o acidente à falha do piloto. A companhia não queria que a falha fosse nem mecânica e nem do piloto. Ela já ouvira que havia advogados trabalhando. Perguntava-se se algum deles já teria tentado contatá-la; se Robert, simplesmente, o despachara com poucas palavras.

Os mergulhadores, ela sabia, estavam em busca da caixa-preta e do CVR, a caixa com as últimas palavras. Kathryn tinha medo de que os mergulhadores achassem a gravação. Esta era a notícia que ela não seria capaz de suportar – ouvir a voz de Jack, a autoridade e controle contidos nela, e depois? Parecia pavorosamente invasivo gravar os últimos segundos de um homem. Onde, senão no corredor da morte, faziam isso?

Ela saiu do chuveiro, se enxugou e então percebeu – do mesmo modo que alguém sai de casa e lembra que não trouxe as chaves do carro – que tomara banho e não usara sabonete ou xampu. Virou a torneira do chuveiro e outra vez meteu-se debaixo da água. Havia espaços entre seus pensamentos – ar morto, algodão felpudo.

Saiu do chuveiro pela segunda vez, enxugou-se novamente e olhou em volta rapidamente procurando seu robe. A roupa que usara estava no chão, mas esquecera-se do robe. Olhou para a parte de baixo da porta.

Os jeans de Jack estavam no gancho. Jeans velhos, gastos nos joelhos. Ele os estaria usando se não tivesse morrido, pensou.

Apertou a calça contra o rosto. Respirou através do brim.

Tirou-a do gancho da porta e alisou-a sobre a bancada do banheiro. Ouviu o barulho de moedas e sentiu a ondulação de alguns papéis. Meteu a mão dentro do bolso de trás e encontrou um maço de papéis, levemente amassados e compactos pelo fato de que Jack sentara em cima deles. Entre os papéis, algumas cédulas. Várias de um dólar e uma de vinte. Havia um recibo da Ames dando conta da compra de fio elétrico, um pacote de lâmpadas e uma lata de Right Guard. Havia um recibo de lavanderia: seis camisas, sem muita goma, cabides. Um recibo da Staples: cartucho de impressora e doze canetas. Um recibo do correio por uma compra de vinte dólares; selos, ela imaginou, dando uma rápida olhada. Havia um cartão: Barron Todd Investments. Dois bilhetes de loteria. Bilhetes de loteria? Não sabia que Jack tentava a sorte na loteria. Olhou para um deles mais de perto. Num dos cantos havia uma anotação quase apagada escrita a lápis: "M em A", ela leu. Seguia-se uma série de números. O que ele quisera lembrar com aquilo? Mattie na casa de alguém ou em algum lugar? Mas o que significavam aqueles números? Havia muitos números. Números de outros bilhetes de loteria? Então, inspecionando o maço com mais cuidado, viu dois pedaços de papel branco, pautado.

No primeiro, havia várias linhas escritas a tinta e pareciam ser um poema. Não era tinta de esferográfica, mas de caneta-tinteiro. A letra era de Jack:

> Aqui, na estreita passagem e no impiedoso norte,
> traições perpétuas, lutas sem resultados.
> A fúria de punhaladas a esmo no escuro:
> o esforço pela sobrevivência
> de famintas células de vida cegas no ventre.

Intrigada, ela se recostou na parede. Que poema era esse e o que significava?, perguntou-se. Por que Jack o escrevera ou copiara?

Ela desdobrou o outro pedaço de papel. Era uma lista de coisas a serem lembradas. Jack fazia uma dessas todas as manhãs quando estava em casa. Leu os itens: "fio elétrico de extensão, telefonar para a turma, cartucho de impressora colorido para Mattie, roupão da Bergdorf FedEX chegando dia 20."

Roupão da Bergdorf FedEX chegando dia 20.

Bergdorf Goodman? A loja de departamentos de Nova York?

Ela tentou pensar, lembrar-se do calendário de dezembro preso à porta da geladeira. Hoje, apesar da lentidão, ainda era 17 de dezembro. No dia 20, ela teria de estar na escola, o último dia antes das férias. Jack estaria em casa no dia vinte. Entre viagens.

Seria uma referência a um presente de Natal para ela?

Juntou os papéis na mão e apertou-a fortemente. Apertou as costas na porta e deixou o corpo deslizar para baixo.

Sentia nos ossos a exaustão. Mal conseguia levantar a cabeça.

O AR DENTRO DO CARRO ESTÁ AQUECIDO DEMAIS. SEU ESTÔMAgo está cheio do jantar de Natal preparado por Julia. Tanto, que ela decide puxar o assento para trás a fim de se sentir mais confortável. Jack veste o suéter creme claro que ela tricotou para ele no primeiro inverno que passaram juntos, aquele que tem algum defeito nas costas e que só Kathryn é capaz de notar. Lealmente, o marido veste o suéter todos os dias de Ação de Graças e todos os Natais quando saem de Santa Fé. Deixou os cabelos crescer e eles se curvam levemente atrás dos ouvidos. Usa os óculos de sol, o que faz quase sempre, exceto nos dias muito nebulosos.

— Você é bom nessas coisas — ela diz.
— Que coisas?
— Surpresas.

Uma vez foi uma viagem súbita ao México. Outra, durante uma visita de Natal, levou-a para passar um fim de semana no Ritz, fazendo-a crer que iriam a Boston consultar um ortopedista sobre algum problema na coluna dele. Hoje, depois do jantar de Julia, dissera que queria levá-la de carro para apanhar o presente dela. A avó ficaria com Mattie, que, com quatro anos, não queria se separar dos brinquedos que ganhara de jeito nenhum.

Deixaram para trás a cidade de Ely e foram em direção a Fortune's Rocks, onde ficam as casas de veraneio. Quando menina, em seus passeios da vila até a praia, costumava pensar que essas casas, desabitadas dez meses por ano, tinham caráter e personalidade. Esta casa, orgulhosa e um pouco exibida e, depois de uma tormenta particularmente violenta, levemente castigada. Aquela outra, alta e elegante, envelhecia com dignidade. Aquela, da esquina, desafiava os elementos projetando sua fachada para a frente de modo leviano. Outra, silenciosa e sem adornos, como se não fosse amada. Finalmente, uma separada das outras, auto-suficiente, desdenhava os veranistas ou as longas noites de inverno.

— Não consigo imaginar o presente que vou receber — Kathryn diz.

— Você já vai ver.

Dentro do carro, ela fecha os olhos. Aparentemente, dorme por um minuto, mas quando acorda já estão na frente de uma casa.

— Você está meio nostálgico? — pergunta a esposa.

— Mais ou menos — diz ele.

Ela espia a casa pelo pára-brisa do carro. Como já havia pensado muitas vezes, trata-se da casa mais bela que já vira. Ladeada por cercas de ripas brancas, tem dois andares e uma enorme varanda. As persianas são de um azul opaco como o oceano silencioso num dia sombrio. O andar de cima é de um cedro antigo e se curva como se alguém lhe tivesse escavado um pedaço. Talvez seja o telhado de uma mansarda — ela nunca soube exatamente. Há dormitórios no andar superior, bastante espaçados uns dos outros, parecem sugerir corpos adormecidos confortavelmente dentro deles. Faz Kathryn pensar em hotéis antigos de frente para o mar.

Sem dizer uma palavra, Jack sai do carro e sobe os degraus da varanda, seguido por Kathryn. As cadeiras de balanço e as largas tábuas do assoalho envelheceram até ganhar uma pátina cinzenta. Ela está parada em frente à balaustrada, olhando além do gramado, para a linha do litoral, onde o mar bate nas rochas dando a impressão de que a própria luz se divide em gotas luminosas que depois de explodirem para o alto caem na água outra vez.

A distância, pode-se ver uma névoa sobre o oceano que só aparece em dias especiais. Não se vêem as ilhas com precisão. Num momento, elas estão lá e, em seguida, parecem ter sido tragadas pelas ondas. De um lado do gramado, há uma campina e do outro, um pomar com pequenas pereiras e pessegueiros. Ao lado da varanda, um jardim de flores que cresceu demais. Tem a estranha forma de uma vidraça arqueada, um formato oval com um leque na ponta. No meio do arco há um banco de mármore, agora coberto de trepadeiras.

Um súbito vento vindo do leste atravessa a varanda, causando um arrepio como sempre ocorre. Ela sabe que em um minuto o mar se encrespará fazendo espuma. Dentro da jaqueta, ela encolhe os ombros.

Atrás da esposa, Jack abre a porta da cozinha com uma chave e entra na casa.

— Jack, o que você está fazendo? — pergunta.

Espantada, ela o segue pela cozinha até a sala da frente, um longo espaço paralelo ao oceano numa das laterais da casa.

Trata-se de uma linda sala com janelas panorâmicas que vão do assoalho até o teto. A parede está coberta por um papel antigo de um amarelo desbotado que começa a dobrar nas extremidades. Há persianas nas janelas, cujas cortinas estão parcialmente desenroladas, isso a faz lembrar as sombras nas antigas salas de aula.

Há quatro anos e meio, invadiram a casa pela primeira vez, desde que fizeram amor pela primeira vez num dos quartos do andar de cima. Isso aconteceu depois de tomarem banho de mar com roupa e tudo. Kathryn lhe falara sobre uma casa abandonada que conhecia. Ela se lembra do modo como Jack desabotoou a camisa e a deixou cair no chão. Como ele era diferente sem camisa — muitos anos mais jovem, mais solto, como um rapaz com o qual tempos atrás, ela saía. Inclinou-se sobre o corpo da mulher e começou a lamber o sal da sua pele. Ela ficou tonta com o calor. Logo abaixo dos lábios dela, a pele do peito do homem tinha um cheiro penetrante, uma seda de finos pêlos.

Jack atravessa a sala e espera por ela ao pé da escada. A casa continua desocupada como há décadas. Está à venda há anos e ela sempre se admirava com o fato de ninguém a comprar. Talvez por causa dos muitos quartos no andar de cima e do único banheiro ao fundo do corredor.

O marido estende a mão para ela. Kathryn conclui, enquanto o segue, que ele pretende dar-lhe o presente no quarto onde fizeram amor. Por isso, não se surpreende quando entram no quarto com as paredes pintadas de um verde brilhante. Num canto, um sofá-cama com uma coberta estampada de flores. Mas o que mais chama a atenção é uma cadeira vermelha, uma simples cadeira de cozinha laqueada de vermelho. A cadeira brilha à luz do dia – a cadeira vermelha contra a parede, contra o oceano azul que se divisa pela janela. E ela se pergunta, o que fez o pintor escolher cores tão berrantes.

— Recebi um telefonema da Vision – ele diz de repente.
— Vision?
— Uma companhia de aviação que está começando. Fusão anglo-americana. Está crescendo depressa, partindo de Logan e em poucos anos eu poderia ganhar uma rota internacional.

Jack sorri o sorriso complexo e triunfante de um homem que tinha uma surpresa guardada e a revela.

Ela dá um passo à frente em direção a ele.

— E se você gostar desta casa, vamos comprá-la.

A frase a paralisa. A mulher leva a mão ao peito.

— Você já esteve aqui? – ela pergunta.

Ele diz que sim com a cabeça.

— Com Julia.

— Julia sabe dessa história? – pergunta, incrédula.

— Nós queríamos fazer uma surpresa para você. A casa está aos pedaços. Precisa de muitos reparos e trabalho, é claro.

— Quando foi que você esteve aqui com ela?

— Duas semanas atrás. Fiz uma escala em Portsmouth.

Kathryn tenta lembrar. Vê os dias de dezembro como folhas de um calendário. Cada viagem parece se misturar com a outra. Não se lembra precisamente de nenhuma.

— Julia sabia disso? – pergunta outra vez.

— Eles aceitaram a nossa oferta – diz Jack.

— Nossa oferta?

Ela se sente lerda e meio atrapalhada. As surpresas estão se acumulando antes que possa absorvê-las.

— Espere aqui – ele diz.

Tremendo, a esposa atravessa o quarto e senta na cadeira vermelha. O sol vindo da janela forma uma sombra oval sobre a coberta do sofá-cama. Ela quer se esgueirar até a luz para aquecer pés e mãos.

Como foi que ele pôde?, pergunta-se. Como conseguiu? Isso não é simplesmente esconder um presente em algum canto da casa. Havia outras pessoas envolvidas. A agência imobiliária. E Julia. Julia seria capaz de guardar um segredo como esse? Talvez pela alegria da surpresa, pensa. E Jack é bom em guardar segredos.

Quando ele retorna, tem uma garrafa de champanhe e duas taças nas mãos. Ela reconhece as taças da cristaleira de Julia.

— Eu adoro ter você aqui — ele diz. — Adoro ver você aqui.

Kathryn observa enquanto o marido tira a rolha da garrafa. Pensa: mas isso é o que Jack de melhor, não é mesmo? Faz as coisas funcionarem.

Ela quer se sentir feliz. No minuto em que tiver digerido as novidades, sabe que se sentirá feliz.

— Você vai trabalhar em Boston? — pergunta.

— Já cronometrei o tempo. Cinqüenta minutos.

Meu Deus, ela pensa. Jack esteve aqui e já cronometrou o tempo.

Ele enche as duas taças de champanhe e passa uma para ela. Juntos, bebem. A mão de Kathryn está tremendo, Jack percebe. Pega o copo da mulher e faz com que ela se levante e ambos olham pela janela. Fala suavemente ao ouvido dela.

— Vamos ter a nossa própria casa agora — diz. — Você vai ficar perto do mar como sempre quis. Mattie irá à escola local. Você será professora por aqui mesmo quando se formar. Julia está contente, pois vai ficar mais perto de você.

Lentamente, Kathryn confirma com a cabeça.

Ele levanta os cabelos e passa a língua na parte de trás do seu pescoço. Ela treme de excitação, como o marido esperava. Pousa a taça de champanhe sobre o parapeito da janela. Inclina-se para a frente e se apóia. No vidro da janela, vê-se o pálido reflexo de ambos.

— QUERIA QUE VOCÊ COMESSE ALGUMA COISA.

Do outro lado da mesa, Robert Hart estava acabando uma tigela de chili.

— Não consigo — ela disse, observando a tigela vazia. — Mas você estava com fome.

Ele pôs a tigela de lado.

Era tarde, embora ela não soubesse a hora. No andar de cima, Mattie e Julia continuavam dormindo profundamente. Além do chili, havia na frente de Kathryn uma fatia de pão de alho, uma salada e uma xícara de chá morno. Pouco antes, fizera um esforço e molhara o pão no chili, experimentara, mas a garganta se negou a engolir. Ela mudara de roupa: suéter azul e branco e jeans. Sabia que seus olhos, nariz e boca estavam inchados. Pensava ter chorado mais no chão do banheiro do que qualquer hora antes durante todo o dia. Provavelmente, jamais chorara tanto em toda a sua vida. Isso fazia com que se sentisse seca e vazia.

— Sinto muito — Hart disse.

— Por quê? — ela perguntou. — Por comer?

Ele encolheu os ombros.

— Por tudo.

— O seu trabalho é inimaginável — disse de repente. — Por que você faz isso?

Robert pareceu espantado com a pergunta.

— Você se incomoda se eu fumar? — perguntou. — Posso ir fumar lá fora, se você preferir.

Jack detestava fumantes. Não tolerava permanecer numa sala com alguém que fumasse.

— A temperatura lá fora está abaixo de zero — disse Kathryn. — É claro que você pode fumar aqui dentro.

Ela o observou procurar um maço de cigarros em seu paletó nas costas da poltrona.

Sentou-se apoiando os cotovelos na mesa, as mãos sustentando o queixo. A fumaça fazia curvas em frente ao seu rosto.

Fez um gesto com o cigarro.

— AA — disse.

Ela anuiu com a cabeça.

— Por que é que eu faço o que faço? — perguntou, limpando nervosamente a garganta. — Pelo dinheiro, suponho.

— Não acredito em você — ela disse.

— Não acredita mesmo?

— Mesmo.

— Suponho que sou impelido a momentos de intensidade — ele diz. — No âmbito da experiência humana.

Kathryn permaneceu em silêncio. Pela primeira vez, deu-se conta de que havia música na sala. Art Tatum. Enquanto estivera no banheiro, Robert provavelmente colocara um CD.

— Parece justo — ela disse.

— Gosto de ver as pessoas se recuperarem — ele acrescentou.

— E elas se recuperam?

— Se lhes dermos tempo suficiente, as mulheres geralmente se recuperam. Infelizmente... — ele parou. — Desculpe.

— Estou cansada de ouvir as pessoas dizerem que sentem muito. Realmente estou.

— As feridas das crianças de um modo geral não cicatrizam tão bem. Dizem que as crianças têm maior capacidade de recuperação, mas não é verdade. Elas mudam. Sofrem mudanças com o desastre e se acostumam. Quase nunca vejo homens abatidos pela dor e pelo pesar, pois há poucas mulheres pilotos. Quando vejo a desgraça se abater sobre homens, é porque são pais e eles ficam com raiva, o que é completamente diferente.

— Devem ficar com raiva mesmo — disse Kathryn.

Ela pensou em Jack como pai. A ira que tomaria conta do marido, o tremendo pesar se, em vez dele, Mattie estivesse no avião. Jack e Mattie eram muito unidos. Dificilmente, ela discutia com o pai ou se queixava dele; as brigas eram sempre com a mãe. Para Jack, os parâmetros haviam sido diferentes desde o princípio. Não eram tão pesados.

Logo que os três se mudaram para Ely, Mattie ainda estava no jardim-de-infância e o pai a "contratara" como sua assistente enquanto trabalhava na casa — pintando, lixando, consertando janelas quebradas. Falava com a filha continuamente. Ensinou-a a andar de esquis e todos os invernos os dois iam sozinhos para as montanhas nevadas. Primeiro, para o nordeste, New Hampshire e Maine, e, mais tarde, para o longínquo noroeste do Colorado. Dentro de casa, os dois assistiam pela televisão aos jogos dos Red Sox e dos Celtics, quando não passavam horas em frente ao computador. Sempre que voltava de uma viagem, Jack ia primeiro ver Mattie ou ela dava um jeito de encontrá-lo antes. Mantinham uma rara relação entre pai e filha: gostavam de estar juntos o mais que pudessem.

Somente uma vez, Jack deu um castigo a Mattie. Kathryn ainda podia ver a fúria no rosto do marido quando descobriu que a menina havia levado um amiguinho para o andar de baixo. Ela e o menino tinham que idade mesmo? Quatro? Cinco? Jack pegou Mattie pelo braço e lhe deu uma palmada muito forte na bunda. Depois, arrastou-a para o quarto dela e bateu a porta com tal violência que até Kathryn ficou chocada. Suas ações eram tão instintivas, tão rápidas que a esposa imaginou que ele houvesse sofrido a mesma punição quando criança e que, por isso, num breve momento, tivesse perdido o controle de sempre. Mais tarde, ela tentou falar com ele sobre o incidente, mas Jack, cuja face ainda não voltara ao normal, não quis discutir o assunto, exceto para dizer que não sabia como pudera fazer o que fizera.

— Você se especializou nisso? — Kathryn perguntou a Robert.

Ele passou os olhos pela bancada da cozinha à procura de alguma coisa que pudesse servir de cinzeiro. Ela apanhou o pires que estava debaixo da xícara de chá e o empurrou até o homem. Hart pousou o cigarro no prato e começou a tirar a mesa.

— Na verdade, não.

— Deixa eu fazer isso — disse ela. — Você já fez muito.

Ele hesitou.

— Por favor. Ainda sou capaz de lavar louça — disse Kathryn.

Ele voltou a se sentar e apanhou o cigarro de novo. Ela foi até a pia e abriu a máquina de lavar louça. Ligou a água.

— Gosto de pensar em mim mesmo como uma pessoa que tece um casulo em volta da família — Robert disse. — Isolando-a do mundo exterior.

— Mundo exterior que invadiu o meu mundo de forma tão grotesca — ela disse.
— De forma grotesca — ele repetiu.
— Você refreia as coisas. É isso que você faz. Você é um refreador.
— Fale-me do seu trabalho — ele disse. — Você dá aula de quê?
— Música e história. E sou responsável pela banda.
— Sério?
— Sério. Só há setenta e dois alunos no segundo grau.
— Você gosta de dar aula?
Ela pensou um minuto.
— Gosto — disse. — Gosto muito. Já tive, pelo menos, dois ou três alunos extraordinários. O ano passado mandamos uma garota para o Conservatório na Nova Inglaterra. Eu gosto de crianças.
— Uma vida bem diferente da de uma mulher casada com um piloto — disse.
Ela fez que sim com a cabeça. Pensou sobre os horários estranhos. Pensou que nunca comemoravam um feriado no feriado. Pensou em Jack pedindo café-da-manhã às sete da noite ou querendo jantar e tomar um copo de vinho às sete da manhã. A vida que levavam era diferente da vida das outras famílias. O marido ficava ausente por três dias e depois passava dois dias em casa e esse esquema perdurava por dois ou três meses. E, então, de repente, no mês seguinte, passava seis dias em casa e quatro, trabalhando. Mattie e Kathryn se ajustariam ao novo ritmo. Não viviam rotinas como outras famílias — viviam segmentos. Momentos breves quando Jack estava em casa; momentos longos quando estava ausente. Quando ele estava viajando, a casa parecia desinchar um pouco, voltar a ser

ela mesma. Não importava quanta atenção a mãe desse a Mattie e nem o quanto gostassem de estar juntas, ela sempre tinha a impressão de que as duas viviam suspensas — esperando pela vida real recomeçar quando Jack aparecesse no portão.

Kathryn se perguntava, sentada em frente a Robert, se continuaria se sentindo como naquele momento — suspensa no tempo, esperando que o marido entrasse de repente pela porta.

— Quantas vezes ele ia à cidade para o trabalho? — Hart perguntou.

— Daqui? Cerca de seis vezes por mês.

— Nada mal. Em quanto tempo? Cinqüenta minutos?

— É isso mesmo. Você tem uma mala pronta no seu escritório? — ela perguntou. — Pronta e preparada?

Ele hesitou.

— É apenas uma mala pequena.

— Você vai dormir no hotel hoje à noite?

— Vou, mas também posso dormir no sofá da sala, se você preferir.

— Não. Não se preocupe comigo. Tenho a Julia e a Mattie. Conte-me outra história.

— Como assim?

Ela pôs o último prato na lava-louças e depois a fechou. Enxugou as mãos numa toalha.

— Gostaria de saber como é quando você chega a uma casa.

Ele coçou a nuca. Não era alto, mas dava essa impressão mesmo sentado. Ela o imaginou como um corredor.

— Kathryn, isso é...

— Conta.

— Não.

— Falar ajuda.

— Não, não ajuda.

— Como é que você sabe — perguntou com certa rudeza. — Nós, esposas, somos todas iguais? Reagimos todas da mesma maneira?

Ela ouvia a raiva contida na sua voz, uma raiva que aparecera esporadicamente durante todo o dia. Bolhas de raiva subindo de uma superfície líquida, inchando e estourando em seguida. Ela sentou-se à mesa novamente, em frente a ele.

— Claro que não — disse Robert.

— E se não fosse verdade? Se você recebesse a notícia, informasse à mulher e depois descobrisse que não era verdade?

— Isso não acontece.

— Por que não?

— Eu passo muito tempo na frente da casa do piloto com um celular na mão, esperando pela confirmação absoluta. Talvez seja difícil para você acreditar, mas jamais quis dizer a uma mulher que seu marido morreu, se de fato isso não aconteceu.

— Sinto muito.

— Pensei que estávamos proibidos de dizer "sinto muito". Ela sorriu.

— Você se incomoda com as minhas perguntas?

— Procuro descobrir a razão das perguntas, mas não, não me incomodo.

— Então me responda uma coisa. O que é que você tem medo que eu diga à imprensa?

Ele afrouxou a gravata e desabotoou o botão do colarinho.

— A viúva de um piloto naturalmente fica muito perturbada, atormentada, confusa. Se ela diz alguma coisa e a imprensa está por perto para ouvi-la, suas palavras são publicadas.

Pode dizer, por exemplo, que seu marido andou reclamando recentemente de problemas mecânicos. Ou ela pode explodir e dizer: "Eu sabia que isso ia acontecer. Ele me disse que a companhia estava cortando despesas com o treinamento do pessoal."

— E isso não seria certo, se ela estivesse dizendo a verdade?

— Quando perturbadas, as pessoas dizem coisas que não diriam mais tarde. Dizem coisas que realmente não querem dizer. Mas se o que dizem se torna público, não há nada a fazer.

— Quantos anos você tem? — ela perguntou.

— Trinta e oito.

— Jack tinha quarenta e nove.

— Eu sei.

— O que você faz enquanto espera pela notícia de um acidente?

— Eu não colocaria a coisa exatamente desse modo — disse ele deslocando um pouco a cadeira. — Eu não fico esperando por um acidente. Tenho outras responsabilidades.

— Tais como?

— Sigo bem de perto as investigações sobre o acidente. Eu acompanho por algum tempo a vida da família. Quantos anos tem essa casa?

— Você está mudando de assunto.

— Estou sim.

— Foi construída em 1905. Era um convento originalmente, uma espécie de abrigo.

— É maravilhosa.

— Obrigada. Ainda precisa de reparos. Sempre precisa de reparos. Decai mais rapidamente do que nós conseguimos consertá-la.

Ela ouviu aquele *nós*.

Não havia nunca alguma coisa que não se amasse naquela casa. Ela parecia mudar constantemente, dependendo da luz, da cor da água, da temperatura do ar. Kathryn conseguia gostar até das suas excentricidades: o assoalho inclinado dos quartos; os armários pequenos, desenhados para hábitos de freiras; as janelas e suas folhas adicionais fora de moda, levantadas com muita dificuldade todos os outonos e retiradas com a mesma dificuldade todas as primaveras. (Jack descobriu que elas eram como flocos de neve, nenhuma exatamente igual à outra. Desse modo, enquanto ele não deu um jeito de botar um rótulo em cada janela, colocá-las e recolocá-las era uma espécie de quebra-cabeça). Entretanto, depois de limpas, elas eram maravilhosas, objetos adoravelmente simples em si mesmos. Era difícil se afastar delas quando havia trabalho a fazer. Kathryn continuamente se surpreendia sentada na longa sala sonhando acordada. Sonhava particularmente como seria fácil, nessa casa, nessa situação geográfica, isolar-se do mundo, levar uma existência solitária e contemplativa, provavelmente tal qual a vida que levavam as primeiras moradoras da habitação, as irmãs da Ordem de Saint Jean le Baptiste de Bienfaisance, vinte freiras cujas idades iam de dezenove a oitenta e dois anos, dedicadas a Jesus e à pobreza. Às vezes, quando estava na sala da frente, imaginava o refeitório com uma longa mesa de madeira e um banco igualmente longo de um só lado para que as religiosas pudessem ver o oceano enquanto faziam suas refeições. Apesar dos votos de pobreza, as freiras viviam diante de um cenário de incrível beleza.

Durante anos, Kathryn tentou achar o local onde as freiras tinham a capela. Procurou no gramado e no jardim adjacente, mas jamais encontrou sinal de nenhuma fundação. Será que a capela estava dentro da casa, onde hoje é sala de jantar? Teriam as freiras desarmado o altar rústico, levando com elas a imagem da Virgem Maria e uma cruz? Ou elas atravessavam a longa extensão pantanosa entre Fortune's Rocks e a cidade de Ely Falls para assistir à missa na igreja de Saint Joseph com os imigrantes franco-canadenses?

— Você mora aqui há onze anos, não é mesmo? — perguntou Robert.

— Isso mesmo.

O telefone tocou e aquilo assustou a ambos. Ela tinha a impressão de que o telefone não tocava já há vinte, trinta minutos. O primeiro longo intervalo desde as primeiras horas da manhã. Observou Robert atendendo a ligação.

Kathryn só tinha vinte e três anos quando se mudara com Jack para a área de Ely. Preocupara-se com um possível ressentimento por parte da população da cidade. Ela teria uma casa na praia e um marido que seria piloto da Vision. Não moraria mais em Ely propriamente, mas em Fortune's Rocks, um mundo efêmero de veranistas, sempre em trânsito. Gente que, apesar dos elogios à loja de sua avó, apesar da condescendente curiosidade sobre a pequena e charmosa cidade, permanecia essencialmente anônima. Corpos elegantes, bronzeados pelo sol, com reservas aparentemente incessantes de dinheiro nos bolsos. Martha, a dona da única *delicatessen*, a Ingerbretson, podia contar alguns casos sobre homens de bermudas cáqui e camisetas brancas que gastavam grandes quantias em vodca, lagostas, batatas fritas e a torta de chocolate caseira, a *konfetkakke*. Tão rapidamente como apareciam, desapareciam falidos, deixando, como único legado, uma placa com os dizeres "À venda" fincada na areia em frente a uma casa de praia de 400 mil dólares.

Mas as reservas de boa vontade dedicadas a Julia Hull se derramaram sobre Kathryn e Jack. Pensou no modo como o marido e ela haviam se ambientado à vida de Ely e como orientavam a vida de Mattie na escola. O trabalho de Jack o afastava constantemente da cidade, mas, ainda assim, ele dava jeito de jogar tênis na liga local com Hugh Reney, o vice-diretor do colégio, e Arthur Kahler, proprietário do posto de gasolina nos limites da vila. Surpreendentemente, levando-se em conta a facilidade com que Mattie fora concebida, Jack e Kathryn pareciam incapazes de ter mais filhos. Diziam a si mesmos que eram suficientemente felizes com a menina para renunciar às medidas extraordinárias que teriam de tomar para conceber outra vez.

Kathryn observava Robert ao telefone. Ele voltou-se rapidamente, e olhou para ela e então lhe deu as costas de novo.

— Sem comentários — Hart disse.

"Acho que não.

"Sem comentários.

"Sem comentários."

Desligou o telefone. Pegou uma caneta do balcão e começou a gesticular com ela para a frente e para trás.

— O quê? — perguntou Kathryn.

Robert virou-se.

— Bem, nós sabíamos que isso ia acontecer — ele disse.

— O quê?

— Vão falar disso durante vinte quatro horas no máximo. Depois será jornal de ontem.

— O quê?

Ele olhou intensamente para ela e depois respirou fundo.
— Estão dizendo que foi falha do piloto.
Ela fechou os olhos.
— Não passa de especulação — o homem disse rapidamente. — Acham que encontraram um registro de bordo que não faz sentido. Mas acredite em mim, eles não podem saber com certeza.
— Oh!
— Além disso — ele disse com voz pausada e calma —, encontraram alguns corpos.
Ela pensou que, se continuasse a inspirar e expirar bem devagar, não se desesperaria.
— Nenhum corpo foi identificado ainda — disse Hart.
— Quantos?
— Oito.
Kathryn tentou imaginar. Oito corpos. Inteiros? Em pedaços? Quis perguntar, mas não conseguiu.
— Aparecerão outros — ele afirmou. — Agora mesmo estão tirando mais corpos do mar.
Britânicos?, ela se perguntou. Ou americanos? Homens ou mulheres?
— Com quem você falou no telefone?
— Agência Reuters.
Ela levantou-se da mesa, atravessou o corredor em direção ao banheiro. Por um momento, teve medo de ficar enjoada. Era uma reação reflexiva, pensou, a incapacidade de engolir alguma coisa e o desejo de vomitar. Passou água no rosto e enxugou-o. No espelho, sua face estava quase irreconhecível.
Quando voltou à cozinha, Robert estava de novo ao telefone. Apertava o braço contra o peito, a mão escondida pelo

outro braço. Falava com calma e respondia "sim" e "OK", enquanto a observava ir para a cozinha.

— Mais tarde — ele disse e desligou.

Longo silêncio.

— Quantos acidentes são causados por falha do piloto? — Kathryn perguntou.

— Setenta por cento.

— Que falha? O que é que acontece?

— Trata-se de uma série de eventos que conduzem ao último. O último é geralmente chamado de falha do piloto, pois, a essa altura, os pilotos já estão profundamente envolvidos.

— Entendo.

— Posso lhe perguntar uma coisa?

— Pode.

— Jack estava...

Ele hesitou.

— Jack estava o quê? — ela perguntou.

— Ele estava agitado, deprimido?

Robert fez uma pausa.

— Você quer dizer recentemente? — perguntou a mulher.

— Sei que é uma pergunta horrível — ele disse. — Mas você terá de respondê-la mais cedo ou mais tarde. Se há alguma coisa, se há alguma coisa que você saiba ou se lembre, seria melhor que eu e você conversássemos a respeito primeiro.

Ela considerou a pergunta. É estranho, pensou, como você conhece intensamente uma pessoa, ou pensa que conhece, quando está apaixonada — mergulhada no amor — apenas para descobrir mais tarde que talvez você não a conhecesse tão bem como imaginava. Ou ela não se deu a conhecer tão bem como você esperava. No começo, o amante bebe em cada palavra, em cada gesto e então tenta manter aquela intensidade o maior tempo possível. Mas, inevitavelmente, quando duas pessoas vivem juntas por muito tempo, a intensidade tende a desvanecer. As pessoas são assim, Kathryn pensou. Têm necessidade de evoluir do estado de loucos de amor para viver uma vida em comum com alguém que também está mudando, se alterando de modo a que o casal possa um dia criar um filho.

Algumas pessoas não conseguiam. Ela sabia disso por causa dos seus pais. Não conseguia lembrar um único momento em que não houvesse uma sensação de falta, de necessidade, de tensão entre seus pais. Embora seu pai fosse o parceiro constantemente infiel e certamente tivesse dado à mãe de Kathryn justa causa para se sentir ferida, fora sua própria mãe, ela estava certa disso, que destruíra muito cedo qualquer chance de felicidade que o casal pudesse ter. Isso porque fora a sina da sua mãe ser completamente incapaz de esquecer o tempo em que tinha 22 anos e conhecera Bobby Hull, que se apaixonou por ela e fez com que se sentisse viva. Por um ano – o ano em que se casaram para depois conceber a filha –, Bobby Hull não desgrudara os olhos de sua jovem esposa e nem saía do seu lado. Pela primeira vez na vida, a mãe de Kathryn sentiu-se profundamente amada, uma droga que viciava mais do que o *bourbon* a que Bobby Hull a apresentou quando se conheceram. Aquele ano que, Kathryn jamais duvidou, foi o melhor da vida de sua mãe – e sobre o qual ela sabia mais do que deveria, uma vez que, quando criança, ouvia sobre o assunto em detalhes todas as vezes que seus pais brigavam –, ganhou uma importância que se tornou quase sagrada à medida que o tempo passava. E seu pai, mesmo quando se acalmava e tentava agradar à mulher, não podia recriar aquele primeiro ano. Para Kathryn, a tragédia da vida da sua mãe fora a gradual diminuição das atenções do marido. Essa diminuição de atenção começou muito naturalmente, como acontece mesmo com duas pessoas profundamente apaixonadas que afinal conseguem levar uma vida normal, trabalhar, tomar conta dos filhos. Mas o recuo do marido, assim que sua mãe o sentiu e o nomeou — rotulou-o, por assim dizer — tornou-se um modo de ser. Kathryn ainda podia ouvir sua mãe gritar repetidas vezes do seu quarto no andar superior, em voz torturada, uma única coisa: "Por quê?", "Por quê?" Às vezes (e Kathryn ainda se arrepiava toda ao pensar nisso), sua mãe implorava a Bobby Hull para que lhe dissesse que ela era bonita. Isso automaticamente fazia com que ele, que podia ser teimoso, se tornasse avaro em suas manifestações amorosas. Amava muito a mulher e talvez lhe dissesse isso se ela não pedisse.

No caso do seu próprio casamento, Kathryn achava que fora mais difícil para ela do que para Jack fazer a transição do estado amantes para o estado casal. Ela suspeitava que a transição viera mais lentamente para ela e seu marido do que para outros casais. E nisso, pensava, tinham tido sorte. Foi quando Mattie tinha onze anos? Doze? Jack deslizara sutilmente e, aos poucos, para longe dela. Não havia nada que ela pudesse apontar ou articular exatamente. Em todos os matrimônios, os casais criam seu próprio teatro sexual encenado na intimidade do quarto, silenciosamente em público ou até mesmo ao telefone, um teatro freqüentemente repetido com diálogos semelhantes, direções de cena semelhantes, e as partes dos corpos como acessórios da imaginação. Mas, quando um dos parceiros tenta sutilmente mudar seu papel ou tenta eliminar algumas das suas falas, a peça não consegue ser encenada com a perfeição de antes. O segundo ator, ainda não consciente de que a peça mudou, às vezes esquece suas falas e se confunde com a nova coreografia.

E isso, Kathryn achava, ocorrera com ela e Jack. Ele passou a procurá-la menos na cama. E, então, quando faziam amor, parecia que uma certa energia natural se perdera. Era simplesmente um leve afastamento gradual, tão gradual que chegava a ser imperceptível. Até o dia em que Kathryn se deu conta de que não faziam amor havia mais de duas semanas. Na época, ela pensou, a necessidade que ele tinha de dormir o havia dominado; sua escala de vôos era difícil e ele freqüentemente parecia muito cansado. Às vezes, entretanto, ela pensava ser responsável pela nova situação; pensava ter-se tornado muito passiva. Por isso, de vez em quando, tentava pôr mais imaginação no ato sexual; um esforço não completamente bem-sucedido.

Kathryn jurara que não se queixaria. Não entraria em pânico. Nem mesmo discutiria o assunto. Mas o preço de tal tenacidade, ela logo percebeu, foi a criação de um véu sutil à sua volta; um véu que tornava difícil o acesso espontâneo dela a ele e vice-versa. E, depois de algum tempo, esse véu começou a deixá-la angustiada.

E então ocorreu a briga. A única briga terrível e verdadeira do casamento.

Mas ela não queria pensar nisso agora.

— Não — disse ela a Robert. — Acho que já é hora de eu ir para a cama.

Robert fez um gesto com a cabeça concordando com a idéia.

— Foi um bom casamento — Kathryn disse.

Ela passou a palma da mão sobre a mesa.

— Foi bom — repetiu.

Na verdade, ela pensava que qualquer casamento era como recepção de rádio: ia e vinha. Ocasionalmente, o casamento e

Jack transmitiam-se mais claramente para ela. Outras vezes, haveria interferência; um som estático entre eles. Nessas ocasiões, era como se ela não conseguisse ouvir o marido; como se as mensagens dele fossem desviadas para a direção errada na estratosfera.

— Temos de notificar mais algum membro da família do seu marido? — perguntou Robert.

A mulher disse que não com a cabeça.

— Ele era filho único. A mãe morreu quando ele tinha nove anos. O pai morreu quando ele estava na universidade.

Kathryn se perguntou se Robert Hart já não sabia disso tudo.

— Jack nunca falava sobre sua infância. Na verdade, sei muito pouco sobre ela. Sempre tive a impressão de que não deve ter sido feliz.

A infância de Jack, pensava a esposa, era um desses assuntos que ela teria todo o tempo do mundo para conversar com ele.

— Estou falando sério — disse Robert. — Não me incomodaria absolutamente se eu dormisse aqui.

— Não, você deve ir. Tenho Julia aqui se precisar de alguma coisa. O que faz a sua ex-mulher?

— Ela trabalha para o senador Hanson. Da Virgínia.

— Quando você me perguntou sobre Jack — disse Kathryn —, sobre ele estar deprimido...

— Sim.

— Bem, teve uma vez em que eu não diria que ele estava deprimido, mas, certamente, não estava feliz.

— Conte — disse Robert.

— Tinha a ver com o trabalho — disse ela. — Foi há cinco anos mais ou menos. Ele começou a se entediar com a companhia. Por um curto período, pareceu terrivelmente entediado. Começou a fantasiar, pensar em mudar de trabalho... acrobacias aéreas, ele disse. Num avião de fabricação russa, YAK 27, eu me lembro. Pensou também em abrir seu próprio negócio. Coisas como escola de aviação, vôos charter, venda de aviões.

— Eu costumava pensar nisso também — Robert disse. — Acho que todo piloto faz isso de tempos em tempos.

— Jack dizia que a companhia crescera muito rapidamente. Tornara-se muito impessoal e, às vezes, ele mal conhecia a tripulação com a qual voava. Muitos pilotos eram ingleses e moravam na Inglaterra. Outra coisa: ele sentia saudades do tempo em que usava as mãos para pilotar aviões. Queria poder sentir o avião novamente. Durante algum tempo, recebemos prospectos pelo correio sobre aviões de acrobacias. Certa manhã, ele chegou a me perguntar se eu concordaria se nos mudássemos para Boulder, onde uma mulher estava vendendo uma escola de aviação. E é claro que eu tive de dizer que sim, pois ele já fizera o mesmo por mim. Lembro-me de como fiquei preocupada ao vê-lo infeliz e concordei que talvez ele precisasse mesmo de uma mudança. Ainda assim, fiquei aliviada quando ele parou de falar no assunto. Depois disso, nunca mais falou em deixar a companhia.

— E isso aconteceu cinco anos atrás?

— Mais ou menos. Não sou muito boa para datas. Sei que o fato de ele ter ganhado a rota Boston-Heathrow ajudou bastante — disse ela. — Acho que eu estava tão contente com o fim da crise que não tive coragem de levantar a questão novamente. Hoje gostaria de tê-lo feito.

— Depois disso, nunca mais deu sinais de depressão? — Robert perguntou.

— Não. Na verdade, não.

"Seria impossível dizer que tipo de ajustes Jack fizera em seu íntimo. Parecia ter colocado seu descontentamento no mesmo lugar em que colocara sua infância – num cofre trancado.

"Você parece muito cansado – disse a Robert."

— E estou.

— Acho que você deveria ir agora – disse.

Ele permaneceu em silêncio. Não se moveu.

— Como é o aspecto dela? – perguntou Kathryn. – Sua mulher, quer dizer, ex-mulher.

— Tem a sua idade. Alta. Cabelos pretos. Muito bonita.

— Eu acreditei nele quando disse que não morreria num desastre aéreo. Sinto-me como se tivesse sido enganada. Não é uma coisa horrível de se dizer? Afinal de contas, ele morreu e eu não. Ele deve ter sofrido. Tenho certeza de que sofreu pelo menos por alguns segundos.

— Você está sofrendo agora.

— Não é a mesma coisa.

— Você foi enganada. Você e a sua filha.

Ao ouvi-lo mencionar sua filha, a garganta de Kathryn se apertou e ela pôs as mãos em frente ao rosto como se pedisse a Robert que não dissesse mais nada.

— Você precisa deixar que as coisas aconteçam – ele disse com voz branda. – Tudo tem seu tempo certo.

— É como se um trem estivesse passando sobre mim – retrucou. – Um trem que não pára nunca.

— Eu queria tanto ajudar, mas não há muito que eu possa fazer além de me manter vigilante, ficar observando. A dor é anárquica. Não há nada de positivo nela.

Ela encostou a cabeça no tampo da mesa e fechou os olhos.

— Precisamos organizar um funeral, não precisamos? — perguntou.

— Podemos falar amanhã sobre isso.

— Mas como faremos se não houver corpo?

— Qual a religião de vocês?

— Eu não sou nada. Antigamente era metodista. Julia é metodista.

— E Jack?

— Católico, mas ele também não professava religião alguma. Não pertencíamos a nenhuma Igreja. Nem casamos na Igreja.

Ela sentiu os dedos de Robert tocarem o topo dos seus cabelos. Levemente. Rapidamente.

— Estou indo — ele disse.

Depois que Hart foi embora, Kathryn ficou por um momento em silêncio, então levantou-se, desceu para o andar de baixo e começou a acender as luzes dos cômodos. Perguntava-se o que queriam dizer exatamente com a expressão falha do piloto. Uma guinada para a esquerda quando deveria ser dada para a direita? Um cálculo errado sobre a quantidade de combustível necessária? Instruções não seguidas? Um interruptor acionado acidentalmente? Em que outro trabalho um homem podia cometer um erro e causar a morte de cento e três pessoas? Um engenheiro ferroviário? Um motorista de ônibus? Alguém que trabalhe com química, com lixo nuclear?

Não podia ser falha do piloto. Por Mattie, não podia.

Ela ficou parada por longo tempo no topo da escada e depois se encaminhou para o corredor.

Fazia frio no seu quarto. A porta estivera fechada o dia inteiro. Deixou que os olhos se habituassem à escuridão. A cama estava desarrumada, exatamente como a deixara às 3h24min da madrugada.

Deu a volta na cama e a olhou como um animal faria — com cautelosa consideração. Puxou um pouco a colcha e o primeiro lençol. Olhou o lençol estendido no colchão, sob a luz do luar. Era um lençol cor de creme, de flanela, que só usavam no inverno. Quantas vezes ela e Jack haviam se amado naquela cama?, perguntou a si mesma. Em dezesseis anos de casamento? Tocou o lençol com os dedos. Usado e macio. Com alguma hesitação, sentou-se à borda da cama para ver se conseguiria deitar-se. Ela já não confiava em si mesma, não sabia dizer como seu corpo reagiria a qualquer novidade. Mas, ao sentar-se na cama, não sentiu nada. Talvez, ao longo do dia interminável, tivesse se tornado insensível, pensou. Havia um limite para os sentidos.

— Falha do piloto — disse alto, testando a si mesma.

Mas não poderia ser falha do piloto, pensou rapidamente. No final, não seria falha do piloto.

Olhou para o despertador na mesa-de-cabeceira: 9h27min.

Cuidadosamente, como se monitorasse seu próprio corpo para um possível abalo sísmico, puxou lençol e colcha para cima de si. Imaginava sentir o cheiro de Jack na flanela. Seria possível — não havia lavado a roupa de cama desde que ele partira na terça-feira. Mas não podia confiar nos seus sentidos, não sabia o que era real ou imaginário. Olhou para a camisa de Jack jogada numa cadeira. Desde o começo de seu casamento, Kathryn se habituara a só arrumar a casa na véspera da volta do marido. Agora, ela sabia, não queria tirar aquela camisa da cadeira. Levaria alguns dias até poder tocá-la, até poder apertá-la contra o rosto, arriscar-se a sentir o cheiro dele no tecido. E, quando todos os vestígios de Jack fossem retirados, o que lhe restaria?

Ela virou de lado na cama e olhou para o luar banhando o quarto. Pelas pequenas fendas da janela, ouvia a água correndo.

Tinha na mente uma imagem muito vívida de Jack na água, o corpo sendo arrastado sobre a areia do fundo do oceano.

Puxou o lençol de flanela até o rosto, respirando lentamente contra o tecido na esperança de que o pânico fosse embora. Pensou em se arrastar até o quarto de Mattie e se deitar no chão, ao lado da filha e da avó. Como pudera pensar que conseguiria passar a primeira noite sozinha em sua cama de casada?

Levantou-se rapidamente e se dirigiu ao armário do banheiro onde Jack guardava um frasco de Valium. Pegou um comprimido e imediatamente outro por garantia. Pensou em tomar um terceiro. Ficou sentada na borda da banheira até começar a se sentir um pouco tonta.

Pensou em se deitar na cama do quarto de hóspedes. Mas, ao passar pelo escritório de Jack, verificou que a luz estava acesa. Abriu a porta.

O escritório estava iluminado demais e, ao mesmo tempo, descolorido – branco, metálico, plástico, cinza. Era um cômodo no qual ela raramente entrava. Não era um local atraente, um espaço sem cortinas nas janelas e com arquivos alinhados às paredes. Um lugar masculino.

Era a ordem de Jack – uma ordem com a qual só ele tinha intimidade. Na imensa mesa de metal, havia dois computadores, um fax, dois telefones, um *scanner*, xícaras de café, modelos empoeirados de aeroplanos, uma caneca com um suco vermelho (provavelmente deixada por Mattie), e um porta-lápis de cerâmica azul que a filha dera ao pai de presente quando ainda estava no primário.

Olhou para o fax e sua luz piscando.

Foi até a mesa e sentou-se em frente a ela. Robert estivera no escritório durante o dia, usando o fax e o telefone. Kathryn abriu a gaveta da esquerda. Dentro, estavam os livros de navegação aérea de Jack, os maiores, pretos, pesados, com capas de vinil e os menores, que cabiam dentro de um bolso de camisa. Viu uma pequena lanterna, um abridor de envelopes de marfim que trouxera da África havia muitos anos, livros de instruções sobre aviões que ele já não pilotava, um livro sobre radares e temperatura. Um vídeo de treinamento sobre o vento. Dragonas do uniforme de Santa Fé. Descansos para copos que pareciam instrumentos de vôo.

Ela fechou a gaveta e abriu a do meio, a maior. Tocou com os dedos um molho de chaves que julgou ter sobrado do antigo apartamento em Santa Fé. Pegou uns óculos com armação de tartaruga. Jack havia passado sobre eles com a Caravan, mas insistia que ainda serviam para leitura. Havia caixas de papel com clipes, canetas, lápis, elásticos, grampeadores, duas baterias, velas de automóvel. Levantou um bloquinho de post-it e viu um *kit* de costura do Marriott Hotels. Ela sorriu e beijou o estojinho.

Abriu uma gaveta de arquivo mais funda, à direita da mesa. Era o lugar para manter documentos legais, ela viu, mas havia uma pilha de papéis de quase meio metro de altura. Tirou a pilha da gaveta e colocou-a no seu colo. Pelo que podia ver, eram papéis reunidos ao acaso, sem ordem alguma. Havia um cartão de aniversário de Mattie, memorandos da companhia aérea, um catálogo de telefones local, uma série de formulários de seguros de saúde, o rascunho de uma redação que a filha escrevera para a escola, um catálogo de livros sobre aviação, um cartão do dia dos namorados que Kathryn mesma confeccionara e dera a ele um ano antes. Ela olhou a parte da frente: "Querido, adoro o que você faz ao meu espírito." Abriu o cartão e viu o que estava escrito no interior: ... "E o que você faz ao meu corpo". Kathryn fechou os olhos.

Depois de algum tempo, manteve os papéis que já tinha visto contra o peito e continuou a passar os olhos pelos restantes. Descobriu vários extratos bancários de Jack. Eles tinham contas separadas. Ela pagava pelas suas roupas, pelas de Mattie, pela alimentação e despesas de casa. Ele respondia pelo resto e dizia que todas as economias iam para um fundo a ser gozado depois que se aposentassem.

Kathryn estava começando a ter dificuldade para manter os olhos abertos. Tentou ajeitar os papéis que estavam no seu colo e recolocar os outros na gaveta. Num dos cantos da gaveta, havia um envelope fechado, um convite para se associar à Visa com direito a 9,9% de desconto, promoção do Bay Bank. Coisa antiga, ela pensou.

Estava para jogar o envelope no cesto de papéis quando notou que havia alguma coisa escrita no verso. Letra de Jack, outro lembrete: "Ligar farmácia de Ely Falls, Ligar Alex, depósito bancário referente às despesas de março, Ligar Larry Johnson, referência impostos, Ligar Finn, referência Caravan." Finn, ela se lembrou, era o revendedor Dodge-Plymouth em Ely Falls. Tinham comprado a Caravan havia quatro anos e ela não se lembrava de jamais terem feito negócios com Tommy Finn novamente.

Virou o envelope. Do outro lado, havia uma anotação, também na letra de Jack: "Muire 3h30min."

Kathryn se perguntou quem seria Muire? Randall Muir, do banco? Estaria Jack negociando um empréstimo?

Kathryn olhou novamente para a frente do envelope. Checou o carimbo postal. Definitivamente, tinha quatro anos

Recolocou todos os papéis na gaveta e fechou-a com o pé.

Agora, sentiu que precisava se deitar. Saiu do escritório do marido e entrou no quarto de hóspedes, seu refúgio. Deitou-se sobre a cama com a colcha estampada e, em poucos segundos, estava dormindo profundamente.

Foi despertada por vozes — uma delas, um grito quase histérico, e a outra, calma, tentando se fazer ouvir.

Kathryn se levantou, abriu a porta do quarto de hóspedes e as vozes tornaram-se mais altas. Mattie e Julia, ela percebeu, estavam na sala da frente.

Quando chegou, viu ambas ajoelhadas no chão. Julia num robe de flanela e Mattie de camiseta e *shorts*. À volta delas, havia um grotesco jardim de papéis de embrulho — bolas de papel amassado de todas as cores: vermelho, dourado, azul, prateado, misturados com metros e metros de fitas para presentes.

Julia levantou o olhar para onde ela estava.

— Mattie acordou e desceu para a sala. Estava tentando embrulhar seus presentes.

A filha deitou-se no chão em posição fetal.

Kathryn deitou-se ao lado da menina.

— Eu não suporto mais, mãe — ela disse. — Onde quer que eu olhe, lá está ele. Ele está em todos os quartos, em todas as cadeiras, em todas as janelas. Até no papel de parede. Eu não agüento mais, mamãe.

— Você estava tentando embrulhar o presente dele? — perguntou Kathryn, enquanto afastava os cabelos da frente do rosto da filha.

Mattie confirmou com a cabeça e começou a chorar.
— Vou levá-la para a minha casa — disse Julia.
— Que horas são?
— Pouco mais de meia-noite. Vou levá-la para casa e colocá-la na cama — disse Julia.
— Eu também vou — disse Kathryn.
— Não — retrucou Julia. — Você está exausta. Fique aqui e volte para a cama. Mattie vai ficar muito bem comigo. Ela precisa de uma mudança de cenário, uma zona neutra, um quarto neutro.

E Kathryn pensou na propriedade da frase da avó. Tinha a clara sensação de que estavam envolvidas numa guerra, em perigo de se tornarem vítimas fatais de uma batalha.

Enquanto Julia preparava uma sacola com roupas de Mattie, Kathryn ficou deitada ao lado da filha, massageando-lhe as costas. De tempos em tempos, a menina soluçava convulsivamente. A mãe cantou uma música que havia inventado quando Mattie era bebê: "M de Matigan...", começava.

Depois que Julia e a filha foram embora, Kathryn arrastou-se até o seu quarto. Dessa vez, sentiu-se mais corajosa e se meteu debaixo dos lençóis.

Não teve sonhos.

Pela manhã, ouviu um cão latir.

Havia alguma coisa estranha e familiar no latido.

E então ela se abraçou a si mesma, do mesmo modo como faria se estivesse dentro do carro em frente a um sinal fechado e visse pelo retrovisor que o motorista atrás dela vinha em alta velocidade.

* * *

Os cabelos de Robert ainda estavam úmidos e recém-penteados. Via-se nitidamente a linha que dividia os cabelos para um lado. Usava uma outra camisa: um azul, que era quase brim, e uma gravata vermelho-escuro. A camisa do segundo dia, ela pensou rapidamente.

Uma xícara de café na bancada da cozinha. Mãos nos bolsos, ele caminhava de um lado para outro.

Olhou o relógio: 6h40min. Por que ele aparecera tão cedo?, ela se perguntou.

Quando a viu no topo da escada, ele tirou as mãos do bolso e caminhou em sua direção.

Pôs as mãos nos ombros dela.

— O que houve? — ela perguntou alarmada.

— Você sabe o que é um CVR? — ele perguntou.

— Sim: *Cockpit Voice Recorder*, a gravação da cabine de comando.

— Bem, o CVR foi encontrado.

— E?

Ele hesitou por um momento.

— Estão falando em suicídio.

ELE CAMINHA, BRAÇO EM VOLTA DA CINTURA DELA, EM DIREÇÃO aos aviões que parecem muito pequenos. Lembram mais brinquedos para crianças escalarem e se esconderem. O calor intenso sobe do pavimento. Este é um mundo masculino, ela pensa, com suas ferramentas estranhas, a pequena sala de reuniões e a torre de comando. Tudo à volta dela é de metal brilhante ou fosco, dependendo do brilho do sol.

Ele parece solícito, mas caminha a passos largos. O avião é bonito com suas marcas vermelhas e brancas. Ele pega a mão dela enquanto ela pisa sobre a asa e então se mete diante dos comandos. O interior mínimo do avião é alarmante. Como poderia algo monumental, como voar, ocorrer num espaço tão insignificante? Voar, que, para Kathryn, sempre foi uma coisa improvável, agora parecia impossível. E ela diz para si mesma, como faz quando conduzida por um mau motorista de automóvel, que isso logo vai acabar e que ela só precisa sobreviver.

Jack se acomoda ao lado dela. Ele usa óculos de sol com lentes de uma iridescência azul. Pede-lhe que use o cinto de segurança e lhe passa os fones de ouvido, pois, com eles, será mais fácil falar, por causa do barulho do motor.

Eles vão aos solavancos pela pista irregular do pequeno aeroporto. O avião parece desconexo e inseguro. Kathryn quer pedir a Jack que pare; quer dizer-lhe que mudou de idéia. O avião ganha velocidade. Mais um solavanco e estão no ar.

O coração parece tomar conta de todo seu peito. O marido se volta para ela. Seu sorriso cheio de confiança está lhe dizendo: "Relaxe que nós vamos nos divertir."

Diante da esposa, uma imensa extensão azul. O que houve com o solo? Ela tem a visão de um aeroplano, atingindo uma terrível altura, dar um leve solavanco e então cair como ordena a natureza. Ao seu lado, Jack aponta para a janela:

— Dá uma olhada — ele diz.

Estão sobrevoando a costa, mas é tão alto que a arrebentação das ondas parece imóvel. O oceano agora é azul-escuro. Um pouco além da costa, ela consegue identificar pinheiros escuros, aos milhares. Vê um barco e o sulco que deixa na água, e, em seguida, a mancha negra que é a cidade de Portsmouth. As rochas que formam as ilhas Shoals. Procura por Ely, pensa ter encontrado e acompanha uma estrada que vai do centro à casa de Julia.

O avião desenha uma curva e ela levanta as mãos para se salvar. Quer pedir ao marido que seja mais cuidadoso e imediatamente diz a si mesma que isso seria uma bobagem. Claro que ele seria cuidadoso. Não?

Como se respondesse à pergunta da esposa, Jack põe o avião numa posição absolutamente vertical; o aparelho está num ângulo tão agudo que a faz pensar que ele está testando as próprias leis da física. Está certa de que cairão do céu. Grita o nome dele, mas Jack está tão atento aos instrumentos que nem responde.

A gravidade a cola nas costas do assento. O avião sobe subitamente, fazendo uma curva e, em seu ápice, parece estar parado de cabeça para baixo, uma partícula suspensa sobre o Atlântico. Agora, o aeroplano mergulha ao chegar ao fim da curva. Ela grita e tenta se agarrar o melhor que pode em qualquer coisa que consiga alcançar, a fim de se sentir um pouco mais segura. Jack dá uma rápida olhada para a mulher e põe o avião numa posição quase vertical ao solo. Kathryn o observa nos controles, seus movimentos calmos, a concentração da sua face. Está espantada. Como um homem pode obrigar um avião a fazer truques – truques com a gravidade, com a física, com o destino?

E de repente o mundo silencia. Como que surpreendido, o avião começa a cair. Não como uma pedra, mas como uma folha flutuando no espaço à direita e à esquerda. Coração comprimido, Kathryn olha para Jack. O avião entra loucamente em parafuso em direção à terra. Ela inclina a cabeça, incapaz até de gritar.

Quando o avião sai do parafuso, estão a menos de cinqüenta metros do mar. Ela consegue ver a espuma branca, o movimento de um mar levemente agitado. Espantada, começa a chorar.

– Você está bem? – ele pergunta ao ver suas lágrimas. A esposa sacode a cabeça, dizendo que não está nada bem. – Eu nunca deveria ter feito isso – diz. – Sinto muito. Pensei que você fosse se divertir.

Ela olha para Jack. Põe a mão sobre a dele e dá um longo suspiro.

– Foi maravilhoso – diz. E está falando sério.

Estava gelado dentro do carro. Kathryn mal conseguia manter as mãos no volante. Na pressa de sair de casa, esquecera as luvas. Perguntava-se o quanto estaria frio fora do automóvel. Menos dez? Menos quinze? Abaixo de um certo ponto, pensou, não fazia muita diferença. Sentiu uma dor nos ombros ao se inclinar para a frente, tentando não tocar em nada, nem mesmo nas costas do assento, enquanto a calefação não começasse a fazer efeito.

Diante das notícias trazidas por Robert – às quais insistiu que Kathryn não desse crédito –, a única coisa que queria era estar com Mattie. Enquanto estava ao pé da escada, olhando para Hart, foi dominada por um desejo de ver a filha, uma coisa tão rápida como a água da torneira caindo dentro de uma jarra. Ainda com as roupas com que havia dormido, passou correndo pelo homem e quase ao mesmo tempo passou a mão na jaqueta forrada, com capuz, calçou as botas e tirou do gancho as chaves dos fundos da casa. Correu até a Caravan, evitando os homens que vinham em sua direção e, por quase dois quilômetros, rodou a cem por hora. Derrapou numa esquina e acabou parando numa faixa de areia da estrada que vai de Fortune's Rocks a Ely. Recostou levemente a cabeça contra o volante.

Não podia ser suicídio, Kathryn pensou. Suicídio era completamente impossível. Era inimaginável. Impensável. Fora de questão.

Por quanto tempo ficou ali com a cabeça no volante, ela não sabe. Dez minutos, talvez. E então pôs o carro em marcha de novo. Dessa vez, mais devagar e foi invadida por uma sensação de calma – uma calma criada pela exaustão. Se não fosse calma, certamente era um sutil entorpecimento que descera sobre ela. Ela se encontraria com Mattie e tinha certeza de que todos acabariam sabendo que não era verdade o que diziam sobre Jack.

O sol rompeu no horizonte e transformou os gramados brancos de neve num tom rosa entrecortado pelas longas sombras azuis dos carros e das árvores. A cidade estava silenciosa, embora Kathryn pudesse ver rolos de fumaça saindo debaixo dos capôs dos carros, cujos motores os proprietários haviam deixado ligados para derreter a neve nos pára-brisas, a fim de não morrerem de frio. Ao longo da estrada, viu faixas com lâmpadas coloridas e árvores de Natal em frente às janelas panorâmicas das casas. Passou por uma casa que exibia uma miscelânea de lâmpadas de todas as cores. "Parece uma loja de acessórios para automóveis", comentara Jack uma vez ao passar por ali.

Comentara. Comentara uma vez. Jamais comentaria o que quer que fosse novamente. O envelope do tempo começava decididamente a se fechar. Ela se perguntava se já não havia se acostumado à situação, à ausência de Jack. O pensamento da sua morte, aparecendo atrás de outro pensamento — a lembrança dele, uma imagem — não a chocava tão violentamente como ocorrera no dia anterior. Com que rapidez a mente se acomoda, pensou, sim, talvez, depois. — Talvez, depois de uma série de choques, o corpo se acomodasse, como se tivesse sido vacinado — cada choque subseqüente causaria menos impacto. Ou talvez esse estado de torpor temporário fosse apenas uma calmaria — um cessar-fogo. Como poderia saber? Não houvera ensaio para nada do que estava acontecendo.

Ela passou pelo centro de Ely, a luz apenas começando a invadir a frente das residências e das lojas. Parecia que a Terra fizera sua jornada em direção ao leste apenas a fim de mostrar a cidade de Ely para o Sol. Passou pela loja de ferragens e depois pela Beekman's, um mercado que vendia produtos a preços baixos e acabou sobrevivendo ao shopping-center da estrada 24, embora suas prateleiras empoeiradas exibissem pouco estoque. Passou por um prédio vazio que no passado fora uma loja que vendia todo tipo de linha e cortes de tecido quando a tecelagem de Ely Falls ainda funcionava. Passou pelo Bobbin, o único lugar na cidade onde dava para comprar um refrigerante ou um sanduíche. O Bobbin estava aberto, três carros estacionados na frente. Olhou para o relógio do painel do carro: 7h05min. Em dez minutos, Janet Riley, especialista em literatura do ginásio, e Jimmy Hirsch, um agente da MetLife, estariam lá comendo uma rosca com queijo cremoso e um sanduíche de ovo, respectivamente. Era verdade, pensou, você podia acertar o relógio graças aos hábitos de certos cidadãos e durante o dia inteiro poderia checá-lo graças à insistente rotina de outros.

Kathryn entendia a rotina que, na casa de Julia, fora uma defesa necessária contra o caos. E, é claro, Jack também entendia de rotina – sobretudo num trabalho que exigia que um homem se transformasse numa máquina que se comportaria precisamente de determinada maneira sempre que um particular conjunto de circunstâncias se apresentasse. Estranhamente, a rotina o impacientava assim que saía do avião. Preferia pensar em possibilidades e estar pronto para elas. Dos dois, era sempre mais provável que fosse ele a dizer "Vamos almoçar em Portsmouth". Ou então: "Vamos apanhar Mattie na escola e esquiar."

Kathryn passou pelo colégio que ficava nos limites do centro. Ela trabalhava ali havia sete anos, tinha se formado ao voltar para Ely. Era um prédio de tijolos, antigo e com imensas janelas, um prédio que já era antigo quando Julia estudara ali. No seu tempo, quando as fábricas prosperavam, havia mais alunos do que hoje.

Por alguns quarteirões, ela passou por casas brancas com persianas negras em pequenos lotes, muitas delas ladeadas por cercas brancas – a maioria em estilo vitoriano, mas algumas em estilo colonial antigo – que emprestavam a Ely o charme que tinha. Passado esse círculo interno, a vizinhança começava a rarear. Apareciam bosques e extensões de areia entre uma casa e outra até o fim daquela estrada, seis quilômetros na frente, onde estava a casa de pedra.

Ela fez o retorno familiar e subiu a rua até o fim da colina. Não havia luzes acesas. Mattie e Julia ainda estavam dormindo, pensou. Saiu do carro e ficou de pé, por um momento, rodeada pelo silêncio. Havia sempre um momento na manhã, entre o silêncio da noite anterior e os ruídos do dia à frente, quando Kathryn tinha a impressão de que o tempo parava por um instante, em expectativa. O terreno em volta do carro estava coberto da neve que caíra três dias antes e ainda não havia derretido. Sobre as rochas, a neve havia se transformado numa teia congelada.

A casa de Julia se erguia sobre uma colina, o que tornava difíceis certas tarefas como a entrega de mercadorias, mas, para quem tivesse tempo e sensibilidade, oferecia uma bela paisagem para o oeste. A casa era antiga. De meados do século XIX. Tinha sido parte de uma fazenda que ficava a uns dois quilômetros. De um lado, era limitada por uma estradinha estreita e de outro por um muro de pedras. Além do muro, havia um organizado pomar de macieiras retorcidas que, pelo fim do verão, já estariam exibindo seus frutos rosados.

Fechou a porta do carro, foi até o pórtico e entrou na casa. Julia jamais trancava a porta; nem quando Kathryn era criança e nem agora que todos o faziam. Na cozinha, mais uma vez, sentiu o aroma característico da casa da avó. Uma mistura de bolo de laranja e cebolas. Tirou o casaco e jogou-o sobre uma cadeira da sala.

A casa tinha muitos móveis e três andares. Quando seus pais morreram, Julia convencera a neta a se mudar para o quarto deles no terceiro andar. Depois de alguma hesitação, Kathryn levou seus livros para lá e colocou uma mesa que dava para a única janela envidraçada. No andar intermediário, havia dois quartos pequenos, um deles era de Julia. No térreo, ficavam a sala de estar e a cozinha. Na sala, estava a mobília do tempo do casamento da avó — um sofá de veludo marrom já bastante gasto, duas poltronas fofas que precisavam de novos forros, um tapete, uma mesa e um piano de cauda que ocupava praticamente todo o espaço restante.

Apoiando-se no corrimão, Kathryn subiu até seu antigo quarto que, agora, era de Mattie para quando ela passasse a noite na casa da bisavó, o que ocorria freqüentemente. Foi até a janela e abriu uma fresta na cortina o suficiente para poder ver a filha na cama. Ela dormia encolhida como sempre, seu tigre de pelúcia havia caído. Kathryn mal podia ver sua face — quase totalmente escondida debaixo dos lençóis –, mas, para ela, bastava ver seus cabelos espalhados no travesseiro e a forma do seu corpo delicado sob as cobertas.

Silenciosamente, levou uma cadeira até a frente da cama onde poderia ficar de olho em Mattie. Não queria acordá-la já, não estava preparada para o modo como os acontecimentos do dia anterior atingiriam a filha novamente como a haviam atingido há pouco. Apenas queria estar no quarto quando a menina acordasse.

A menina levantou a cabeça do travesseiro e virou-se para o outro lado.

O Sol já havia se levantado por completo e sua luz entrava pelos contornos da cortina, criando uma faixa de claridade ao longo do lado esquerdo da cama de casal. Era a mesma cama de mogno na qual os pais de Kathryn dormiam, ela se perguntava se os casais de outros tempos faziam tanto amor quanto os de hoje em dia só porque as camas de antigamente eram muito estreitas. Mattie se espreguiçou sonhadora, como se estivesse se preparando para mais uma hora e pouco de sono. Kathryn se levantou da cadeira, apanhou o tigre de pelúcia do chão e colocou-o ao lado da cabeça da filha. Sentia nos dedos o calor de sua respiração. Neste momento, talvez sentindo a presença da mãe, Mattie enrijeceu o corpo. Num impulso, Kathryn deitou-se ao seu lado e abraçou-a. A menina tossiu e a mãe, apertando-a mais um pouco, disse baixinho:

— Eu estou aqui.

A menina ficou calada. Kathryn relaxou o abraço e começou a passar a mão pelos cabelos da filha. Estavam crespos como sempre, logo de manhã. Herdara o cabelo ondulado do pai e a cor do cabelo da mãe. Do pai, também herdara os olhos com dois tons de azul, o que até pouco tempo antes a agradava imensamente. Pensava que ter um sinal que a distinguisse dos outros a tornava especial de uma certa maneira. Quando, porém, entrou em plena adolescência, ocasião em que qualquer diferença das suas amigas era motivo de profunda angústia, passou a usar uma única lente de contato para igualar a cor dos olhos. É claro, não usava a lente para dormir.

Um movimento na roupa de cama, como se alguém a estivesse puxando. Kathryn baixou a coberta que cobria o rosto da filha e descobriu que ela havia enfiado o lençol na boca e o estava mordendo.

— Mattie, por favor. Você vai se sufocar.

A garota apertou ainda mais o lençol com os dentes.

A mãe tentou puxar gentilmente o lençol da sua boca, mas a menina não queria largá-lo. Via que a filha respirava com dificuldade pelo nariz. Havia pequenas lágrimas nas bordas dos olhos dela, prontas para saltar, caso ela piscasse. Abriu os olhos e olhou para Kathryn com uma mistura de súplica e raiva. A mãe pôde ver os músculos da face da filha se contraírem e depois relaxarem.

Mais uma vez, Kathryn tentou puxar o tecido. Subitamente, a garota abriu a boca e ela mesma puxou o lençol.

— Que droga — disse, quando conseguiu respirar.

* * *

Mattie estava debaixo do chuveiro. A avó, que usava um roupão de banho curto de xadrez vermelho sobre a camisola, estava no fogão. Julia achava que o fato de você se cansar de qualquer peça de roupa não era razão para comprar uma nova. Outra das suas leis não escritas era que se você não usasse uma roupa nova depois de um ano, deveria desfazer-se dela.

Parecia cansada e sua pele estava branca, parecia feita de giz. Kathryn se surpreendeu por ver — ou, talvez, por notar pela primeira vez — uma leve protuberância no topo da espinha dorsal da avó, que a obrigava a se curvar levemente.

— Robert continua no hotel? — perguntou Julia, suas costas eram uma corcova macia de xadrez vermelho.

— Não — disse a neta rapidamente, não querendo pensar no que Robert lhe dissera ou não lhe dissera. — Ele ficou no hotel ontem à noite, mas agora está lá em casa.

Ela pousou sua caneca de café sobre a mesa de madeira coberta por uma toalha de linóleo esticada e presa com tachinhas sob o tampo. Com o passar dos anos, as cores do linóleo foram mudando — de vermelho para a azul e então para verde —, mas sua superfície se conservara limpa e esticada.

Julia colocou um prato de ovos mexidos e uma torrada em frente a Kathryn.

— Não consigo — disse.

— Coma. Você precisa se alimentar.

— Meu estômago...

— Você não vai ajudar Mattie em nada, Kathryn, se não conservar suas forças. Está sofrendo, eu sei, mas é a mãe daquela menina e essa é sua obrigação, queira ou não queira.

Houve um longo silêncio.

— Você me desculpa? — disse Kathryn.

Julia sentou-se e disse:

— Sinto muito. Não estou muito bem da cabeça.

— Há uma coisa que você precisa saber — a neta disse rapidamente.

Julia olhou para ela.

— Há um boato. Descontrolado. Horrível.

— O quê?

— Você sabe o que é CVR?

A avó, abruptamente, deu uma guinada com a cabeça em direção à porta. Mattie estava de pé no umbral como se não soubesse o que fazer em seguida, como se houvesse esquecido como devia ser. Seus cabelos haviam molhado os ombros de um suéter que não chegava a cobrir seu umbigo. Estava enfiada num jeans (tamanho dois, estreito), que quase escondia seu tênis Adidas. Seus pés, naturalmente virados para dentro, lhe davam, da cintura para baixo, uma aparência infantil que contrastava com a postura da cintura para cima. Estava com os dedos parcialmente enfiados nos bolsos da calça e os ombros desafiadoramente para trás. Seus olhos estavam vermelhos de tanto chorar. Moveu a cabeça de um modo que os cabelos caíram para um lado. Seu lábio superior tremia. Nervosa, juntou seus cabelos com a mão como se fosse fazer um coque e depois deixou-os cair sobre os ombros outra vez.

— Oi, tudo bem? — perguntou Mattie, determinada, olhando para o chão.

Kathryn teve de virar a cabeça para um lado. Não queria que a filha visse as lágrimas que subitamente saltaram dos seus olhos.

— Mattie — ela disse, quando pôde falar novamente —, venha sentar aqui com a gente e coma uma torrada com ovos mexidos. Você não comeu quase nada desde ontem.

— Não estou com fome.

Mattie puxou uma cadeira – a que estava mais longe da mãe – e se sentou na borda, os ombros levemente curvados, as mãos cruzadas sobre o colo e os pés em forma de "V" sobre o assoalho.

– Por favor, Mattie – disse a mãe.

– Mãããeee, eu não estou com fome, OK? Me deixa em paz.

Julia ia dizer alguma coisa para a bisneta, mas seus olhos se encontraram com os de Kathryn, que lhe fez um sinal negativo com a cabeça.

– Como você quiser – disse a filha, tentando conter a tristeza da voz.

– Bem, talvez uma torrada – Mattie concordou.

Julia preparou uma torrada e uma xícara de chá para a menina, que cortou pedaços mínimos da casca e foi mastigando cada um lentamente, sem entusiasmo, até deixar a torrada toda descascada, quando a pousou no prato.

– Vou ter de ir à escola? – Mattie perguntou.

– Agora, só depois das férias – disse Kathryn.

A pele da filha estava pálida, de um branco minimamente granulado, como se ela estivesse operando com metade de suas forças. Havia pequeninas manchas vermelhas entre os olhos e nas bordas de suas narinas. Ela ficou curvada sobre os restos de uma torrada.

– Vamos dar um passeio – disse Kathryn.

Mattie deu de ombros. Com um ombro só – o que demonstrava menos interesse do que se houvesse levantado os dois.

Pouco além da porta da cozinha, atrás da garota, havia uma árvore de Natal que Julia comprara numa feira da igreja havia muito tempo e que era retirada do sótão todos os anos nos primeiros dias de dezembro. A velha senhora não decorara muito a árvore, mas era fiel: o que a enfeitara num ano continuaria enfeitando-a no ano seguinte.

Natal. Um assunto sobre o qual Kathryn não queria nem pensar, pois vinha de forma dolorosa.

Ela levantou-se e disse para a filha:

— Vista o casaco.

O frio clareou sua mente e fez seu corpo querer se mover com maior rapidez. Além da casa de pedra, a estrada se transformava numa trilha que ia até o pico da montanha Ely. Era uma ladeira modesta, uma graciosa paisagem de pinheiros escuros, pomares de maçãs abandonados e campinas. No final dos anos oitenta, um empreiteiro chegara a pensar em levantar uma série de apartamentos de luxo próximo do cume. Chegara a desmatar uma porção de terra e erguer uma fundação. Os cálculos do homem, porém, foram desastrosos e ele foi obrigado a declarar falência graças a uma recessão que atingiu todo o estado de New Hampshire. Uma vegetação baixa cobria agora o terreno vazio, mas a fundação abandonada, já com alguns andares espectrais, exibia uma estranha paisagem de Ely e Ely Falls para o oeste e, de uma certa forma, para todo o vale.

Mattie não estava usando chapéu. Caminhava com as mãos enfiadas até o fundo dos bolsos do seu brilhante blusão de xadrez preto, cujo zíper decidira não fechar. Há muito que Kathryn desistira de pedir-lhe que fechasse o blusão e usasse um chapéu. Às vezes, ao sair do colégio depois do trabalho, a mãe se espantava ao ver garotas paradas na esquina, usando apenas camisas de flanela sobre as camisetas, sob uma temperatura de quatro, cinco graus.

— Mãe, daqui a pouco vai ser Natal — disse Mattie.

— Eu sei.
— E o que é que nós vamos fazer?
— O que é que você quer fazer?
— Não vamos comemorar, eu acho. Não sei.
— O melhor é esperarmos alguns dias antes de tomarmos uma decisão.
— Ah, mamãe!

Mattie parou de andar, levou as mãos ao rosto e começou a tremer descontroladamente. Kathryn pôs os braços nos ombros da filha, mas ela a afastou.

— Mãe! A noite passada, quando peguei no presente dele...

Mattie começou a chorar sem controle algum. A mãe sentiu que a menina estava suscetível para ser tocada outra vez, estava à beira de um ataque de nervos.

Kathryn fechou os olhos e começou a contar lentamente consigo mesma como fazia quando prendia um dedo na janela, esperando a dor passar. Um, dois, três, quatro. Um, dois, três, quatro. Quando o choro da filha se tornou menos gritante, ela abriu os olhos novamente. Pôs as mãos nas costas da garota e a empurrou para a frente, como um cão pastor faria com uma ovelha ou uma vaca. Mattie estava tonta demais para resistir.

A mãe lhe passou um lenço de papel e esperou que ela assoasse o nariz.

— Comprei um CD para ele — disse a menina. — Stone Temple Pilots. Ele tinha me dito que queria.

As folhas das árvores e a neve congelada formavam um estranho emaranhado dos dois lados da trilha por onde andavam. O chão estava todo esburacado.

— Mãe, não vamos passar o Natal em casa, OK? Acho que eu não ia agüentar.

— Vamos comemorar na casa de Julia — disse Kathryn.

— Nós vamos fazer um enterro?

A mãe tentava acompanhar as passadas de Mattie, que andava depressa e suas palavras saíam da boca como o sopro de um vapor. Kathryn pensou que a filha provavelmente fizera a si mesma essas perguntas durante toda a noite e só agora tivera coragem de pronunciá-las.

Mas ela não sabia como responder à última pergunta. Se não existe um corpo, como se pode fazer um enterro? E, no caso de um serviço fúnebre, era melhor que fosse realizado logo ou deveriam esperar um pouco? E o que aconteceria se o serviço fúnebre fosse realizado e uma semana depois encontrassem o corpo?

— Não sei — respondeu Kathryn com sinceridade. — Preciso falar com...

Ela quase disse Robert, mas se conteve a tempo.

— Com Julia.

Para sua própria surpresa, era com Robert que queria falar.

— Eu tenho de comparecer? — Mattie perguntou.

Kathryn pensou por um momento.

— Sim, você deve. É duro, eu sei; é terrível, Mattie, mas dizem que é melhor ir ao enterro de alguém que amamos do que não comparecermos. É uma espécie de conclusão. Você agora já tem idade para fazer isso. Se você fosse mais jovem, eu diria que não.

— Eu não quero concluir, não quero fechar nada, mãe. Não posso fazer isso. Tenho de manter isso em aberto, pelo maior tempo possível.

Kathryn sabia perfeitamente o que a filha queria dizer. Sabia que devia fazer pela menina o que Julia fizera por ela. Quando é que uma mãe pode parar de ser racional, ela se perguntou, para admitir que sua filha não passa de uma criança assustada?

— Ele não vai voltar — disse para a menina.

Mattie tirou as mãos dos bolsos. Cruzou os braços de mãos fechadas.

— Como é que você sabe disso, mãe? Como pode ter tanta certeza?

— Robert Hart disse que não houve sobreviventes. Que ninguém poderia sobreviver à explosão.

— O que é que ele sabe?

Não se tratava de uma pergunta.

Caminharam em silêncio por alguns minutos. A garota começou a balançar os braços e a andar ainda mais depressa. A mãe tentou acompanhá-la, mas se deu conta de que não era isso que a filha queria. Esta era a questão.

Kathryn ficou observando a menina caminhar cada vez mais rapidamente, começar a correr e desaparecer numa curva.

Não tinha idéia de como sobreviveriam ao Natal, daí a apenas uma semana. Ocorrera um acidente que jogara o universo delas numa tempestade, fora do lugar — estavam numa órbita adjacente, mas diferente das dos outros à volta delas.

Encontrou a filha sentada sobre o muro de cimento da fundação abandonada. Estava ofegante como quando acabava uma partida de hóquei. Ela olhou para a mãe.

— Sinto muito.

Kathryn desviou os olhos para a paisagem. Pelo menos, ela continuava igual. Um pouco além, para o leste, estava o Atlântico. Se continuassem caminhando até o pico da montanha, avistariam o oceano. Dava quase para sentir seu cheiro.

— Vamos parar de pedir desculpas uma à outra por algum tempo, está bem?

— Nós vamos ficar bem, não vamos? — perguntou Mattie.

Kathryn sentou-se ao lado da filha e passou o braço em volta da sua cintura. A menina encostou a cabeça no ombro da mãe.

— Vamos, sim — disse.

A garota começou a riscar a neve do chão com seu tênis.

— Eu sei que está sendo duro para você também, mãe. Você o amava muito, não é?

— Sim, amava.

— Uma vez vi um documentário sobre os pingüins. Você sabe alguma coisa sobre eles?

— Não muito.

Mattie se levantou. Sua face estava rosada e ela parecia animada de repente. Kathryn tirou o braço do ombro da filha.

— A coisa acontece assim. Um pingüim escolhe uma fêmea entre centenas de outras. Não sei como consegue diferençar umas das outras, porque são todas iguais. Então, feita a escolha, ele pega cinco pedras lisas, uma por uma, e as coloca na frente da eleita. Se ela gostar dele, aceitará as pedras e viverão juntos por toda a vida.

— Que coisa mais bonitinha! — exclamou Kathryn.

— E mais tarde, depois do documentário, fomos ao aquário, quando eu e minha turma viajamos para Boston. E os pingüins...ah, mamãe, foi genial. Havia dois se...acasalando. O macho cobriu a fêmea e parecia um cobertor negro em cima dela. O cobertor deu alguns solavancos e um instante depois já estava do lado da fêmea outra vez. Ambos pareciam exaustos, mas também muito felizes. Acariciavam-se com os bicos como se estivessem apaixonados. E um menino ao meu lado, o

Dennis Rollins, um idiota, você não o conhece, começou a fazer piadas obscenas. Isso foi meio chato.

Kathryn passou a mão pelos cabelos da filha. Sentiu tontura e uma certa vontade de chorar.

— Você sabe, mãe, eu já fiz.

A mão de Kathryn parou enquanto descia pelos cabelos da filha.

— Estamos falando sobre o que eu acho que estamos falando? — a mãe perguntou com cautela.

— Você está zangada comigo?

— Zangada?

Tomada pela vertigem, Kathryn fechou os olhos e sacudiu a cabeça.

Ela não sabia o que a surpreendia mais. A admissão de Mattie ou a facilidade com que fizera sexo.

— Quando? — perguntou.

— Ano passado.

— Ano passado?

Kathryn ficou abobalhada. Acontecera há um ano e ela não soubera?

— Você se lembra do Tommy? — perguntou Mattie.

Kathryn piscou os olhos. Tommy Arsenault, se bem lembrava, era um garoto bonito, calado, de cabelos castanhos.

— Mas você tinha apenas quatorze anos — disse a mãe, incrédula.

— Mal tinha quatorze — retrucou Mattie, como se merecesse uma medalha por ter experimentado o sexo tão cedo, pouco depois dos treze anos.

— Mas por quê? — perguntou Kathryn, sabendo de antemão que a pergunta era ridícula.

— Você está zangada, estou vendo.

— Não, não. Não estou zangada. Estou apenas... sei lá, acho que surpresa.

— Eu queria experimentar — disse Mattie.

Kathryn voltou a sentir enjôo. Alguma coisa na paisagem a aborrecia. Fechou os olhos. A filha menstruara tarde, em dezembro do ano anterior. Pelo que sabia, desde então tivera apenas três menstruações. Ela talvez nem estivesse sexualmente madura quando aconteceu.

— Foi só uma vez? — perguntou, incapaz de ocultar um tom de esperança.

Mattie hesitou como se freqüência fosse um assunto íntimo demais para ser discutido com a própria mãe.

— Não, algumas vezes.

Kathryn permaneceu em silêncio.

— Foi bom, mãe. Eu me sinto muito bem. Não amava o Tommy nem nada assim. Mas queria descobrir como era e descobri.

— Doeu?

— No princípio, mas depois gostei.

— E você se precaveu?

— É claro, mãe. O que você acha que sou? Acha que ia correr riscos?

Como se o próprio sexo já não fosse risco suficiente.

— Não sei o que pensar.

Mattie fez um nó com os cabelos.

— E Jason? — perguntou Kathryn, referindo-se ao atual namorado da filha. De todos os amigos de Mattie, Jason, um rapaz alto e louro, que gostava muito de basquete, fora o único suficientemente corajoso para telefonar no dia anterior, perguntado se ela estava bem.

— Não, nós não fazemos. Ele é meio religioso. Diz que não pode. Por mim, tudo bem. Não estou pressionando ele nem nada.

— Ainda bem — Kathryn conseguiu dizer.

A mãe sempre imaginara este momento. Tivera esperanças, como todas as mães, que sua filha descobrisse o sexo combinado com amor. Que diálogo escrevera em sua mente para o momento em que sua filha viesse falar com ela sobre o assunto? Certamente, não este.

Mattie deu-lhe um abraço.

— Pobre mamãe! — ela disse.

— Você sabia — Kathryn perguntou — que na Noruega do século XVIII, qualquer mulher que fizesse sexo antes do casamento, e fosse descoberta, era decapitada? Colocavam a cabeça dela numa estaca e, ao lado, enterravam o corpo.

Mattie olhou para a mãe do modo que, imaginava, olharia se ela estivesse tendo um ataque cardíaco.

— Mamãe!

— Isso foi apenas para colocar você a par de alguns detalhes históricos — ela disse. — Estou contente por ter me contado.

— Queria contar antes, mas pensei...

A garota mordeu o lábio inferior com força.

— Bem, eu pensei que você ficaria zangada e que provavelmente teria de contar ao papai.

Sua voz tremeu um pouco ao mencionar o pai.

— Mãe, você não está furiosa, está? — perguntou novamente.

— Furiosa? Não. Fúria não tem nada a ver com isso. É que... é uma parte tão importante da vida, Mattie. Significa muita coisa. É algo especial. Eu acredito nisso.

— Eu sei disso agora. Era apenas uma coisa que eu queria tirar do caminho.

Ela pegou na mão da filha. Os dedos de Mattie estavam gelados.

— Pense só nos pingüins — disse Kathryn, vacilante.

A filha começou a rir.

— Mãe, você é muito esquisita.

— Isso nós todos sabemos.

Ambas se levantaram.

— Mattie, ouça.

Kathryn ficou frente a frente com a filha. Queria lhe falar sobre os rumores, sobre os boatos terríveis. Mattie, certamente, acabaria sabendo. Mas, quando Kathryn levantou o rosto da garota e viu a dor que havia nos seus olhos, não teve coragem. Robert dissera que ela devia se recusar a dar crédito aos boatos. Então, por que perturbar Mattie com eles?, ela raciocinou. Mesmo assim, sentiu uma pontada de culpa, a mesma pontada que sentia quando recuava diante de um dever difícil.

— Eu te amo, Mattie. Você não tem idéia do quanto eu te amo.

— Ah, mãe, a parte pior...

— O quê? — perguntou Kathryn, afastando-se da filha e preparando-se para uma nova revelação.

— Naquela manhã, antes do papai ir embora, ele foi ao meu quarto e perguntou se eu queria ir com ele ao jogo dos Celtics na sexta-feira quando ele voltasse. Eu estava de mau humor e queria saber, antes, o que Jason pretendia fazer na sexta. Então eu disse ao papai que não poderia, mas que esperaríamos para ver o que aconteceria. E eu acho... Ah, eu sei...Eu sei que ele ficou magoado. Sei que o feri. Dava para ver no rosto dele.

A boca de Mattie começou a formar um arco para baixo. Parecia consideravelmente mais jovem quando chorava, pensou Kathryn. Ainda criança.

Como poderia explicar à filha que esses tais choques ocorrem o tempo todo? Os pais são magoados e aceitam, vêem seus filhos deixá-los. No princípio, aos poucos, e, depois, com incrível rapidez.

— Ele compreendeu — disse Kathryn, mentindo. — Verdade, ele entendeu. Ele me disse antes de sair.

— Disse?

— Ele até brincou, dizendo que agora não era mais a bola da vez. Não ficou chateado, mesmo. Quando ele brincava com alguma coisa, queria dizer que estava tudo bem.

— Jura?

— Juro.

Kathryn moveu a cabeça de cima para baixo várias vezes. Queria que a garota acreditasse.

Mattie fungou. Limpou o lábio superior com as costas da mão.

— Você tem outro Kleenex? — perguntou.

A mãe passou um lenço de papel para a filha.

— Eu chorei tanto — disse a menina — que acho que a minha cabeça vai explodir.

— Conheço essa sensação.

Julia estava sentada em frente à mesa quando elas voltaram. Fizera chocolate quente para ambas, o que aparentemente agradou a Mattie. Enquanto Kathryn bebia com cuidado o líquido quente, notou que as pálpebras inferiores dos olhos da avó estavam vermelhas. De repente, estremeceu ao pensar que ela chorara completamente só na cozinha.

— Robert telefonou — disse Julia.

Kathryn olhou para ela e Julia fez um gesto afirmativo, quase imperceptível, com a cabeça.

— Vou telefonar para ele do seu quarto — retrucou a neta.

Estranhamente, o quarto de dormir de Julia era o menor cômodo de toda a casa. Sempre dissera que não precisava de muito espaço. A cama era apenas para descansar seu corpo, vivia de acordo com a filosofia de que menos vale mais. Vivia assim, mas não sem um certo charme, uma espécie de charme feminino que Kathryn associava às mulheres daquela geração. Cortinas longas de algodão estampado, encorpado e debruado, uma cadeira estofada de listras cor de pêssego, uma colcha de chenile cor-de-rosa e algo que a neta dificilmente via — uma penteadeira. Não foram poucas as vezes em que Kathryn imaginara a avó, quando jovem, sentada diante da penteadeira, pensando, talvez, no marido e na noite por vir.

O telefone estava sobre a penteadeira. Uma voz que Kathryn não reconheceu atendeu logo ao primeiro toque.

— Posso falar com Robert Hart, por favor? — perguntou.

— Quem está falando?

— Kathryn Lyons.

— Só um instante — disse a voz.

Ouvia outras vozes ao fundo, vozes masculinas. Imaginou sua cozinha apinhada de homens de terno e gravata.

— Kathryn.

— O que houve?

— Você está bem?

— Estou.

— Eu disse a sua avó.
— Imaginei que você diria.
— Estou indo para aí buscar você.
— Isso é ridículo. Eu estou de carro.
— Deixe ele aí.
— Por quê? O que está acontecendo?
— Eu preciso de instruções.
— Robert.
— Tem gente aqui que quer fazer algumas perguntas a você. Acho que nós deveríamos conversar antes. Além disso, você não vai querer esse pessoal na casa de Julia, não é mesmo? Não com sua filha por aí.
— Robert, você está me assustando.
— Calma que já vou encontrar você.

Kathryn lhe ensinou o caminho.

— Robert, que perguntas?

Silêncio do outro lado da linha, um silêncio que pareceu absoluto para Kathryn. Era como se todas as vozes da cozinha houvessem se calado de repente.

— Encontro você em cinco minutos — disse ele.

Mattie ainda soprava o chocolate quente quando a mãe voltou à cozinha.

— Tenho de sair. Tem um pessoal lá em casa com quem tenho de falar. São da companhia aérea.
— OK — respondeu Mattie.
— Eu te telefono — disse, inclinando-se para beijar a filha.

* * *

Kathryn, com seu longo casaco, ficou parada em frente à casa. Tinha as mãos nos bolsos e levantara a gola do casaco. Um frio brilhante, duro, sem vento, se instalara no ar e provavelmente permaneceria instalado o dia inteiro. Normalmente, esta era sua época do ano favorita.

Viu um carro à distância, uma sombra cinzenta que vinha da direção da cidade. Robert saiu do automóvel rapidamente e abriu a porta.

Ela se sentou encarando-o; suas costas roçando na maçaneta da porta de passageiros. À clara luz do sol, ela podia ver os mínimos detalhes do rosto de Robert: o leve tom azulado da face onde a barba teria crescido caso ele não tivesse se barbeado, a parte muito branca da pele logo abaixo das costeletas onde o cabelo fora cortado mais curto, a sombra abaixo do maxilar. Ele deu partida no carro e virou-se para ela; o braço, como uma ponte, entre os dois assentos.

— O que está acontecendo? — perguntou Kathryn.

— Dois investigadores do conselho de segurança querem falar com você.

— Na minha casa?

— É.

— Tenho de responder às perguntas?

Ele se virou para a casa de pedra e depois se voltou outra vez para ela. Coçou o lábio superior com o polegar.

— Sim — disse, cauteloso. — Se você se sentir suficientemente bem. Suponho que você pode sempre não estar se sentindo bem, não é verdade?

Ela concordou com a cabeça.

— Não posso protegê-la do inquérito sobre a explosão ou dos procedimentos legais.

— Procedimentos legais?

— No caso de ele...

— Eu pensei que tudo não passava de rumores.
— E, pelo menos por enquanto, não passa disso.
— O quê? O que é que você sabe? O que diz a gravação?
Ele tamborilou com os dedos da mão livre na parte superior do volante. Um ritmo regular. Estava pensando.
— Um técnico inglês do conselho de segurança estava na sala onde a fita foi ouvida pela primeira vez. Depois disso, telefonou para uma mulher com a qual está envolvido, e que trabalha numa afiliada da BBC em Birmingham. Aparentemente, fez algumas declarações sobre o conteúdo da gravação. Não sei ao certo os motivos que ele teve para falar e nem os dela para transmitir o que ele lhe disse, mas podemos especular. A CNN está transmitindo o que a BBC transmitiu. Trata-se, portanto, de notícia de segunda mão.
— Mas pode ser verdade.
— Pode.
Kathryn se ajeitou no assento virando o joelho para cima de forma a não ter de contorcer muito a cintura. Cruzou as mãos sobre o peito.
Robert tirou um pedaço de papel branco e lustroso do bolso da camisa, um fax. Passou-o para ela.
— Foi exatamente assim que informaram na CNN.
O fax era de difícil leitura. As letras, algumas não bem impressas, dançavam diante dela. Concentrou sua atenção numa frase para começar do início.

"A CNN acaba de ser informada que uma fonte próxima da investigação do vôo 348 da Vision teria declarado que a CVR – gravação da cabine de comando – talvez, e sublinhamos o talvez, tenha revelado uma altercação entre o comandante Jack Lyons, um veterano com onze anos de Vision, e o engenheiro de vôo britânico Trevor Sullivan, apenas alguns momentos antes da explosão do T-900. De acordo com declarações ainda não confirmadas, o avião já estava no ar havia cinqüenta e oito minutos quando o engenheiro de vôo notou que seus fones de ouvido não estavam funcionando. Teria então procurado outros na maleta do comandante Jack Lyons. O objeto que Sullivan tirou da maleta de Lyons, talvez – e voltamos a sublinhar o talvez – tenha sido a causa da explosão que matou cento e quatro pessoas. Além disso, a alegada fonte teria informado que a transcrição da gravação dos últimos segundos do vôo 384 da Vision talvez indique que uma discussão teria ocorrido entre o comandante Lyons e o engenheiro de vôo Sullivan e que este último teria gritado muito.

Daniel Gorzyk, porta-voz do conselho de segurança, foi categórico ao negar as acusações, que classificou como maliciosas, falsas e irresponsáveis. Essas informações, repetimos, foram dadas por uma fonte que alegou ter estado presente quando a fita do CVR foi ouvida. O CVR, como informamos anteriormente, foi localizado na noite de ontem nas águas de Malin Head, na República da Irlanda..."

Kathryn fechou os olhos e encostou a cabeça no assento.

– O que significa isso? – perguntou.

Robert deu uma olhada rápida no teto do carro.

– Em primeiro lugar, nós nem sabemos se isso é verdade. O conselho de segurança já divulgou uma severa reprimenda. A fonte que deixou vazar a notícia já foi demitida. Não dirão seu nome e até agora ele não se apresentou para dizer mais nada. Em segundo lugar, mesmo que seja verdade, isso não prova nada. Até mesmo pode não significar nada necessariamente.

– Mas significa – disse Kathryn. – Alguma coisa aconteceu.

– Alguma coisa aconteceu – retrucou Robert.

– Meu Deus!

ELA OLHA PARA A BANCADA DA COZINHA, OLHA PARA POTES, panelas, copos, para a grelha e para os restos de legumes dentro da pia; olha para a lava-louças que está cheia de pratos limpos que ela terá de recolher antes mesmo de começar a limpar a bancada. No andar de cima, escuta o surdo taque-taque do teclado e o início gaguejante de uma conexão online.

Olha para sua saia de lã, para o avental negro impermeável, para seus delicados chinelos. Hoje à tarde, tivera ensaio da banda na escola e chegara a casa atrasada. Os três haviam jantado em silêncio – não tanto pela tensão e mais pela exaustão simplesmente. Então, Jack subira para seu escritório e Mattie fora estudar clarinete em seu quarto. Kathryn foi deixada na cozinha.

Ela sobe até o escritório de Jack e fica de pé, encostada no batente da porta, copo de vinho na mão, em silêncio. Não tem um diálogo articulado, apenas pensamentos truncados, frases inacabadas, frustradas.

Talvez tenha bebido muito.

O marido levanta o olhar e tem uma expressão intrigada na face. Usa jeans e uma camisa de flanela. Ganhou um pouco de peso nos últimos tempos, três, quatro quilos. Geralmente isso acontece quando não se controla.

— O que é que está havendo? — ela pergunta.

— O quê?

— Você volta para casa depois de uma ausência de cinco dias, quase não te vejo, você não diz uma palavra durante o jantar e mal fala com Mattie. Depois disso, desaparece e me deixa na cozinha sem ao menos se oferecer para me dar uma ajuda.

Ele parece surpreso com as acusações, como na verdade ela está. Pisca os olhos. Volta-se para o monitor onde alguma coisa chamou a sua atenção.

— Mesmo agora, você não consegue prestar atenção no que eu estou dizendo... E o que há de tão interessante neste maldito computador, afinal?

Ele tira as mãos do teclado e descansa os cotovelos nos braços da cadeira. Qual é o problema? — ele pergunta. — Você — ela diz. — E eu

— E daí?

— Daí que nós não somos mais — ela diz. — Nós simplesmente não... — Toma um gole de vinho. — Você não está mais presente. Você costumava ser tão...Eu não sei... tão romântico. Você costumava me elogiar o tempo todo e agora não consigo lembrar da última vez que disse que eu estava bonita.

Seus lábios começam a tremer e ela olha para um lado. Ouve a voz da sua mãe vindo do quarto do andar de cima da casa de Julia. Isso a deixa enjoada. Ouve a voz suplicante de sua mãe, implorando ao marido para lhe dizer que é bonita. Será que esse pedaço terrível de diálogo estivera dentro dela este tempo todo, pronto para ser enunciado? Uma espécie de legado grotesco, Kathryn se pergunta.

Arrepia-se toda, mas não pode virar as costas e voltar à cozinha. Há meses que Jack tem se demonstrado distante, ausente, constantemente preocupado. Preocupações podem ser toleradas, pensa, desde que acabem um dia.

— Meu Deus! — ela diz com voz trêmula. — Há meses que não saímos para jantar. Tudo o que você faz é subir até aqui e trabalhar no computador. Ou brincar no computador. Ou o que quer que seja.

Jack se recosta no encosto da cadeira.

Que resposta um homem pode dar à mulher que o acusa de não elogiá-la, ultimamente? Vai dizer que simplesmente se esqueceu? Vai dizer que não tem falado, mas não pensa noutra coisa? Ou que acha que ela está maravilhosa neste exato minuto?

Esse é o problema com as brigas, Kathryn decide. Mesmo sabendo que as palavras que você está dizendo formam as piores declarações, há sempre um ponto do qual não se pode voltar atrás. Um ponto em que não se recua. Ela está nesse ponto e Jack o atinge numa fração de segundos.

— Não fode! — ele diz em voz bem clara, enquanto se levanta.

Kathryn se retrai. Dá-se conta imediatamente, como não se dera antes (não quando julgava sua raiva justificada), de que Mattie está logo no fim do corredor.

— A voz baixa, por favor — ela devolve.

Jack põe as mãos na cintura. Sua face está vermelha como quando se enfurece, o que não é muito freqüente. O casamento deles não tem um histórico de brigas.

— Não fode! — ele repete. Ainda controlado, mas num tom mais alto. — Eu trabalho cinco dias seguidos sem descanso. Venho para casa atrás de uma boa noite de sono. Subo aqui para relaxar um pouco no computador. E, antes que eu pisque os olhos, você já está aqui em cima reclamando.

— Você volta para casa somente a fim de uma boa noite de sono? — ela pergunta incrédula.

— Você entendeu muito bem o que eu quis dizer.

— Isso não aconteceu só hoje à noite. Vem acontecendo há meses.

— Meses?

— Isso mesmo.

— O que exatamente vem acontecendo há meses?

— Você não está aqui. Está mais interessado no seu computador do que em mim.

— Foda-se! — ele diz e passa por ela. Desce as escadas quase correndo. A mulher ouve a porta da geladeira ser aberta e fechada, ouve o som de uma lata de cerveja sendo aberta.

Quando ela chega à cozinha, Jack está bebendo toda a lata de cerveja num gole. Ele bate com a lata no tampo da pia e volta-se para a janela.

Kathryn examina o perfil do marido, seu rosto que ela adora, seu pescoço agressivo que a alarma. Quer desistir e dizer a ele que o ama, passar os braços a sua volta e dizer que sente muito. Mas, antes que possa se mover, lembra-se da sensação de abandono. Era isso que quisera descrever lá em cima. O arrependimento dá lugar à mágoa. Por que deveria recuar?

— Você não fala mais comigo — ela diz. — Tenho a impressão de que não te conheço mais.

Seu maxilar se projeta um pouco e ele cerra os dentes Joga a lata de cerveja dentro da pia, onde ela se choca contra a louça suja.

— Você quer que eu vá embora? — pergunta, olhando para a esposa.

— Vá embora?

— Isso mesmo! Você quer acabar com tudo ou o quê?

— Não, eu não quero acabar — ela diz, recuando. — Do que é que você está falando? Você enlouqueceu?

— Eu enlouqueci?

— É, você enlouqueceu. O que eu disse é que você está mais com o computador e...

— Eu enlouqueci? — ele repete, dessa vez gritando.

Quando Jack passa por ela, Kathryn tenta segurar seu braço, mas ele a afasta. Da cozinha, petrificada, ouve suas passadas raivosas na escada em direção ao escritório. Ouve a batida da porta, ouve o som de objetos sendo removidos da mesa.

Ele a está deixando e levando o computador?

E, então, horrorizada, ela vê o monitor rolando escada abaixo.

O monitor bate contra a parede de cerâmica no pé da escada. Pedaços de plástico cinza e vidro escuro da tela despedaçada voam pelos ares e se espalham pela escada e pelo chão da cozinha. Foi uma batida espetacular, ruidosa e teatral.

Kathryn dá um gemido baixinho e compreende que a coisa toda foi longe demais e que fora ela a causadora de tudo, fora ela que o provocara.

E, então, pensa em Mattie.

Quando Kathryn consegue passar pelo monitor quebrado e subir as escadas, vê a filha, de pijama, vindo pelo corredor em sua direção.

— O que está acontecendo? — a menina pergunta, embora Kathryn veja em seus olhos que ela sabe. Ouvira tudo.

Jack é atacado pelo remorso instantâneo que se segue a um ato insanamente infantil cometido na frente do próprio filho.

— Mattie — diz Kathryn —, papai deixou o computador cair na escada. Está uma bagunça. Mas está tudo bem.

A garota lhes lança um olhar, aquele olhar que, embora ela tenha apenas onze anos, não erra o alvo. Mas a mãe consegue ver nos olhos da filha que o seu superior exame da cena compete com o mais legítimo terror.

Jack se volta para Mattie e a abraça. Basta este gesto para dizer tudo, pensa Kathryn. Não há como fingir que nada ocorreu. De qualquer modo, talvez, seja melhor não falar.

E então o marido estica o outro braço e envolve Kathryn no abraço e agora os três estão no meio do corredor, se balançando, chorando, pedindo desculpas e beijando uns aos outros, se abraçando novamente e depois rindo através das lágrimas. Mattie, gentilmente, se oferece para ir buscar lenços de papel.

Naquela noite, Kathryn e Jack fizeram amor como não faziam havia anos — como se continuassem a discussão, mas dessa vez com bocas abertas, pequenas mordidas, pernas tremendo, punhos cerrados. E o ímpeto voraz daquela noite transforma, por algum tempo, o tom do casamento e faz com que olhem mais nos olhos um do outro quando passam pelo corredor, tentando dizer sem palavras algo importante, beijando-se com mais entusiasmo quando se encontram na casa ou do lado de fora, entre os carros, e até mesmo em público, o que deixa

Kathryn muito feliz. Mas, depois de um tempo, isso também passa. O casal volta ao normal, ao que era antes. Eles, como todos os outros casais que conheciam, voltam a viver num estado de gentil declínio; tornam-se infinitesimalmente – mas sem agonia – menos próximos do que eram no dia anterior.

O que significa no todo, pensa Kathryn, que se trata de um bom casamento.

ELA JAMAIS HAVIA VISTO UMA COISA DAQUELAS ANTES – NEM mesmo na televisão ou no cinema, onde o *show*, compreendia agora, perdia sua imediatez, suas cores brilhantes, sua ameaça. Além da estrada da praia, antes mesmo de ela e Robert chegarem perto da entrada da garagem, havia carros e vans enormes com suas rodas mergulhadas no acostamento de areia. Kathryn leu anúncios de canais de TV e rádio nas vans, WBZ, WNBC e CNN, e viu um homem correndo com uma câmera apoiada numa ombreira esquisita. As pessoas começavam a olhar para o carro deles, espiar para dentro. Hart inclinou-se sobre o volante, como se a qualquer momento pudesse ser assaltado. Kathryn resistiu à vontade de virar o rosto ou escondê-lo com as mãos.

— Depois, me lembre por que estamos fazendo isso — ela perguntou, a voz sufocada, os lábios mal se mexendo.

Os repórteres e os câmeras se aglomeravam diante do portão de madeira. Jack e ela não o haviam escolhido. Era uma herança dos tempos em que a casa fora um convento. Uma surpresa que o portão funcionasse, Kathryn pensou. Ela e o marido jamais haviam se dado ao trabalho de trancá-lo.

— Estamos mandando um pessoal para ficar com a sua avó — disse Robert.

— Julia não vai gostar.

— Temo que a essa altura ela não tenha escolha. E no fim é até capaz de ficar agradecida.

Ele fez um gesto em direção à multidão do lado de fora do automóvel.

— Antes que ela piscasse os olhos, esse pessoal estaria pisoteando todo o seu gramado.

— Não quero nenhum deles perto de Mattie — disse Kathryn.

— Julia me pareceu bastante senhora de si. Eu não tentaria passar por cima dela — Robert replicou.

Um homem bateu forte contra o vidro do banco de passageiros e Kathryn estremeceu. Hart continuou movendo o carro para a frente, tentando chegar o mais perto possível do portão. Abriu um pouco o vidro do seu lado, à procura de um policial e quase imediatamente eles foram engolfados por homens e mulheres que gritavam através do vidro:

— Senhora Lyons, a senhora ouviu a fita?

— É ela? Wally, é ela?

— Mexa-se, filme a cara dela!

— Pode dar uma declaração, senhora Lyons? A senhora acha que foi suicídio?

— Quem é o sujeito que está com ela, Jerry? É da companhia aérea?

— Senhora Lyons, como explica...?

Para Kathryn, as vozes pareciam latidos de cães. As bocas apareciam grotescas, as cores em torno se intensificando e em seguida se atenuando. Por um momento, achou que ia desmaiar. Como podia ser o foco de tanta atenção? Logo ela, que vivera a mais comum das vidas sob as circunstâncias mais comuns.

— Deus do Céu! — disse Robert quando a lente de uma câmera bateu violentamente contra a janela. — Aquele sujeito acaba de quebrar a câmera dele.

Esforçando-se para ver além da turba, Kathryn divisou Burt Sears, um homem alto e magro, curvado pelos anos, caminhando de um lado para o outro, nervosamente, atrás do portão. Vestia apenas a parte superior do seu uniforme como se, na pressa de sair da casa, não tivesse encontrado a parte inferior. Kathryn acenou atrás do pára-brisas, tentando chamar sua atenção, mas Burt parecia chocado, olhos fora de foco, tão desamparado do seu lado do portão como eles do lado de fora. Movia as mãos hesitantemente em círculo, como se estivesse dirigindo o trânsito e não fosse muito bom na função.

— É o Burt — ela disse. — Ele é aposentado, mas foi chamado de volta

— Você dirige — disse Robert. — Tranque a porta assim que eu sair. — Como é o último nome dele?

— Sears.

Em um movimento tão rápido que nem deu para registrá-lo, Robert estava fora do carro, batendo a porta atrás de si. Kathryn passou rapidamente para o assento do motorista e trancou a porta. Observou Hart meter as mãos nos bolsos do seu sobretudo e forçar passagem pela pequena multidão. Ele chamou Burt Sears tão alto que todos pararam por um instante para olhar. Kathryn aproveitou o vácuo que Robert abrira para ir para a frente com o carro.

O que aconteceria, imagine, se a parede de gente diante dela simplesmente se recusasse a ir embora?

Ela viu Robert abrindo o portão. Para onde olhasse, havia câmeras, mulheres de terninho, homens de blusões coloridos e, mesmo assim, ela continuava com o carro para a frente, em direção ao portão, de onde Robert lhe acenava para que se apressasse. Por um momento, teve medo de que o pessoal da imprensa entrasse, seguindo o carro, formando um cortejo – um cortejo grotesco, com a viúva presa dentro do carro, um besouro sob um copo. Mas uma lei não escrita, que ela ignorava e não entendia, parou as pessoas do lado de fora do portão, quando poderiam tê-lo ultrapassado facilmente, apesar de Burt e Robert. Uma vez do lado de dentro, parou o carro.

— Vá – disse Hart –, deslizando para o assento de passageiros.

Com as mãos trêmulas, ela engrenou a primeira e começou a avançar pouco a pouco.

— Não, eu quis dizer, ande – disse Robert bruscamente.

Assim que viu o ajuntamento, pensou que sua casa seria um refúgio se ela e Hart pudessem alcançá-la. Mas logo compreendeu que não seria o caso. Quatro carros que não havia visto estavam na entrada da sua garagem, um deles com as portas abertas. Quatro automóveis significavam pelo menos quatro estranhos.

Desligou o motor.

— Você não tem de enfrentar isso agora – ele disse.

— Vou ter de enfrentar mais cedo ou mais tarde – disse ela.

— Possivelmente.

— Eu não deveria ter um advogado comigo?

— O sindicato está cuidando disso. — Ele pôs as mãos nos ombros dela. — O importante é que você não dê a essa gente qualquer resposta da qual não esteja absolutamente certa.
— Eu não estou certa de coisa alguma.

Eles estavam na cozinha e na sala de estar. Homens de uniforme e em ternos escuros. Rita, que estivera com ela no dia anterior, usava uma roupa cinza. Um homem gordo de óculos de aros ovais e excesso de brilhantina nos cabelos aproximou-se para ser o primeiro a lhe dar pêsames. O colarinho dele, Kathryn notou, entrava nas dobras do pescoço e seu rosto estava inflamado. Gingava como um pato e parecia abrir caminho para os demais com a barriga.
— Senhora Lyons? — disse. — Dick Somers.
Ela deixou que ele apertasse sua mão; um aperto frouxo e úmido. O telefone tocou e ficou aliviada ao ver que Robert não fora atendê-lo; não a deixara sozinha com os estranhos.
— O senhor é de onde? — perguntou ao homem gordo.
— Sou um investigador do conselho de segurança. Deixe-me dizer o quanto todos lamentamos a terrível perda.
Kathryn podia ouvir, vinda de outro cômodo, uma voz masculina, calma e resoluta na televisão.
— Obrigada — disse.
— Sei que este é um momento difícil para a senhora e a sua filha — acrescentou.
O rosto de Kathryn deve ter demonstrado alguma estranheza ao ouvir a palavra *filha* ao mesmo tempo que o homem lançava um rápido olhar analítico para o seu corpo.
— Mas eu preciso lhe fazer algumas perguntas — ele disse.
Havia xícaras de isopor na bancada da sua cozinha, bem como duas caixas de biscoitos abertas. Kathryn sentiu um

súbito e forte desejo de comer um *donut*, de embebê-lo no café e levá-lo à boca quase desintegrando. Lembrou-se de que não comia nada havia mais de trinta e seis horas.

— Meu colega, Henry Boyd — disse Somers, apresentando um homem mais jovem de bigode louro.

Ela apertou a mão do colega.

Quatro outros homens, com uniformes da Vision, se apresentaram com seus quepes debaixo do braço. Os uniformes com seus botões dourados e galões tão familiares fizeram com que Kathryn quase ficasse sem ar. Eles eram da companhia aérea, do gabinete do chefe dos pilotos, disseram. Como eram estranhos esses cumprimentos, pensou, essas gentilezas e condolências, quando tudo que havia no ar era uma atmosfera de expectativa.

Um homem com os cabelos crespos cor de aço avançou um pouco mais que os outros:

— Senhora Lyons, eu sou Bill Tierney, chefe dos pilotos. Falamos ontem brevemente ao telefone.

— Sim.

— Permita-me expressar mais uma vez, em meu nome e no de toda a companhia, nosso profundo pesar pela morte do seu marido. Ele era um excelente piloto, um dos melhores.

— Obrigada.

As palavras *nosso profundo pesar* pareciam flutuar pelo ar na cozinha. Kathryn se perguntava por que todas as expressões de condolências pareciam tão gastas, tão iguais. Não haveria outra linguagem na qual expressar nossas tristezas? Ou o ponto importante era a formalidade? Pensou sobre as inúmeras vezes que o comandante se imaginou dizendo essas mesmas palavras para a viúva de um dos seus pilotos, poderia até tê-las ensaiado em voz alta na frente do espelho. A Vision jamais tivera um acidente fatal antes.

— O que é que o senhor pode me dizer sobre a gravação? — ela perguntou ao comandante.

Tierney apertou os lábios e balançou a cabeça.

— Nenhuma informação sobre a fita foi divulgada oficialmente — disse Somers, dando um passo à frente.

— Eu sei disso — retrucou Kathryn, voltando-se para o investigador. — Mas vocês sabem de alguma coisa, não sabem? Vocês sabem o que a gravação contém.

— Não, temo que não.

Mas, atrás dos óculos de aros ovais, os olhos do investigador pareciam retraídos e evasivos.

Kathryn, objeto da atenção de todos, estava parada no centro da cozinha com suas botas, jeans e jaqueta. Sentia-se vagamente constrangida como se estivesse cometendo uma séria gafe social.

— Um de vocês deixou as portas do carro abertas — ela disse, apontando na direção da garagem.

— Por que não passamos todos para a sala de estar? — sugeriu Somers.

Sentindo-se uma estranha na própria casa, Kathryn caminhou até a sala de estar e deu uma rápida olhada pelas janelas que permitiam a entrada de uma luz difusa. Havia apenas um lugar vago; uma enorme poltrona, de frente para a janela, era o lugar de Jack, e sentiu-se pequena ao sentar-se nela. Notou que alguém havia desligado a televisão.

Somers, que parecia estar no controle, permaneceu de pé.

— Só vou lhe fazer uma ou duas perguntas — disse, pondo as mãos nos bolsos da calça. — Não vai levar mais de um minuto. A senhora poderia nos dizer como estava o seu marido pouco antes de sair de casa para o aeroporto no domingo?

Kathryn viu que ninguém tinha gravador nem estava tomando notas. Somers parecia quase casual demais. Isso não era oficial, era?

— Não há muito a contar — ela disse. — Rotina. Jack tomou um banho por volta das quatro da tarde, vestiu seu uniforme, desceu à cozinha e engraxou os sapatos.

— E a senhora, onde estava?

— Eu fui à cozinha para me despedir dele.

O verbo *despedir* disparou uma súbita nota de tristeza e ela mordeu o lábio. Tentou se lembrar do domingo, o último dia em que o marido estivera em casa. Ocasionalmente, fragmentos emergiam na sua mente, pedaços de sonhos como cintilações prateadas flutuando na escuridão. Tinha a sensação de que fora um dia comum sem nada de especial. Podia ver o pé de Jack apoiado sobre a gaveta aberta, o velho pedaço de pano verde nas mãos, enquanto ela passava pela cozinha em direção à lavanderia. O comprimento dos seus braços parecia aumentar com o peso das malas que carregava, enquanto caminhava em direção ao carro. Ele havia virado a cabeça para trás e dito alguma coisa. Ela ficara com o pano de engraxar sapatos numa das mãos. "Não se esqueça de ligar para o Alfred", ele dissera. "Diga sexta-feira para ele."

O marido havia engraxado os sapatos. Deixara a casa. Estaria de volta, dissera, na terça-feira. Ela estava congelando no umbral da porta, levemente irritada com o fato de ele mesmo não ter telefonado a Alfred.

— Que a senhora saiba, Jack telefonou para alguém naquele dia? — perguntou Somers. — Falou com alguém?

— Não tenho idéia.

Ela se perguntou: Jack poderia ter telefonado para alguém naquele dia? Claro que poderia. Poderia ter falado até com vinte pessoas, por tudo que ela sabia.

Robert estava com os braços cruzados sobre o peito. Parecia estudar a mesa do café com grande interesse. Sobre ela, havia livros de arte, um prato de pedra que o casal havia trazido do Quênia, uma caixa esmaltada comprada na Espanha.

— Senhora Lyons — Somers continuou —, seu marido parecia agitado ou deprimido naquele dia ou na noite anterior?

— Não. Não houve nada de extraordinário. O chuveiro estava vazando e ele ficou um pouco irritado com isso, porque já tínhamos mandado consertar. Lembro que pediu para eu telefonar ao Alfred.

— E Alfred seria?

— Alfred Zacharian. O bombeiro.

— E quando ele lhe pediu para telefonar ao Alfred?

— Na verdade, duas vezes. A primeira ainda lá em cima, dez minutos antes de ir embora. E depois de novo, pouco antes de entrar no carro.

— Jack tomou alguma bebida antes de partir para o aeroporto?

— Não responda a isso — disse Robert, sentando-se um pouco mais para frente na poltrona.

Kathryn cruzou as pernas e pensou no vinho que ela e Jack haviam bebido durante o jantar na noite de sábado, vinho que continuaram tomando depois do jantar e calculou rapidamente o número de horas que haviam se passado entre o último gole e o vôo. Pelo menos dezoito. Doze horas?

— Tudo bem — ela disse a Robert. — Não bebeu nada — respondeu a Somers.

— Nada mesmo?
— Nada mesmo.
— A senhora fez a mala dele? — perguntou.
— Não, não faço nunca.
— Nem a mala de mão?
— Não. De jeito nenhum. Eu praticamente nunca olhei lá dentro.
— Quando ele volta, a senhora geralmente desfaz a mala dele?
— Não. Essa responsabilidade é dele. Jack cuida da própria bagagem.

Ela ouviu sua própria voz dizendo *cuida*, no presente. Olhou para os homens à sua volta, que, por sua, vez a examinavam atentamente. Perguntou-se se a companhia aérea não quereria questioná-la também. Talvez ela devesse estar acompanhada de um advogado naquele exato momento, pensou. Mas se fosse este o caso, Robert não teria lhe dito?

— Seu marido tinha algum amigo íntimo no Reino Unido? — perguntou Somers. — Ele falava regularmente com alguém de lá?

— Reino Unido?

— Inglaterra.

— Eu sei o que quer dizer Reino Unido. Apenas não entendo a relevância da pergunta. Ele conhecia muitas pessoas do Reino Unido. Voava com elas.

— A senhora notou alguma retirada ou depósito incomuns em algumas das contas bancárias de vocês? — perguntou Somers.

Ela se questionou aonde ele queria chegar com aquelas perguntas e o que elas significavam realmente. Sentiu-se em terreno escorregadio, temia cair numa fenda a qualquer momento.

— Não entendo — ela começou.

— A senhora sabe se, nas últimas semanas ou antes, Jack retirou ou depositou quantias incomuns em alguma conta bancária?

— Não.

— Nas últimas semanas a senhora notou alguma coisa de estranho no comportamento do seu marido?

Ela tinha de responder essa pergunta por causa de Jack. Aliás, ela queria respondê-la.

— Não — disse.

— Nada fora do comum?

— Nada.

Rita, da companhia aérea, entrou na sala e os homens levantaram os olhos para observá-la. Debaixo do paletó do terninho, ela tinha uma blusa de seda. Kathryn não se lembrava da última vez que usara um terninho. Na escola, quase sempre usava calças compridas, suéter e, às vezes, uma jaqueta; ocasionalmente, jeans e botas quando esfriava mais.

— Senhora Lyons — disse Rita —, sua filha está no telefone. Diz que precisa falar com a senhora agora mesmo.

Alarmada, Kathryn saltou da cadeira e seguiu Rita até a cozinha. Olhou para o relógio sobre o tampo da pia: 9h14min.

— Mattie — ela disse, atendendo o telefone que ficava em cima da bancada.

— Mamãe?

— O que foi? Está tudo bem?

— Mãe, eu telefonei para Taylor. Só para falar com alguém. E ela reagiu de modo esquisito.

Mattie falava num tom de voz sufocado e agudo. Kathryn sabia por experiências anteriores que isso indicava controle sobre uma iminente histeria. Fechou os olhos e pressionou a testa contra o armário sobre a pia.

— Então, eu perguntei a ela o que estava acontecendo — disse a filha. — E ela disse que a televisão está falando que foi suicídio.

A mãe podia imaginar o rosto de Mattie do outro lado da linha, olhos arregalados, inseguros, cheios de pânico. Imaginava como essa notícia devia tê-la ferido, como a menina devia ter odiado saber do boato por Taylor. Como Taylor, sendo uma adolescente comum, teria se sentido levemente envaidecida por ter sido a primeira a dar a notícia para Mattie. Como Taylor se sentiria agora compelida a telefonar para todos os amigos comuns e informá-los detalhadamente sobre a reação da garota.

— Ah, Mattie — disse Kathryn. — É só um boato. A mídia tem uma idéia e vai em frente com ela sem ao menos checar se é verdadeira. É horrível. É irresponsável. E não é verdade. Não é absolutamente verdade. Eu estou aqui com membros do conselho de segurança que sabem das coisas e eles negam veementemente que esse boato seja verdadeiro.

Silêncio.

— Mas, mamãe, e se for verdade?

— Estou te dizendo que não é verdade.

— Como é que você pode saber?

Kathryn sentiu o toque de raiva na voz da filha. Inconfundível. Por que não contara a verdade a Mattie naquela manhã durante o passeio?

— Eu simplesmente sei que não é verdade.

Outro silêncio.

— É provavelmente verdade — disse a menina.

— Mattie, você conhecia seu pai.

— Talvez.

— O que é que você quer dizer com isso?

— Talvez eu não o conhecesse. Talvez ele estivesse infeliz.

— Se seu pai estivesse infeliz, eu saberia.

— Mas como é que se pode garantir que se conhece uma pessoa? — perguntou.

A indagação parou momentaneamente a troca de perguntas e respostas entre elas, permitindo que uma onda de incerteza se levantasse diante de Kathryn. Mas ela sabia que Mattie, por mais que a estivesse desafiando, não queria incertezas naquele momento. Disso ela tinha certeza.

— Isso é uma coisa que você sente — disse Kathryn, mais por bravata que convicção.

— Você acha que me conhece? — Mattie perguntou.

— Muito bem — disse a mãe.

E então Kathryn se deu conta de que havia caído numa armadilha. A filha era boa nisso, sempre fora.

— Bem, você não me conhece — disse Mattie, com uma mistura de satisfação e desapontamento. — Metade do tempo você não tem nem idéia do que eu estou pensando.

— Está certo — respondeu Kathryn, recuando —, mas isso é diferente.

— Não, não é!

A mãe levou a mão à testa e começou a massageá-la.

— Mamãe, se isso for verdade, significa que papai matou toda aquela gente? Seria considerado assassinato?

— Onde foi que você ouviu essa palavra? — Kathryn disse rapidamente, como se Mattie fosse uma criança e houvesse acabado de dizer uma obscenidade que aprendera na escola ou com algum colega. E ainda assim a palavra era pesada. Era chocante. Mais chocante ainda por sair da boca de uma menina de quinze anos.

— Eu não ouvi ninguém falar nisso, mãe, mas eu posso pensar, não posso?

— Escute, Mattie, fique aí que eu já estou indo.

— Não, mãe. Não venha aqui. Não quero que você venha. Não quero que você venha e comece a me dizer uma porção de mentiras para melhorar as coisas. Neste momento eu não posso suportar mentira alguma. Nada pode ser melhorado e eu não quero fingir que pode. Só quero ficar em paz, sozinha.

Como uma menina de quinze anos podia se defrontar com tão inflexível franqueza? Kathryn se perguntou. A verdade era mais do que muitos adultos poderiam tolerar. Talvez os jovens aceitassem melhor a realidade, ela concluiu, uma vez que tiveram menos tempo para simular, criar ficções.

Kathryn conteve o impulso de elevar a voz simplesmente para suplantar os temores e dúvidas da filha. A experiência lhe dizia que não devia pressioná-la neste momento.

— Mãe, tem gente aqui. — disse Mattie. — Homens estranhos. Estão por toda parte.

— Eu sei, Mattie. São seguranças. Estão aí para manter a imprensa e o público longe da casa.

— Você acha que eles podem entrar na casa?

A mãe não queria atemorizar a garota minimamente mais do que o necessário.

— Não, claro que não. Mas a imprensa pode ser uma praga. Faça o seguinte: fique aí que logo eu chego, está bem?

— Está bem — disse Mattie, voz distante.

Kathryn permaneceu um tempo encostada na bancada da cozinha com o fone na mão, arrependida de ter interrompido o diálogo com a filha. Pensou em ligar de volta imediatamente e tentar acalmá-la, mas sabia que seria em vão. Aprendera que lidar com uma menina de quinze anos, às vezes, requer calma. Pôs o fone no gancho e caminhou até o umbral da porta da sala de estar. Recostou-se no batente. Cruzou os braços e estudou a assembléia de investigadores e pilotos.

Havia uma pergunta estampada no rosto de Robert.

— Está tudo bem, senhora Lyons? — perguntou Somers, do conselho de segurança.

— Tudo bem — respondeu. — Tudo bem. Se não contarmos o fato de que minha filha está lutando para absorver a idéia de que seu pai cometeu suicídio e levou cento e três pessoas com ele.

— Senhora Lyons...

— Posso me permitir fazer-lhe uma pergunta, senhor Somers?

Kathryn pôde ouvir a raiva contida na própria voz, uma boa imitação da própria filha. Talvez a raiva fosse uma coisa contagiosa, pensou.

— Claro — disse o investigador, cauteloso.

— Que hipóteses, além do suicídio, vocês imaginaram a partir do que está teoricamente gravado no CVR?

Somers olhou para ela, derrotado.

— Não tenho liberdade para discutir isso neste momento, senhora Lyons.

Kathryn descruzou os braços e juntou as mãos.

— É mesmo? — ela disse com voz controlada.

Olhou para seus pés e depois levantou o olhar para os homens na sua sala de estar. A luz vinda das vidraças batia nas costas deles.

— Então, acho que também não me sinto livre, neste momento, para responder a quaisquer das suas perguntas.

Robert se levantou.

— A entrevista está encerrada — ela anunciou.

Caminhando cegamente, cabeça baixa contra o vento, ela deixava leves pegadas no gramado coberto de geada. Em alguns minutos, já estava nos rochedos contra os quais quebravam as ondas do mar. Saltou sobre uma pedra do tamanho de uma banheira e escorregou. Deu-se conta de que o único modo de não perder o equilíbrio era continuar andando, parar um pouco em cada rocha e depois passar para outra. Desse modo, chegou à pedra chata, assim batizada por Mattie, quando tinha cinco anos, e, pela primeira vez, conseguiu transpor o litoral rochoso. A pedra chata se tornara o lugar preferido de mãe e filha para piqueniques quando fazia bom tempo. Kathryn saltou da pedra chata sobre a areia de uma prainha de dois metros entre as enormes pedras arredondadas pela erosão — um cômodo ao ar livre, um abrigo parcial contra o vento e um esconderijo. Deu as costas para a casa e se sentou na areia molhada. Tirou os braços das mangas do seu casaco fechado com zíper e se encolheu dentro dele.

— Droga! — disse, referindo-se aos pés ainda de fora.

Deixou que o murmúrio branco das águas invadisse a sua mente, levando para longe as vozes e as faces da casa; faces com finos véus de condolência em feições marcadas pelo interesse; faces com bocas solenes e olhos atentos. Ficou ouvindo o ruído dos pequenos cascalhos arrastados pelas ondas. Havia uma lembrança em relação às pedrinhas que a desafiava, flertava, brincava com ela. Fechou os olhos e tentou se concentrar. Depois de algum tempo, desistiu e, neste momento, lembrou-se. Lembrou-se dela, menina, sentada na praia com seu pai, deixando que o mar afluísse com suas pedrinhas de cascalho por baixo de suas pernas. Era um dia quente de verão e ela teria talvez uns nove ou dez anos. Estavam em Fortune's Rocks, lembrava-se, e as pedrinhas faziam cócegas na sua pele. Mas, por que estariam ela e seu pai na praia, sem a mãe e Julia? Talvez Kathryn se recordasse do episódio porque era tão raro ficar sozinha com seu pai. Ele ria, ria muito; um riso alto, autêntico como o de uma criança feliz, o que, nele, não era freqüente. Pensou em rir também, mas foi tão envolvida pela felicidade do pai – ele, feliz na sua presença – que sentiu mais respeito que descontração, o que acabou por deixá-la confusa. E, quando ele se virou para perguntar o que havia de errado, teve a nítida sensação de que o decepcionara. E, então, ela começou a rir alto, alto demais, na esperança de que ele esquecesse a decepção. Mas o momento havia passado e o pai já olhava para onde o horizonte se encontrava com o mar. Kathryn se lembrou de como a sua risada soara vazia, artificial aos seus ouvidos e se lembrou também do modo como o pai se distanciou dela, já perdido em seus devaneios; tão perdido que Kathryn teve de gritar seu nome para chamar sua atenção.

Começou a desenhar arabescos na areia. Era uma das coisas que tinha em comum com Jack, pensou. Eram ambos órfãos. Não órfãos por toda a infância, mas quase. Ambos foram abandonados quando ainda eram muito jovens para entender o que estava acontecendo. No caso de Jack, a orfandade ocorreu de um modo mais convencional. Sua mãe morreu quando ele tinha nove anos. Seu pai, um homem que não demonstrava emoções, se voltou tanto para dentro de si depois da morte da mulher, que Jack se sentiu completamente sozinho. No caso de Kathryn, seus pais estiveram fisicamente presentes, mas emocionalmente ausentes, incapazes de providenciar o mínimo para os cuidados de uma criança. Durante quase toda a sua infância, seus pais viveram com Julia na pequena casa de pedra, a uns seis quilômetros a sudoeste da cidade. Era a avó que sustentava os pais de Kathryn, pois haviam perdido seus empregos quando as tecelagens da cidade fecharam. Julia, cujo marido morrera quando a neta tinha três anos, sustentava filho, nora e a menina com os rendimentos da sua loja de antigüidades. Essa situação incomum não ajudou muito a melhorar o relacionamento entre Julia e a mãe de Kathryn, dando àquela uma posição de controle na casa que até mesmo o pai da garota, às vezes, achava difícil de suportar. Mas, quando a menina era pequena, não considerava sua família diferente. Sua classe no primeiro ano escolar tinha trinta e dois alunos e só dezoito chegaram a se formar no primário. Quase todos os seus colegas pareciam levar vidas fora do comum. Kathryn tinha amigas que viviam em *trailers*, outras cujas casas não tinham calefação central para o inverno e outras ainda que moravam em lugares que permaneciam fechados o dia inteiro para que os pais e tios pudessem dormir. Os pais dela brigavam com freqüência e bebiam praticamente todos os dias, e mesmo isso não lhe parecia incomum. O que lhe parecia extraordinário era que eles não agissem como adultos.

Durante anos, fora Julia que a alimentara, banhara, vestira, ensinara a tocar piano e a levara à escola todas as manhãs. Durante as tardes, a neta ajudava a avó na loja de antigüidades ou a mandavam brincar fora de casa. Juntas, ela e a Julia assistiam, a uma certa distância, de dentro da casa de pedra, ao desenrolar da novela que era a vida dos pais — talvez nem sempre a alguma distância, mas de algum lugar seguro no interior da casa alta e esquisita. Durante quase toda a infância de Kathryn, a menina e a avó se viram desempenhando o estranho papel de pais dos pais.

Kathryn saiu de casa e foi para universidade. Um dia, sentada na cama, em Boston, se surpreendeu pensando que não seria capaz de voltar para Ely; não queria nunca mais testemunhar as intermináveis brigas e bebedeiras dos pais. Mas, num dia de janeiro, estranhamente ensolarado, quando ainda era caloura, seus pais caíram no canal de escoamento de água da região. Aparentemente, tentaram chegar às margens nadando, mas acabaram por se afogar. Para sua surpresa, descobriu que havia sido dominada pela dor — como se duas crianças houvessem morrido — e que não conseguiria voltar para Boston, deixando Julia e a cidadezinha de Ely para trás.

A avó havia sido no mínimo tão boa quanto um pai e uma mãe juntos, pensava agora, e, nesse sentido, ela tivera muita sorte.

Naquele momento, Kathryn foi surpreendida pela queda de algumas pedrinhas justamente atrás dela. Virou-se e viu Robert, cabelos caídos nos olhos.

— Eu estava esperando para ver se você ia saltar — ele disse, pulando para o abrigo.

Ela voltou a vestir seu casaco e prendeu os cabelos para trás de modo a poder ver o rosto dele.

Hart se encostou numa rocha e ajeitou os cabelos para trás com as mãos. Tirou um isqueiro e um maço de cigarros do bolso do paletó. Virou-se em direção contrária à do vento, mas, mesmo ali naquele refúgio, estava tendo problemas com o isqueiro. Finalmente, o cigarro acendeu, ele inalou profundamente, fechou, guardou o isqueiro e imediatamente o vento arrancou brasas da ponta do cigarro, ameaçando apagá-lo.

Estaria Robert Hart dizendo a verdade? Teria ficado feliz se ela houvesse saltado?

— Eles já foram embora? — perguntou.

— Não.

— E aí?

— Está tudo bem. Eles precisavam fazer o que fizeram. Não acho que realmente esperassem que você dissesse alguma coisa.

Ela descansou a cabeça sobre os cotovelos e fez um rabo de cavalo com os cabelos.

— Precisamos providenciar um funeral — disse.

Ele concordou com a cabeça.

— Mattie e eu devemos fazer as honras para Jack. Mattie precisa homenagear o pai.

E, de repente, pensou que estava sendo absolutamente sincera. A memória de Jack devia ser homenageada.

— Não foi suicídio — ela disse. — Tenho certeza.

Uma gaivota aterrissou perto deles e juntos ficaram observando a ave que circulava em pequenos vôos.

— Quando eu era menina, cheguei a pensar que, na próxima reencarnação, gostaria de voltar como uma gaivota, até que Julia me explicou como elas são sujas.

— Os ratos do mar — disse Robert, apagando o cigarro contra a areia com o sapato. Enfiou as mãos bem fundo nos bolsos e se curvou ainda mais. Ele estava com frio, ela podia ver isso. A pele em volta dos olhos estava branquíssima.

Kathryn afastou uns fios de cabelo da boca.

— Os moradores de Ely costumam dizer que não se deve viver em frente ao mar. Acham que é muito deprimente durante os invernos. Eu nunca fiquei deprimida.

— Eu a invejo.

— Bem, já andei deprimida, mas não por causa do oceano.

Agora, na luz forte, ela podia notar que os olhos dele eram cor de mel e não castanho-escuros.

— Mas pode ser terrível para as janelas — ela acrescentou —, por causa da maresia.

Hart se acocorou perto da areia, onde era menos frio.

— Quando Mattie era pequena, eu me preocupava por morarmos tão perto do mar. Ficava de olho nela o tempo todo.

Kathryn lançou o olhar para longe no oceano, como se ponderasse o perigo.

— Dois verões atrás — prosseguiu —, uma menina se afogou não muito longe daqui. Estava num barco com os pais e foi arrastada por uma onda. Chamava-se Wilhelmina. Lembro que achei que era um nome muito antiquado para uma garota.

Ele anuiu com a cabeça.

— Quando aconteceu, tudo o que pude pensar foi em como o oceano pode ser traiçoeiro; como pode pegar uma pessoa de repente. Tudo acontece tão rapidamente, não é mesmo? Num minuto, sua vida está perfeitamente normal, no outro...

— Você devia saber disso melhor do que ninguém.

Ela cravou os saltos das botas na areia.

— Você está pensando que poderia ser pior — disse Kathryn. — Não é verdade?

— Estou.

— Mattie poderia estar no avião.

— É isso.

— Isso teria sido insuportável. Literalmente insuportável.

Ele esfregou as mãos para se livrar da areia úmida.

— Vocês poderiam ir embora, sabe? Você e Mattie.
— Ir embora?
— Para as Bahamas, Bermuda. Duas, três semanas, até as coisas se acalmarem.

Kathryn tentou imaginar-se com Mattie nas Bahamas naquele momento e sacudiu a cabeça.

— Não poderia fazer isso. Pensariam que os boatos sobre Jack são verdadeiros. Diriam que nós fugimos. Além disso, Mattie não iria. Acho que ela não iria.

— Alguns parentes das vítimas foram para a Irlanda.

— Para quê? Para ficar num hotel com cem outras famílias desesperadas? Ou ir até o local da explosão e ver os mergulhadores trazer à tona pedaços de corpos humanos? Não, não acho uma boa idéia.

Ela enfiou as mãos no bolso de sua jaqueta. Um lenço de papel usado, um cartão de crédito vencido, duas notas de um dólar, um pacotinho de balas.

— Quer uma? — ela perguntou lhe estendendo as balas.
— Obrigado — ele disse.

Cansado de ficar acocorado, Robert sentou-se na areia e recostou a cabeça na rocha.

Vai estragar a roupa, ela pensou.

— Como isso aqui é bonito — ele disse. — Uma parte maravilhosa do mundo.

— É verdade.

Kathryn esticou as pernas. A areia, embora molhada, estava estranhamente morna.

— Enquanto isso não passar — disse —, a mídia não vai nos dar sossego. Sinto ter de te dizer isso.

— Não é culpa sua.

— Mesmo eu nunca tinha visto uma cena como aquela no portão da sua casa.

— Foi horrível.

— Você deve estar muito acostumada com essa vida calma daqui.

— Uma vida calma e banal — ela disse.

Hart estava com os cotovelos envolvendo os joelhos, as mãos cruzadas na frente.

— Como era sua vida antes de isso acontecer? — ele perguntou. — Como era sua rotina?

— Cada dia era uma rotina diferente. Qual deles você quer saber?

— Ah, não sei. Quintas, por exemplo?

— Quintas... — ela pensou por um instante. — Às quintas, Mattie jogava hóquei. Eu ensaiava a banda e era dia de pizza no refeitório. Jantávamos frango frito. Assistíamos a *Seinfeld* e *ER* na televisão.

— E Jack?

— Quando Jack estava em casa, ele é que se encarregava de tudo. Os jogos, frango frito, *Seinfeld*. E você? O que faz quando não está trabalhando para o sindicato?

— Sou instrutor. Dou aulas de vôo no meu tempo livre num aeroporto da Virgínia. Na verdade, é mais uma campina do que um aeroporto. Trabalho com dois Cessnas. É muito divertido, exceto quando eles não querem descer.

— Quem não quer descer?

— Os alunos no primeiro vôo solo.

Ela riu.

Ficaram sentados em silêncio, encostados contra a rocha. O barulho das ondas diminuíra por alguns instantes.

— Talvez eu devesse começar a pensar sobre os arranjos para o funeral — ela disse depois de algum tempo.

— Você já pensou onde vai realizar a cerimônia?
— Suponho que terá de ser na Saint Joseph, em Ely Falls. É a igreja católica mais próxima.

Ela fez uma pausa.

— Certamente vão ficar espantados em me ver — disse.
— Deus do Céu! — exclamou Robert.

Surpresa com essa reação, Kathryn sentiu Hart puxá-la pela manga, indicando que queria que se levantasse. Ela se virou para ver o que ele havia visto. Um jovem de rabo-de-cavalo apontava uma câmera do tamanho de um aparelho de TV diretamente para eles. Kathryn podia vê-los refletidos na lente enorme.

Ela ouviu o clique, clique, clique de um fotógrafo profissional trabalhando.

Eles estavam na cozinha quando Kathryn voltou. Somers desenrolava um fax e Rita estava com o fone apertado entre o queixo e o ombro. Sem tirar o casaco, a esposa de Jack anunciou que tinha uma breve declaração a fazer. Somers ergueu os olhos do fax.

— Meu marido, Jack, jamais deu a mim ou a ninguém qualquer indicação de instabilidade, uso de drogas, abuso de álcool, depressão ou doença física.

Observou Somers dobrar o fax em quadrados.

— Até onde sei — continuou —, era sadio física e mentalmente. Nosso casamento era feliz. Éramos uma família feliz e normal que vivia em uma pequena comunidade. Não vou responder a qualquer outra pergunta sem a presença de um advogado e não permitirei que nada seja removido dessa casa sem a apresentação de documentos jurídicos legais. Como vocês todos sabem, minha filha está na casa da minha avó na cidade. Não quero que nenhuma delas seja entrevistada ou contatada de qualquer modo. Isso é tudo.

— Senhora Lyons — disse Somers —, a senhora tem mantido contato com a mãe de Jack?

— A mãe de Jack já morreu — ela respondeu rapidamente.

E, então, o silêncio que se seguiu lhe disse que havia alguma coisa errada. Talvez houvesse percebido um sutil levantar de sobrancelha ou a mera sugestão de um sorriso no rosto de Somers. Ou talvez, mais tarde, tenha imaginado esses sinais. O silêncio repentino foi tão grande que, apesar de haver nove pessoas no cômodo, tudo o que se ouvia era o zumbido da geladeira.

— Acho que a senhora está equivocada — disse Somers, guardando o papel lustroso e bem dobrado do fax dentro do bolsinho do paletó.

O chão pareceu descer como se ela estivesse num carrossel. Somers tirou de outro bolso um pedaço de papel rasgado de um bloco de anotações.

— Matigan Rice — ele leu. — Abrigo Forest Park para Pessoas Idosas, rua Adams, 47, Wesley, Minnesota.

O carrossel ganhou velocidade e desceu 25 metros. Kathryn ficou tonta. Somers continuou lendo:

— Setenta e dois anos, nascida em 22 de outubro de 1924. Três vezes casada, três vezes divorciada. Primeiro casamento com John Francis Lyons. Um filho, John Fitzwilliams Lyons, nascido em 18 de abril de 1947, no Hospital Faulkner, de Boston.

A viúva sentiu a boca seca e passou a língua pelos lábios. Talvez ela não tivesse entendido corretamente, pensou.

— A mãe de Jack está viva? — perguntou.

— Está.

— Jack sempre me disse...

Ela se conteve. Pensou sobre o que Jack sempre dissera. Sua mãe morrera quando ele tinha nove anos. De câncer. Lançou um olhar rápido para Robert e pôde ver, pela sua expressão, que ele também fora apanhado de surpresa. Pensou na arrogância, na presunçosa certeza com que fizera a sua declaração alguns segundos antes.

— Ao que parece — disse Somers.

O investigador estava gostando da situação, pensou ela.

— Como foi que o senhor a descobriu? — perguntou.

— Ela está listada na ficha militar de Jack.

— E o pai de Jack?

— Falecido.

Sentou-se na cadeira mais próxima e fechou os olhos. Sentia-se como se houvesse bebido; a sala parecia rodar.

Todo esse tempo, pensou, e jamais soubera de nada. Todo esse tempo, Mattie tinha uma avó. Uma avó cujo nome ela recebera.

Perguntou-se: mas por quê?

Jack, por quê?, ela perguntou em silêncio ao marido.

Caminham na praia envolvidos pela cerração. Mattie, vestindo um casaco dos Red Sox, vai na frente, procurando caranguejos na areia. A maré está baixa e a praia faz uma curva como um caracol; a areia é cor de madeira velha sobre a qual algumas plantas marinhas formam sinais caligráficos. Além do quebra-mar, estão as casas de verão, agora desocupadas. Muito tarde, Kathryn se deu conta de que deveria ter dito a Mattie, de apenas cinco anos, para tirar os sapatos.

Os ombros de Jack estão inclinados para a frente, protegendo-o do frio. Ele usa sempre sua jaqueta de couro, mesmo no mais frio dos dias, ou porque não quer investir num casaco de capuz ou por pura vaidade, ela nunca soube exatamente. Sua própria camisa de flanela aparece por baixo da jaqueta e tem o cachecol de lã dobrado em volta do pescoço.

— O que é que há de errado? — ela pergunta
— Nada — ele diz. — Tudo bem.
— Você parece preocupado.
— Estou bem.

Jack caminha com as mãos nos bolsos olhando diretamente para a frente. Seus lábios estão apertados. Kathryn se pergunta o que terá acontecido para deixá-lo assim.

— Foi alguma coisa que eu fiz?
— Não.
— Mattie vai jogar futebol amanhã — ela diz.
— Ótimo.
— Você vai poder assistir?
— Não, tenho uma viagem.

Uma pausa.

— Sabe, uma vez na vida você podia arranjar um esquema que te desse mais tempo livre; mais tempo para ficar em casa.

O marido continua calado.

— Mattie sente a sua falta.
— Escute, não torne as coisas piores do que já estão.

Pelo canto do olho, Kathryn vê a filha correndo em círculos pela praia. Sente-se perturbada, empurrada em direção ao homem que caminha ao seu lado por uma gravidade que não lhe parece natural. Conjectura sobre a possibilidade de Jack estar doente. Talvez esteja simplesmente cansado. Já ouvira as histórias; as estatísticas. A maioria dos pilotos morre antes de atingir os sessenta anos, a idade de se aposentar. É o estresse, a pressão dos horários desencontrados. O corpo não agüenta.

Aproxima-se ainda mais. Enfia o braço no dele, que está rígido. Jack continua olhando para a frente.

— Jack, me diga. O que está acontecendo?
— Pára com esse assunto, por favor!

Magoada, ela tira o braço do dele e caminha rapidamente para a frente, afastando-se.

— É o tempo — ele diz, alcançando-a. — Eu não sei.
— O que é que há com o tempo? — ela pergunta, fria, sem disposição para ser apaziguada tão facilmente.

— O dia cinzento, a cerração. Odeio.

— Não acho que exista muita gente que goste de um tempo desses — a esposa diz no mesmo tom.

— Kathryn, você não está entendendo.

Jack tira as mãos do bolso e levanta a gola contra o frio. Parece encolher-se ainda mais dentro da jaqueta de couro.

— Hoje é aniversário da minha mãe – diz. – Ou seria o aniversário dela.

— Ah, Jack — ela diz, aproximando-se dele. — Você deveria ter me dito.

— Você tem sorte. Tem sorte de ter Julia. Você disse que não tem pais, mas tem Julia.

Teria percebido uma ponta de inveja na voz dele?

— É verdade, tenho sorte de ter Julia.

O rosto de Jack estava comprimido e vermelho, os olhos úmidos por causa do frio.

— Você sofreu muito quando sua mãe morreu? — ela pergunta.

— Não gosto de falar disso.

— Sei que você não gosta — Kathryn diz, gentil –, mas às vezes falar ajuda.

— Duvido.

— Ela ficou doente por muito tempo?

Ele hesita.

— Não muito. Foi tudo rápido.

— O que ela teve?

— Já lhe disse, câncer.

— Eu quis dizer, que tipo de câncer?

Ele dá um leve suspiro.

— Mama — diz o marido. — Naquele tempo não havia tratamentos como hoje.

Ela põe a mão no braço dele.

— Uma idade terrível para se perder a mãe.

Apenas quatro anos mais velho do que Mattie, ela pensa de repente. A consciência daquilo faz o frio invadir todo o seu corpo. A angústia de pensar em Mattie sem ela.

— Você me disse uma vez que ela era irlandesa.

— Ela nasceu na Irlanda. Tinha uma belíssima voz, muito afinada.

— Mas você ainda tinha seu pai.

Jack faz um som ininteligível que denota desprezo.

— *Pai* não é bem a palavra. Era um cretino.

A palavra, que Jack usa muito raramente, deixa-a chocada. Ela abre o zíper da jaqueta dele e coloca o braço contra seu tronco.

— Jack! — exclama.

Ele amolece um pouco e puxa a cabeça dela em direção ao seu ombro. Kathryn sente o cheiro de couro misturado ao ar da praia.

— Eu não sei o que é — ele diz —, às vezes, tenho medo. Às vezes penso que me falta algo. Alguma crença.

— Você tem a mim — a esposa retruca rapidamente.

— Isso é verdade.

— Você tem a Mattie.

— Eu sei, eu sei. É claro.

— Nós não te bastamos?

— Onde está Mattie? — ele pergunta rapidamente, afastando-se dela.

Kathryn inspeciona a praia com um olhar que abrange tudo. Jack a vê primeiro. Um pontinho vermelho no meio da cerração. Inexplicavelmente paralisada, Kathryn vê Jack sair correndo em direção à filha, largas passadas na areia e depois pelas ondas. Ela espera por um minuto que parece infindável e, então, onde as ondas estão se quebrando, vê o marido apanhar a menina, como se ela fosse um cachorrinho. Por um momento, pensa que ele também vai sacudi-la como um cachorrinho, até ficar seca. Mas então ela ouve o choro familiar. Jack se ajoelha na areia, tira sua jaqueta de couro e embrulha o pequeno corpo de Mattie com ela. Quando Kathryn os alcança, ele está secando o rosto da filha com sua camisa.

A garota parece estar em estado de choque.

— A onda a derrubou — diz Jack, quase sem ar. — A correnteza já a estava levando.

Kathryn levanta a filha e a envolve num abraço.

— Vamos embora — Jack continua. — Ela vai ficar congelada em um instante.

Começam a caminhar rapidamente em direção a casa Mattie tosse e espirra por causa da água do mar. A mãe murmura palavras de consolo. O rosto da criança está vermelho de frio.

Jack segura a mão de Mattie como se estivesse ligado à filha por um cordão umbilical. Suas calças estão ensopadas, sua camisa, para fora. Kathryn pensa que ele também deve estar congelando. A idéia do que poderia ter acontecido com a menina se ele não a visse logo a deixa de pernas bambas.

Ela pára na praia de repente e, num movimento natural, o marido envolve a ambas com seus braços.

— Nós não te bastamos? — ela pergunta de novo

Jack inclina a cabeça e beija Kathryn na testa.

— Basta do quê? — pergunta Mattie.

dois

Às vezes, era como se ela tivesse vivido três, quatro anos em onze dias. Outras, era como se Robert Hart tivesse batido na sua porta há apenas alguns minutos para dizer as duas palavras "Senhora Lyons?". Duas palavras que haviam mudado sua vida. Não se lembrava de outra vez em que o tempo havia agido assim sobre ela. A exceção talvez tenha ocorrido durante aqueles três dias sublimes após ter conhecido Jack e se apaixonado. Naqueles dias, o tempo era medido por minutos, e não por horas.

Ela se deitou no sofá-cama do quarto de hóspedes. O corpo esticado, os travesseiros um pouco mais para o alto, de modo que pudesse ver o mar além da cadeira laqueada de vermelho. Fazia sol quando Kathryn chegara a casa de carro, mas agora as nuvens começavam a aparecer. Espirais de nuvens, apenas; gotas de leite num copo de água. Tirou dos cabelos um prendedor em forma de borboleta e o atirou no chão onde ele foi deslizando pelo assoalho encerado até bater no rodapé. Tinha pensado em entrar de novo na casa esta manhã e iniciar o longo processo de limpeza; todo o processo de afastar quaisquer vestígios dos últimos onze dias, para que ela e Mattie pudessem deixar a casa de Julia e retomar novamente suas vidas. A decisão havia sido admirável, pensou, mas fora definhando e acabara por se dissipar quando entrou na cozinha e viu a pilha de jornais; jornais com fotografias dela, de Mattie e de Jack na primeira página. Um deles havia caído no chão. Havia um pacote aberto de roscas duras feito pedra, na mesa e meia dúzia de Cocas Diet na bancada. Felizmente, alguém se encarregara de colocar o lixo do lado de fora, e ela não fora obrigada a suportar o mau cheiro que previra. Subira as escadas, abrira a porta do escritório do marido e passara os olhos pelas gavetas escancaradas e papéis espalhados pelo chão. Como era estranha a nudez da mesa sem o computador e seus equipamentos. Ela fora informada de que o FBI apareceria com seus mandados de busca e apreensão, mas não sabia quando. Não estivera na casa desde a cerimônia fúnebre, dois dias antes do Natal. Nem Robert estivera mais lá, pois retornara a Washington imediatamente após o funeral. Depois de fechar a porta do escritório de Jack, Kathryn caminhara ao longo do corredor, entrara no quarto de hóspedes e se estirara no sofá-cama.

Havia ponderado que fora tolo da parte dela voltar tão cedo, mas não podia continuar ignorando a casa para sempre. A limpeza tinha de ser feita. Sabia que Julia viria no seu lugar, mas não podia permitir uma coisa dessas. A avó estava exausta, próxima de um colapso, não apenas por cuidar dela e de Mattie, mas também por sua noção impecável de responsabilidade. Julia havia se determinado a despachar todos os pedidos de Natal feitos às pressas na sua loja. A neta teve medo de que esse esforço dispensável pudesse matar sua avó, mas não conseguiu afastá-la do seu senso de dever. Por isso, as duas, com a ajuda esporádica de Mattie, passaram várias longas noites, empacotando, embrulhando e endereçando as inúmeras encomendas natalícias. E, de certa forma, Kathryn concluíra, o trabalho não deixara de ser um pouco terapêutico. Julia e ela só iam dormir quando não conseguiam mais enxergar literalmente, e isso fez com que vencessem a insônia, que, de outro modo, seria inevitável.

Esta manhã, entretanto, Kathryn insistira com a avó para que permanecesse na cama e não se surpreendeu muito quando ela concordou. Mattie também dormira tarde e provavelmente acordaria depois da hora do almoço, como já vinha fazendo há algum tempo. Aliás, o que a mãe desejava mesmo era que a filha dormisse por alguns meses; entrasse num agradável estado de coma, a fim de acordar para uma consciência que o tempo anestesiara. Desse modo, não teria de ser golpeada todas as manhãs por uma dor absurdamente renovada. Sabia que a filha dormia tanto para adiar o mais possível o momento da revelação.

Kathryn também gostaria de entrar em coma. Em vez disso, ela se sentia prisioneira de uma espécie de circuito interno de meteorologia que a golpeava continuamente com notícias. Entre pedaços de informações, era atormentada por pensamentos sobre o que havia atrás de cada notícia; às vezes, gelada ao pensar no que poderia aguardá-la, mas reconfortada pela bondade das pessoas, como Robert e Julia. As lembranças apareciam de repente, sem ligar para locais ou circunstâncias, e o mesmo acontecia com repórteres, fotógrafos, câmeras e curiosos de todos os tipos. Era um sistema meteorológico interno, sem lógica, sem forma, sem perfil e progressão. Às vezes, se sentia incapaz de comer, de beber e até mesmo de ler um artigo até o fim. Não porque o assunto fosse Jack ou a explosão, mas porque realmente não conseguia se concentrar por muito tempo. Às vezes, falando com a filha ou com a avó chegava ao meio da frase sem se lembrar do princípio. Outras vezes, não conseguia se lembrar do que estava fazendo ou se propusera a fazer. Ocasionalmente, se surpreendia com o telefone no ouvido, a campainha tocando do outro lado da linha, sem saber para quem havia ligado. Tinha a mente cheia, como se existisse um fato vital provocando-a na periferia do seu cérebro; um detalhe sobre o qual ela deveria estar pensando, uma lembrança que precisava ser avaliada, uma solução para um problema que parecia estar além do seu alcance.

Piores, porém, eram os momentos de relativa paz que davam lugar aos de raiva. E tudo era muito confuso, pois ela não conseguia dirigir a raiva para algum acontecimento ou pessoa. A ira parecia ser composta dos pequenos pedaços de pedra de um mosaico horrível. Sentia-se irritada com Jack, como se ele estivesse ao seu lado. Irritação com fatos triviais como o de ele ter deixado de lhe dizer o nome do corretor de seguros deles (que, ela se deu conta, poderia conseguir facilmente sozinha, como conseguiu, bastando, para isso, ligar para a agência), ou pelo fato inocente, mas enfurecedor, de que ele a havia deixado para sempre. Raiva de Arthur Kahler com quem o marido jogara tênis durante anos e que a tratara como se ela estivesse vagamente sedada quando se encontraram dias atrás na Ingerbretson's. Até mesmo um casal de turistas se abraçando em frente à vitrina da loja de Julia (como Jack e ela nunca mais fariam) lhe causava tamanha agonia que não conseguia falar com eles quando entravam para comprar alguma coisa.

Kathryn sabia que existiam alvos mais apropriados e mais óbvios para sua ira, mas, inexplicavelmente, sentia-se sempre muda, indefesa, quando se aproximavam a mídia, a companhia aérea, as agências com seus acrônimos e os curiosos — perturbadores e atemorizantes curiosos no telefone, nas ruas, no serviço fúnebre e, até mesmo uma vez, coisa atordoante, na televisão, onde, depois de uma repórter perguntar a um passante o que ele achava da investigação sobre o acidente, este se virou para a câmera e acusou a ela, Kathryn, de ocultar importantes informações sobre a explosão.

Logo depois da entrevista com o investigador do conselho de segurança, Robert sugeriu que os dois fossem dar uma volta de carro. Deixaram a casa e caminharam em direção ao automóvel. Ele abriu a porta para ela e somente depois de tê-la fechado é que lhe ocorreu perguntar para onde iam.

— Vamos para a igreja de Saint Joseph — ele disse rapidamente.

— Por quê? — ela perguntou.

— Acho que está na hora de você falar com um padre.

Atravessaram Ely, depois cruzaram a estrada transversal às salinas que leva para os moinhos abandonados de Ely Falls com seus empórios exibindo cartazes não atualizados desde os anos sessenta. Robert estacionou em frente à sacristia, um edifício de tijolos escuros no qual Kathryn jamais entrara e que necessitava de uma nova pintura. Quando menina, não foram poucas as vezes em que apanhara um ônibus em companhia de suas amiguinhas nas tardes de sábado, para irem até a igreja de Saint Joseph, onde se confessariam.

Sentada sozinha num dos bancos escuros, ela se deixava encantar pela umidade aparente das paredes de pedra. Impressionava-se com os intricados entalhes na madeira dos cubículos que eram os confessionários e suas pequenas cortinas pardas, atrás das quais suas colegas confessavam seus pecados (quais, ela não podia imaginar). Não conseguia tirar os olhos das sombrias imagens dos passos da Paixão de Cristo (que sua melhor amiga, Patty Regan, tentara lhe explicar sem sucesso) e nem dos suntuosos globos de vidro vermelho, que sustentavam as velas tremeluzentes, uma das quais Patty comprava sempre, para acender na hora da saída. A igreja da infância de Kathryn, a metodista Saint Matthew, na rua High em Ely, comparada à igreja católica, parecia agressivamente estéril: um prédio marrom enfeitado com madeira amarela, com longas vidraças pelas quais o sol entrava soberano, como se o arquiteto tivesse sido especificamente instruído para incluir a luz e o ar do protestantismo em seu projeto. Julia levara Kathryn à escola dominical até ela completar a quinta série, quando as histórias bíblicas já não mais a fascinavam como nos primeiros anos. Depois disso, com exceção do Natal e da Páscoa, quando ia na companhia de Julia, Kathryn deixara de freqüentar o templo. Às vezes, sentia uma pontada de remorso materno por não terem mandado Mattie para a escola dominical; por não terem lhe dado a oportunidade de aprender sobre o cristianismo e fazer, ela mesma, sua escolha. Da mesma forma como acontecera com ela. Kathryn tinha a impressão de que sua filha dificilmente pensava em Deus, mas sabia também que podia estar errada a esse respeito.

Nos primeiros anos de casamento, Jack fora agressivamente sarcástico em relação à Igreja católica. Ele estudara na escola do Santo Nome, em Chelsea, e recebera o pior que essas escolas paroquiais tinham para oferecer, o que incluía castigos físicos. Era difícil para a esposa conceber uma formação pior do que a dela própria. Tão tediosa que, quando pensava sobre os seus anos no primário da escola elementar de Ely, só conseguia se lembrar do pó nos corredores. Mais tarde, a veemência de Jack contra a Igreja pareceu diminuir e ela se perguntou se ele mudara de opinião. Como nunca falava a respeito, Kathryn continuava não sabendo.

Saíram do carro e bateram numa imensa porta de madeira. Um homem alto, de cabelos pretos e encaracolados, respondeu à campainha.

— Ocorreu uma morte terrível — Robert disse imediatamente.

O padre moveu a cabeça para baixo e para cima algumas vezes e depois olhou para Robert e Kathryn.

— Esta senhora é Kathryn Lyons — disse Hart. — Ela perdeu o marido ontem num acidente de avião.

Kathryn teve a impressão de que o padre empalideceu por um momento.

— Eu sou o padre Paul LeFevre — ele disse a ambos, enquanto lhes estendia a mão. — Por favor, entrem.

Seguiram-no até uma sala enorme com caixilhos de vidro intercalados de metal nas janelas e aparentemente milhares de livros nas estantes. O padre Paul lhes indicou duas cadeiras em frente à lareira. Parecia um homem de quase cinquenta anos e aparentava ser musculoso por trás da camisa negra. Enquanto sentava, Kathryn ficou imaginando o que os padres faziam para se manter em forma. Será que permitiam que fossem a uma academia, malhar e levantar pesos?

— Gostaria de prestar as últimas homenagens ao meu marido — disse, quando o padre se sentou. Tinha sobre o colo um bloco e uma caneta.

A viúva tentou encontrar palavras mais específicas e não conseguiu. Com a cabeça, o padre parecia dizer que a entendia. Na verdade, ela teve a distinta impressão, durante toda a entrevista, de que aquele sacerdote católico sabia muito mais sobre suas necessidades e seu futuro imediato do que ela mesma.

— Eu não sou católica — explicou. — Meu marido era. Foi criado como católico e educado em escolas católicas. Sinto dizer que há muito tempo ele não ia à igreja.

Houve uma pausa, como se o padre estivesse digerindo suas palavras. Kathryn se perguntava por que sentira a necessidade de se desculpar pelo marido.

— E quanto à senhora? — padre Paul perguntou.

— Fui criada como metodista, mas também não freqüento a igreja há muito tempo.

Não, ela pensou. Ela e Jack não iam à igreja aos domingos pela manhã. Aos domingos pela manhã, quando Jack estava em casa, eles despertavam com a névoa do sono ainda a encobri-los, para o langor da procura, do abraço — sem dizerem uma palavra, sem o dia entre eles, numa trilha de sonhos e não de responsabilidades — e, então, depois, ela se deitaria sobre a dobra do braço do marido, enquanto ele voltava a dormir.

— Há outros membros da família que precisam ser informados? — o religioso perguntou.

Hesitante, Kathryn lançou um olhar rápido em direção a Robert.

— Não — ela disse e se sentiu desconfortável, pois estava mentindo para um padre em uma sacristia católica.

— Fale-me sobre seu marido — pediu o padre, a voz suave.

— Ele morreu ontem, quando o seu avião explodiu. Era o piloto.

O padre anuiu com a cabeça:

— Eu li sobre o assunto nos jornais.

Kathryn pensou em como poderia descrever Jack.

— Ele era um bom homem. Muito trabalhador, amável. Tinha uma relação muito especial com nossa filha.

A viúva apertou os lábios e lágrimas surgiram instantaneamente nos seus olhos. Rápido, Robert pôs a mão sobre as suas. O padre esperou pacientemente que ela se recompusesse.

— Era filho único — continuou. — Sua mãe faleceu quando ele tinha nove anos. Seu pai, quando ele estava na faculdade. Cresceu em Boston e estudou na Santa Cruz. Lutou no Vietnã. Eu o conheci mais tarde, quando era piloto de carga. Agora ele trabalha para...

Ela se conteve e sacudiu a cabeça.

— Ele gostava de pescar e de se entreter com o computador — disse quando sentiu que podia prosseguir. — Jogava tênis e passava muito tempo com Mattie, nossa filha.

Esses eram os fatos, pensou, mas o Jack verdadeiro, o Jack que ela conhecia e amava não estava neles.

— Ele gostava de risco — ela disse de repente, surpreendendo o padre. — Odiava dias chuvosos. Dobrava a sua pizza para escorrer o azeite. Seu filme favorito era *A testemunha*. Eu o vi chorar, às vezes, ao fim de filmes tristes. Não suportava engarrafamentos de trânsito. Saía da auto-estrada, afastando-se cem quilômetros do caminho, para evitar um. Não se vestia especialmente bem. Usava uniforme para trabalhar e nunca deu importância a roupas. Tinha um casaco de couro do qual gostava muito. Sabia ser muito terno e gentil...

Ela olhou para um lado.

— E a senhora? — perguntou o padre. — Como a senhora se sente?

— Eu? — Kathryn perguntou. — Sinto-me como se tivesse levado uma surra.

O padre assentiu com compreensão. Como um terapeuta faria, ela pensou.

— E o seu casamento? Como era seu casamento?

— Um bom casamento. Éramos muito próximos. Eu diria que estivemos apaixonados por um longo tempo, muito mais tempo do que outros casais. Não posso assegurar isso. É apenas uma sensação que tenho.

— E então, o que aconteceu?

— Então? — ela repetiu. — E então nós apenas continuamos nos amando. Passamos da paixão para apenas o amor.

— Apenas o amor é tudo o que Deus pede — disse o padre.

Nenhuma só vez durante todo o seu casamento, Kathryn pensou, ela considerara a vontade de Deus.

— Estivemos casados por dezesseis anos.

O padre cruzou as pernas.

— O comandante Lyons foi devolvido?

— Devolvido? — perguntou Kathryn, espantada.

— O corpo — esclareceu o padre.

— Não há corpo. O corpo dele ainda não foi encontrado.

— Presumo, portanto, que a senhora está falando de uma cerimônia memorial.

Kathryn olhou para Robert à procura de ajuda.

— Acho que sim — ela disse.

— Bem — exclamou o padre, podemos fazer uma de duas formas. Podemos realizar a cerimônia em memória do comandante Lyons, e, nesse caso, eu aconselharia que isso fosse feito antes do Natal. Desse modo, o dia santo poderá fazer parte do processo de cura e não do processo de tragédia, tanto para a senhora como para sua filha.

Kathryn havia pensado nisso, mas não tinha muitas esperanças de cura — como dissera o padre.

— Ou — ele acrescentou — podemos esperar até que seu esposo seja localizado.

— Não — disse ela com veemência. — Por minha filha, por Jack e por mim, devemos lhe prestar as últimas homenagens o mais rápido possível. Ele está sendo crucificado nos jornais e na televisão.

Ouvindo sua voz dizer *crucificado*, sentiu-se constrangida por usar esse verbo na frente de um padre. Mas não era isso mesmo que estava acontecendo?, pensou. Estavam crucificando a honra de Jack, a sua memória.

— Estão dizendo que ele cometeu suicídio; que ele matou 103 pessoas. Se eu e Mattie não honrarmos a memória de Jack, não sei quem o fará.

O padre a estudou por um instante.

— Quem irá honrá-lo — ela disse, embora não soubesse o que dizer mais para se explicar melhor.

— E eu...

Kathryn limpou a garganta, tentou ficar o mais ereta possível na cadeira e prosseguiu:

— Duvido muito que apareça o corpo.

Naquela noite, sem sono, caminhando de um lado para outro na cozinha de Julia, muito depois que sua avó e filha tinham ido dormir, Kathryn se perguntava se não devia dizer ao padre Paul que havia um parente vivo — a mãe de Jack. E não era errado da parte dela não informar à mulher que seu filho havia morrido? Ela suspeitava que sim, mas a idéia da mãe de Jack viva, a imagem de uma mulher idosa parecida com Jack, sentada num asilo, provocou um desagradável zumbido no ar, como o de um mosquito irritante que se quer afastar. Não era apenas a descoberta de que Jack mentira para ela que a intrigava; era a contínua existência da própria mulher, uma mulher com a qual Kathryn não sabia exatamente o que fazer. Num impulso, pegou o telefone da parede e ligou para as informações.

Depois de tomar nota do número, ligou para o asilo.

— Forest Park — respondeu uma jovem voz feminina.

— Oh, alô — Kathryn disse nervosa. — Eu gostaria de falar com Matigan Rice.

— Puxa, isso é impressionante — disse a mulher que estava comendo alguma coisa ou mastigando um chiclete.

— Esta é a terceira chamada para a senhora Rice no dia de hoje. E olhe que fazia uns seis meses que ela não recebia um telefonema.

A mulher produziu um som com os lábios, como se estivesse sorvendo com um canudinho o último gole de algum líquido.

— De qualquer modo — continuou —, a senhora Rice não pode vir até o telefone. Ela está doente e não deve sair do quarto. Além de todos seus outros problemas, não ouve bem De modo que trazê-la ao telefone está fora de questão.

— Como ela está? — perguntou.

— Na mesma.

— Ah — disse Kathryn, hesitante. — Eu estava tentando lembrar... — acrescentou — quando exatamente a senhora Rice deu entrada na casa de repouso.

— A senhora é parente dela? — indagou a jovem mulher, cautelosa.

Kathryn ponderou sobre a pergunta. Ela era parente? Jack, por razões só dele, decidira não informar que sua mãe continuava viva. Portanto, para todos os propósitos, não estivera viva, certamente não para ela e Mattie. E Kathryn também não tinha certeza do motivo pelo qual Matigan Rice deveria ser ressuscitada. Fora a vergonha que fizera Jack mentir sobre sua mãe? Teriam ele e a mãe rompido definitivamente?

— Não, não sou parente — disse. — É que vamos realizar uma cerimônia religiosa em memória do filho dela e eu gostaria que ela soubesse.

— O filho dela morreu?

— Morreu.

— Como era o nome dele?

— Jack. Jack Lyons.

— OK.

— Ele morreu num desastre aéreo — acrescentou.

— Sério? A senhora está falando da explosão do avião da Vision?

— Sim.

— Ah, meu Deus, que coisa terrível! Que tipo de homem cometeria suicídio e levaria tantos inocentes com ele?

Kathryn permaneceu em silêncio.

— Bem, só agora estou sabendo que o filho da senhora Rice estava no avião — disse a mulher. — A senhora quer que eu tente dizer a ela? Não posso lhe prometer que ela vá entender...

— Quero — retrucou Kathryn, secamente. — Acho que a senhorita deveria tentar dizer a ela.

— Talvez seja melhor eu falar antes com o meu supervisor. Bem, muito obrigado por ter-nos comunicado, e espero que a senhora não tenha nenhum parente naquele avião.

— Para dizer a verdade, havia um.

— Ah, meu Deus, eu sinto muito.

— Meu marido era o piloto.

* * *

Nos dias que se seguiram à primeira entrevista, padre Paul e Kathryn se encontraram com freqüência e duas vezes o religioso foi visitá-la em casa, de carro. No primeiro encontro, na sacristia, Robert sublinhou a necessidade de segurança e o padre não deu demonstração de que aquilo ia além da sua obrigação. Aliás, nesse sentido, demonstrou absoluta confiança em si mesmo. Aparentemente, Kathryn não conseguia se explicar além da palavra honra e o padre não lhe pedia mais, motivo pelo qual ela lhe era grata. Atualmente, quando pensava no sacerdote, era com alívio, pois, não fosse por ele, a cerimônia teria sido um enorme fiasco.

Julia, Mattie e Kathryn foram à igreja uma hora antes para garantir que teriam passagem livre pelas ruas, que, mais tarde, ficariam tão apinhadas de gente e automóveis que nem uma ambulância conseguiria passar. A menina vestia uma longa saia cinza de seda e uma jaqueta negra e estremeceu violentamente quando o padre disse que seu pai, agora, havia aterrissado com segurança. Julia e Kathryn vestiam conjuntos de saia e paletó e assistiram à cerimônia de mãos dadas. Ou melhor, a avó dera a mão à neta que, por sua vez, dera-a a Mattie e, graças a essa transmissão de energia positiva, as três conseguiram sobreviver ao serviço religioso. Mas, logo depois, Kathryn se levantou, virou para trás e viu filas e filas de pilotos vestindo uniformes negros; pilotos de várias companhias aéreas, a maioria dos quais nem conhecera Jack. Viu ainda filas e filas de alunos e alunas das suas turmas, alguns já formados. Isso a deixou tão emocionada que as pernas lhe faltaram e, numa estranha reversão de papéis, foi Mattie quem a amparou. Depois disso, ela, a filha e a avó caminharam pelo corredor em direção à saída. Para Kathryn, aquela foi a caminhada mais longa de sua vida, pois sabia que, quando entrasse no carro que as esperava em frente à igreja, sua vida com Jack teria verdadeiramente acabado.

No dia seguinte, os jornais estamparam a foto da viúva emergindo dos portões da igreja de Saint Joseph e ela se surpreendeu não apenas com a repetição da sua imagem na primeira página de várias publicações em exibição na banca em frente à Ingerbretson's, mas também com sua própria imagem: a dor havia transformado sua face, onde ela observou sombras, linhas marcadas e músculos flácidos, a ponto de torná-la irreconhecível. Na foto em que está apoiada no braço da filha, ela parece tonta, chocada e muitos anos mais velha.

Ainda estremecia só em pensar naquela foto e em outras, sendo que a mais infeliz foi certamente a que mostrava ela e Robert no abrigo da praia. Ele puxando a manga do casaco dela e ambos parecendo surpresos e acuados. Uma foto particularmente dolorosa, pensou, porque Robert, na verdade, ficara horrorizado com o oportunismo desavergonhado do fotógrafo. Ainda agora, podia vê-lo correndo atrás do rapaz. A perseguição de Hart encheu-a tanto de autoconfiança que decidiu fazer seu pronunciamento ao entrar na casa – o pronunciamento que se desintegrara tão rapidamente assim que Somers informou-a de que a mãe de Jack estava viva.

Depois daquele dia em que vira as fotos na banca em frente à Ingerbretson's, Kathryn parou de ler jornais e ver televisão. A visita a Julia, que deveria durar apenas até a noite após a cerimônia religiosa, se estendeu até bem depois do Natal. Kathryn e a filha não conseguiam voltar para a própria casa. Não podia pedir à garota que fosse com ela; não enquanto a casa recordasse os dias após o acidente; não enquanto houvesse por lá coisas que certamente fariam com que a garota saísse correndo porta afora. Somente uma vez, inadvertidamente, Julia deixara a televisão ligada. Quando menos esperava, Kathryn se viu, olhos grudados no vídeo, observando a reprodução desenhada dos momentos que se seguiram à explosão. Viu a cabine de comando se soltar do corpo do aeroplano, que acabou se desintegrando em pequenos fragmentos após uma segunda explosão. O desenho animado mostrava a trajetória das várias partes da nave à medida que caíam no mar. De acordo com um repórter, a queda teria levado cerca de noventa segundos. Kathryn não conseguia sair da frente da televisão. Seguiu o arco do desenho da cabine de comando até ela mergulhar no oceano com um *splash* de história em quadrinhos.

Aos poucos, as nuvens foram encobrindo o céu, escurecendo o quarto de hóspedes. Kathryn se sentou no sofá-cama determinada a começar a limpeza da casa. Ouviu passos no corredor e passou as pernas para um lado do sofá-cama. Deveria ser Julia, que se decidira a vir ajudar. Quando levantou os olhos, viu que não se tratava de Julia, mas de Robert Hart, parado no umbral da porta.

— Fui até a casa da sua avó e ela me disse que você estava aqui — ele foi logo dizendo.

Tinha as mãos nos bolsos do casaco esporte, de uma cor lisa indefinida, castanho-acinzentado, talvez. Ele ficava diferente de jeans. Tinha os cabelos revoltos, como se tivesse acabado de ajeitá-los com os dedos.

— Não estou aqui oficialmente. Tenho uns poucos dias de folga. Queria ver como você estava se saindo.

Entrou.

Ficou imaginando se ele teria batido à porta dos fundos e, se tinha, porque ela não o havia escutado.

— Fico feliz em vê-lo — ela se surpreendeu dizendo.

E era verdade. Sentia um peso — não todo o peso, mas algo pequeno e gelatinoso — deslizando de seus ombros.

— Como está a Mattie? — ele perguntou, atravessando o aposento e sentando-se na cadeira laqueada de vermelho.

Daria uma foto interessante, pensou Kathryn de repente, o homem na cadeira de laca vermelha contra um fundo pintado de verde-limão. Um homem atraente. Um rosto que chamava a atenção. O bico-de-viúva e o cabelo grisalho, combinados com o modo largado com que se sentava, as mãos nos bolsos, faziam-no parecer vagamente britânico, como um personagem de um filme sobre a Segunda Guerra Mundial. Alguém que trabalharia com códigos, ela pensou.

— Terrível — disse, sentindo-se aliviada por ter alguém com quem conversar sobre Mattie. Julia ficava tão cansada que Kathryn não quis sobrecarregar a avó com suas preocupações particulares. As de Julia já eram penosas o suficiente, mais do que qualquer mulher de setenta e quatro anos devia ter de suportar.

— Mattie está um caco — disse simplesmente.

— Está sobressaltada. Nervosa. Não consegue se concentrar em nada. Às vezes, ela tenta assistir à televisão, mas isso não é mais seguro. Mesmo que não esteja na hora do noticiário, há sempre algo que lhe faz lembrar o pai. Na noite passada, ela foi até a casa de Taylor, para encontrar alguns amigos, e voltou inconsolável. Um amigo do pai de Taylor que estava lá perguntou a Mattie se ia haver julgamento e ela, ao que parece, simplesmente desabou. O pai de Taylor precisou trazê-la de carro para casa.

Robert, Kathryn percebeu, examinava-a intensamente.

— Eu não sei — ela disse. — Estou preocupada, Robert. Realmente preocupada. Mattie é frágil. Quebra com facilidade. Não quer comer. Às vezes, rompe em risadas histéricas. Parece que não tem mais uma reação apropriada a coisa nenhuma. Embora eu gostasse muito de saber o que é apropriado. Disse a Mattie que a vida não se desintegra simplesmente, que não podemos infringir todas as regras, e Mattie disse, com toda razão, que as regras já foram todas infringidas.

Ele cruzou as pernas como os homens fazem, um tornozelo apoiado sobre o joelho.

— Como foi o Natal? — ele perguntou.

— Triste. Patético. Cada minuto foi patético. O pior foi a intensidade com que Mattie tentou. Como se ela devesse isso a Julia e a mim. Como se, de alguma forma, devesse isso ao pai. Quem me dera eu tivesse cancelado aquilo tudo. E como foi o seu?

— Triste. Patético.

Kathryn sorriu.

— O que você está fazendo aqui? — ele perguntou, olhando em torno, como se alguma coisa pudesse lhe dar uma dica.

— Estou tentando limpar a casa. Sempre usei este quarto como uma espécie de refúgio. Eu me escondo aqui. Uma pergunta melhor é: o que você está fazendo aqui?

— Tenho uns dias de folga.

— E?

Ele descruzou as pernas e enfiou as mãos nos bolsos das calças.

— Jack não passou sua última noite no apartamento da tripulação — ele disse.

No quarto, a atmosfera ficou espessa e pesada.

— Onde ele esteve? — Kathryn perguntou imediatamente.

Quão rapidamente uma pessoa pode fazer uma pergunta para a qual não quer resposta, pensou ela. Como se uma parte da psique desafiasse a outra a sobreviver.

— Não sabemos. Como você está a par, ele era o único americano da tripulação. Logo depois do avião aterrissar, Martin e Sullivan entraram em seus carros e foram para casa. Sabemos que Jack foi até o apartamento, mesmo que por pouco tempo, porque deu dois telefonemas. Um para você e outro para um restaurante reservando uma mesa. De acordo com a empregada, ninguém dormiu no apartamento naquela segunda-feira. Aparentemente, o conselho de segurança já sabe disso há algum tempo. Deve ser divulgado no noticiário do meio-dia. Kathryn recostou-se no sofá-cama e fincou os olhos no teto. Ela não estava em casa quando Jack ligara naquela noite e deixara uma mensagem na secretária eletrônica: "Oi, meu bem. Estou aqui. Vou dar uma descida para comer alguma coisa. Você telefonou para o Alfred? Falo contigo em breve."

— Não queria que você fosse apanhada de surpresa. Não queria que você recebesse a notícia sozinha.

— Mattie — ela disse.

— Eu contei a Julia.

Ele atravessou o corredor e se sentou na borda do sofá, bem na beirinha. Sua camisa era de algodão escuro, provavelmente cinza, embora Kathryn se perguntasse mentalmente se não poderia ser castanha.

Sentiu-se como se estivessem comprimindo a sua mente. Se Jack não dormira no apartamento para a tripulação, onde então? Ela fechou os olhos. Não queria pensar sobre isso. Se alguém lhe perguntasse, ela diria sempre que tinha certeza de que seu marido jamais lhe fora infiel. Não era o estilo de Jack, ela queria dizer a Robert. Ele não era assim.

— Isso vai acabar — afirmou Robert.

— Não foi suicídio — sentiu-se compelida a dizer pelo menos isso. Ela tinha certeza.

Ele pôs sua mão sobre as dela. Instintivamente, Kathryn começou a puxar a mão, mas ele a apertou.

Ela não queria, mas tinha de perguntar. Podia sentir que Robert estava esperando pela pergunta. Sentou-se devagar, retirando as mãos debaixo da dele e, dessa vez, Hart não fez objeção.

— A reserva no restaurante foi para quantas pessoas? — perguntou, tentando parecer casual.

— Para duas.

Ela apertou os lábios. Não significava coisa alguma necessariamente, pensou. A reserva poderia muito bem ser para Jack e um membro da sua tripulação, não poderia? Viu o olhar de Robert passear até a janela e voltar. Qual membro da tripulação? — começou a conjecturar.

— Como você mantinha contato com Jack quando ele estava ausente? — Robert perguntou.

— Ele me telefonava. Era mais fácil, pois minha rotina não mudava. Ele telefonava assim que chegava ao apartamento da tripulação. Se eu precisasse falar com ele, deixava uma mensagem na secretária. Fizemos essa combinação porque eu não podia saber quando ele estava querendo dormir.

Ela pensou sobre a combinação. Fora idéia de Jack ou dela? Faziam isso havia muitos anos e já não lembrava quando começara. E sempre parecera um sistema tão lógico, prático demais para ser questionado. É estranho, pensou, como um fato, visto de certa maneira, parece uma coisa. E, então, visto por um outro ângulo, parece algo completamente diverso. Ou talvez tudo não fosse tão estranho.

— Obviamente, não podemos perguntar à tripulação — ela disse.

— Não.

Pensou sobre a pergunta que Mattie lhe fizera assim que ouvira os boatos da versão do suicídio. Como é que se pode saber se conhecemos realmente uma pessoa?

Kathryn se levantou e caminhou até a janela. Vestia um velho suéter e uma calça jeans gasta nos joelhos com a qual já andava há alguns dias. Nem mesmo suas meias estavam limpas. Não pensara encontrar ninguém. Com a chegada da dor, a aparência é a primeira coisa que se vai. Ou era a dignidade?

— Eu não consigo mais chorar — disse. — Esta parte acabou.

— Kathryn...

— Sem precedentes — ela continuou. — Absolutamente sem precedentes. Jamais nenhum piloto foi acusado de cometer suicídio no comando de um avião de passageiros.

— Na verdade — disse Robert —, não é sem precedentes. Houve um caso.

A viúva virou-se para ele.

— No Marrocos. Um avião da Royal Air Maroc caiu sobre Agadir em agosto de 1994. O governo do Marrocos, baseado na gravação do CVR, disse que a queda foi causada por um ato suicida do comandante. Aparentemente, o homem desligou o piloto automático de propósito e apontou o avião direto para o solo. O aeroplano começou a se desmantelar antes do impacto. Morreram quarenta e quatro pessoas.

Ela pôs as mãos sobre os olhos. Era impossível não ver, mesmo que só por um instante, o horror do co-piloto enquanto observava seu comandante se matar; o terror dos passageiros ao sentirem a súbita descida.

— Quando eles vão liberar a gravação? — perguntou. - A gravação de Jack?

Robert sacudiu a cabeça.

— Duvido que eles a liberem algum dia. — Não são obrigados. As transcrições estão isentas da Lei de Liberdade de Informação. Quando as gravações são divulgadas é porque ou não contêm nada que possa sensibilizar ninguém, ou então foram completamente censuradas.

— Então nunca serei obrigada a escutá-la?

— Duvido muito.

— Mas, então, como vamos saber o que realmente aconteceu?

— Trinta agências diversas de três países diferentes estão trabalhando sobre o acidente. Acredite, o sindicato odeia a alegação de suicídio mais do que qualquer outra coisa. Todos os congressistas estão exigindo mais testes psicológicos rigorosos para os pilotos, o que, do ponto de vista do sindicato, é um pesadelo. Quanto mais cedo o caso for resolvido, melhor.

Kathryn massageou os braços para ajudar o sangue a circular.

— É tudo política, não é mesmo? — ela perguntou.

— Geralmente sim.

— É por isso que você está aqui.

Ele ficou em silêncio, sentou-se e tocou o sofá-cama com as palmas das mãos.

— Não. Não agora.

— Então você está aqui como...

— Eu estou aqui — ele disse olhando para cima, olhando para ela. — Eu apenas estou aqui.

Kathryn sacudiu a cabeça vagarosamente. Queria sorrir. Queria dizer a Robert Hart como lhe agradara sua chegada. Queria lhe dizer como era difícil passar sozinha por tudo aquilo. Como era duro não ter ao seu lado a única pessoa de quem realmente precisava, Jack.

— É boa essa sua camisa? — ela perguntou rapidamente.

— Não muito — disse.

— Quer me ajudar na limpeza?

A CHUVA CAI PESADA SOBRE AS IMENSAS JANELAS DO AUDITÓrio. O prédio construído em 1920 foi mal conservado e precisa de uma reforma. As paredes são cobertas de madeira e exibem entalhes com a iniciais de estudantes ou declarações de amor. Pesadas cortinas castanho-avermelhadas que parecem nunca funcionar direito estão penduradas dos dois lados do palco. Somente os assentos da platéia, impiedosamente feridos por canetas e canivetes ao longo dos anos, foram substituídos. Hoje em dia, o público se senta nas cadeiras trazidas do cinema Ely Falls quando este foi demolido para dar lugar a um banco.

Os pais começam a lotar o auditório quando a banda corajosamente dá os primeiros acordes de "Pompa e circunstância". Regendo a orquestra, Kathryn consegue prender a atenção dos vinte e três alunos de música e arrancar deles uma versão apenas sofrível do hino de formatura. Susan Ingalls, no clarinete, está no tom errado. Spence Closson, no bumbo, parece estar muito nervoso e hesita uma fração de segundo a cada compasso.

Horas extras, Kathryn pensa. Em qualquer outro trabalho, isso seria considerado hora extra.

Felizmente, esta não é a noite da formatura, mas apenas a noite dos prêmios. Kathryn tem cinco alunos veteranos na banda e dois deles talvez recebam prêmios acadêmicos. É uma das poucas vantagens de uma escola pequena, ela pensa. As noites de premiação são geralmente curtas.

Com a batuta ainda na mão, senta-se próxima de Jimmy DeMartino, que toca a tuba. Pensa nas vantagens e desvantagens de pedir a Susan Ingalls que desça do palco e tente afinar seu clarinete. O diretor começa seu discurso, que será seguido pelo do vice-diretor e do orador da turma. Kathryn tenta prestar atenção, mas sua cabeça está concentrada nas notas que terá de dar quando chegar em casa. As últimas semanas do ano escolar são sempre emocionalmente inquietantes. Nos últimos cinco dias, ela tem ensaiado diariamente a orquestra na hora do almoço para que os alunos veteranos – todos os vinte e oito – possam treinar a marcha ao som de "Pompa e circunstância" na formatura. Não houve uma só vez nesta semana que a música, embora mal tocada, não tenha provocado algumas lágrimas. Até a noite de formatura, Kathryn sabe, todas as lágrimas já terão sido derramadas, a melancólica pontada no coração provocada pela despedida da escola será bem suportada e os alunos do último ano estarão pensando no baile e na noite de festa que terão pela frente. Todos os anos é a mesma coisa.

Acabado o discurso, o diretor começa a anunciar os prêmios. Kathryn consulta o relógio. Meia hora de premiação, calcula. A orquestra tocará "Trumpet Voluntary", todos irão embora e ela poderá começar a computar as notas das aulas de história do segundo ano. Mattie terá prova final de matemática amanhã.

Ela ouve os aplausos, a agitação de expectativa quando um nome é anunciado, outra rodada de aplausos, às vezes assobios da platéia. Os alunos veteranos, sentados na primeira fila do auditório, sobem ao palco e descem de volta com pergaminhos enrolados numa fita; ocasionalmente, alguém desce com um troféu. Ao lado dela, Jimmy DeMartino recebe um prêmio pelo extraordinário desempenho em física. Ela segura a tuba, enquanto ele sobe ao palco.

Passados trinta minutos, Kathryn ouve o burburinho, sinal de que a noite está chegando ao fim. Levanta-se e se dirige ao pódio, fazendo gestos discretos que informam aos músicos para pegarem seus instrumentos.

Espera em seu lugar de braços cruzados. Mas equivocou-se. O diretor ainda não acabou. Ainda há um prêmio a ser entregue.

Kathryn ouve as palavras "a melhor nota possível" e "segundanista". Um nome é anunciado. Uma garota se levanta e passa seu clarinete à professora. A aluna usa uma blusa branca sem gola, uma simples saia preta e botas. Chega finalmente ao palco. A platéia, num misto de admiração pelo feito da menina e de alívio pelo fim da cerimônia, aplaude entusiasticamente. Kathryn põe o clarinete debaixo do braço e aplaude com o mesmo entusiasmo.

Jack deveria estar aqui, pensa.

Mais tarde, na sala da orquestra, Kathryn abraça a filha.

— Estou tão orgulhosa.

— Mamãe — diz Mattie, quase sem fôlego, livrando-se do abraço —, posso telefonar para o papai e contar-lhe tudo? Eu queria muito.

A mãe pensa por um momento. Jack está em Londres, provavelmente dormindo, descansando para a viagem na manhã seguinte, mas ela sabe que não se incomodará em ser acordado para ouvir a bela notícia.

— Claro — Kathryn disse a Mattie. — Por que não? Vamos telefonar do gabinete do diretor.

Usando seu cartão, ela disca o número do apartamento da tripulação. Ninguém responde. Ela desliga e tenta outra vez. Pela janela, vê o vento enviando rajadas de chuva sobre a rua. Tenta uma terceira vez. A insistência deveria alertar o marido de que ela está tentando entrar em contato com ele. É 1h30min em Londres. Onde ele estará?

— Telefonaremos de casa — diz a Mattie, com um sorriso.

Mas, em casa, ao discar o número do apartamento da tripulação, não recebe resposta. Liga três vezes, duas delas quando a filha não está prestando atenção. Deixa uma mensagem na secretária eletrônica. Sentindo que o entusiasmo e o orgulho da noite começam a se dissipar, desiste de continuar telefonando. Para celebrar o prêmio recebido por Mattie, prepara uma fornada de *brownies*. A garota, excitada demais para estudar para a prova de matemática, está sentada na mesa da cozinha enquanto Kathryn mistura a massa. Pela primeira vez, discutem ensino superior e a mãe pensa em escolas a que não dera atenção anteriormente. Olha para a filha de um modo um pouco diferente.

Quando Mattie vai para a cama, o entusiasmo um pouco forçado de Kathryn começa a desvanecer. Ela fica de pé até tarde, calculando as notas que dará aos alunos. Telefona para o apartamento a 0h, 5h em Londres, apenas para frustrar-se, pois ninguém atende. Em uma hora, Jack terá de ir para o aeroporto, voar para Amsterdã e, depois, Nairóbi. Começa a se preocupar. Alguma coisa de muito sério pode ter acontecido com ele. Por algum tempo, ela oscila entre a raiva e a preocupação. Acaba adormecendo no sofá com os boletins e a máquina de calcular no colo.

Ele telefona às 0h45min, 5h45min em Londres. Fala aos solavancos, pontuando as palavras.

— Kathryn, o que há? O que foi que aconteceu? Você está bem?

— Onde você está? — ela pergunta, grogue de sono, enquanto se senta no sofá.

— Aqui — ele diz. — Estive aqui o tempo todo. Só agora cheguei a secretária.

— Por que você não atendeu o telefone?

— Eu baixei o som da campainha. Estava exausto e precisava dormir. Acho que vou pegar uma gripe.

Ela ouve a congestão na sua voz. Os aviões são notórios produtores e distribuidores de resfriados.

— Ainda bem que não era uma emergência — respondeu, introduzindo um leve tom crítico na voz.

— Olhe, eu realmente sinto muito, mas estava tão cansado que achei dormir mais importante. Então o que é que há? — ele pergunta. — Qual a novidade?

— Não posso dizer. Mattie quer te dar a notícia.

— Alguma coisa ruim?

— Não, alguma coisa muito boa.

— Me dá uma pista.

— Não posso. Eu prometi.

— Suponho que você não quer acordá-la agora.

— Não. Ela tem prova amanhã.

— Ligo do avião. Vou marcar o tempo para ligar quando ela estiver acordada.

Kathryn esfrega os olhos. Um breve silêncio no telefone. Gostaria de poder ver o rosto do marido agora. Gostaria de estar na cama com ele no apartamento da tripulação, que ela jamais vira. O marido o descrevera como uma coisa estéril, como uma seqüência de quartos de hotel.

— Então? — diz a esposa.

— Kathryn, eu sinto muito de verdade. Vou conseguir com a companhia um sistema que me fará acordar em caso de emergência. Vou arranjar um bip.

Ela suspira ao telefone:

— Jack, você ainda me ama?

Ele permanece em silêncio por um instante.

— Por que é que você pergunta?

— Não sei. Acho que é porque não ouço você dizer que me ama há um bom tempo.

— Claro que eu te amo — ele diz e limpa a garganta. — Amo você de verdade. Agora vá dormir. Eu telefono às 7h.

Mas ele não desliga e nem ela.

— Kathryn?

— Estou aqui.

— O que há de errado?

Ela não sabe exatamente o que há de errado. Tem apenas uma vaga sensação de vulnerabilidade; uma sensação de ter sido deixada sozinha por muitos dias. Ou talvez esteja apenas exausta.

— Beleza! — diz, tomando emprestada a expressão que Mattie mais usa no momento.

— Beleza — Jack repete num outro tom.

— É... então...

Ela praticamente pode ver o marido sorrindo.

— Até mais tarde — o marido diz, e desliga.

— Até mais tarde — diz Kathryn, segurando o telefone inerte na mão.

ELES FORAM DE UM CÔMODO A OUTRO, ESPANANDO, ASPIRANdo, lavando o assoalho, juntando lixo, fazendo camas, recolhendo roupa suja. Robert fazia essas tarefas como um homem, ela notou: desajeitado com as camas, bom na cozinha e lavando o assoalho como se o estivesse castigando. Com Hart no seu quarto e no de Mattie, objetos potencialmente perigosos foram neutralizados: uma camisa jogada sobre uma cadeira era simplesmente uma camisa que Robert jogara no chão sobre uma pilha de outras roupas. Os lençóis eram simplesmente lençóis que precisavam ser lavados, como quase tudo, aliás. O homem reuniu os papéis de Jack espalhados pelo escritório e enfiou-os todos numa gaveta sem examiná-los como Kathryn teria feito. No quarto da filha, a mãe notou a inspeção de Robert, como se tivesse medo de que ela fosse fraquejar naquele cômodo. Mas, para a surpresa dele e sua própria, foi extremamente rápida e eficiente. Mais estoicamente ainda, ajudou-o a levar a árvore de Natal para os fundos da casa. Arrastaram a árvore seca pela cozinha, deixando para trás uma infinidade de folhas e agulhas. Quando acabaram a limpeza, as nuvens brancas no céu tinham sido substituídas por outras, negras e sombrias.

— Acho que vai nevar — disse ele, limpando o interior da pia com um jato d'água.

Ela abriu o armário sobre a pia e guardou os produtos de limpeza, Pine Sol e Comet. Lavou as mãos no mesmo jato e enxugou-as com um pano de pratos.

— Estou com fome — disse, sentindo a satisfação que sobrevinha sempre depois que a casa estava limpa, como se ela mesma tivesse tomado um banho.

— Ótimo — ele disse. — Tenho lagostas no carro.

Kathryn ergueu uma sobrancelha.

— São da Ingerbretson's — explicou. - Comprei-as no caminho para cá. Não resisti.

— E se eu não gostasse de lagosta?

— Eu tinha visto os martelinhos e os alicates na gaveta dos talheres.

— Observador.

— Às vezes.

Mas ela teve a sensação de que Robert Hart era mais que um observador. Estava sempre vigilante.

Robert preparou as lagostas, enquanto Kathryn arrumava a mesa da sala da frente. A neve começou a cair como chuva, e logo flocos batiam em silêncio contra as vidraças. A viúva abriu a geladeira e tirou duas garrafas de cerveja. Abriu uma e estava abrindo a segunda quando se lembrou que Hart não bebia. Tentou recolocar as duas garrafas na geladeira sem que ele notasse.

— Por favor — disse Robert do lado do fogão. — Tome sua cerveja. Não me incomoda. Aliás, eu ficaria chateado se você não bebesse por minha causa.

Kathryn olhou para o relógio: 12h20min. Muito fora de hora. Mais uma vez, o envelope voltava a se abrir. Era sexta-feira. Normalmente, ela estaria na escola. Quinto período. Normalmente, não estaria bebendo cerveja. Embora fossem as férias de Natal, pensou. Não pensara em como reagiria ao se defrontar com os alunos de novo. A imagem de alguns deles caminhando por um corredor emergiu na sua mente, mas logo foi embora.

Quando faltavam cinco minutos para as 13h, Robert diminuíra o som de todos os telefones. Não havia nada de tão urgente que não pudesse esperar uma ou duas horas, ele disse, e ela concordara.

No mesmo espírito, Kathryn pusera uma alegre toalha estampada sobre a mesa. Contrastava com o tempo sombrio do lado de fora. Robert pôs música para tocar: B. B. King. Ela gostaria de ter flores em casa. Mas o que, exatamente, estava comemorando?, perguntava a si mesma, sentindo-se vagamente culpada. Comemorava o fato de ter sobrevivido aos últimos onze dias? De ter limpado a casa?

Colocou pratos e talheres na mesa, tigelas para as cascas de lagosta, manteiga derretida e um rolo de toalhas de papel. Hart veio da cozinha com os pratos de lagosta, fumegantes e úmidos. Havia manchas de água na sua camisa.

— Estou faminto — disse, colocando os pratos na mesa e sentando-se à frente dela.

Kathryn examinou a lagosta. Neste momento, rápida e pungente, a memória voltou a assaltá-la. Olhou pela janela e levou as mãos à boca.

— O que foi? — perguntou Robert.

Ela sacudiu a cabeça rapidamente. Ficou estática, presa a uma imagem, não ousando avançar, nem recuar, como se estivesse num terreno tortuoso e pudesse cair numa fenda a qualquer momento. Respirou fundo. Deixou o ar sair de seus pulmões e pôs as mãos sobre a mesa.

— Tive uma lembrança súbita.
— O que foi?
— Jack e eu.
— Aqui?

Fez que sim com a cabeça.

— Comendo lagostas?

Ela queria lhe dizer que a situação fora parecida, mas não a mesma. Fora no princípio do verão e as janelas estavam abertas. Seriam quase 17h e Mattie estava na casa de uma amiga. A luz era sem igual, lembrava-se, brilhante, trêmula, verde-marinha. Haviam tomado champanhe. O que comemoravam, mesmo? Provavelmente nada. Provavelmente festejavam a si mesmos. Ela queria fazer amor e ele também, mas nenhum dos dois estava disposto a sacrificar uma lagosta recém-cozida. Aguardaram com uma espécie de deliciosa tensão entre eles. Kathryn havia sugado as patas da sua lagosta com lábios sôfregos. Jack rira e dissera que estava sendo provocado, o que a agradou muito. Provocar. Ela raramente fazia isso.

— Desculpe — disse Robert. — Eu deveria saber que isso poderia acontecer. Vou levar as coisas para a cozinha.

— Não — ela disse rapidamente, segurando a mão dele antes que pudesse alcançar o prato. — Você não tinha como saber. E, de qualquer modo, minha vida está cheia dessas lembranças. Centenas de lembrancinhas que me pegam desprevenida. São como pequenas minas no terreno, prontas para detonar. Honestamente, eu gostaria que me fizessem uma lobotomia.

Ele tirou a mão debaixo da de Kathryn e a pousou sobre seus dedos. Pousou-a de um modo que um homem amigo faria com uma mulher à beira de um ataque de nervos. Sua mão parecia morna, pois a dela esfriara de repente. Suas lembranças sempre causavam esse fenômeno. Como o medo, sugavam o sangue de seus pés e mãos.

— Você tem sido um grande amigo.

O tempo passou. Ela fechou os olhos. Não conseguia mais calcular segundos, minutos. A cerveja a deixara levemente cansada. Gostaria de levantar sua mão para que ele pudesse tocar-lhe a palma; para que ele deslizasse sua mão na dela até o pulso. Imaginava a mão dele passando pelo seu pulso e indo até a parte interna do seu cotovelo.

Seus dedos relaxavam sob a mão dele. Sentiu a tensão deixar seu corpo. Era erótico, mas sem aquele abandono de costume. Seus olhos pareciam fora de foco. Não podia ver nem Robert nem nada propriamente, com exceção da luz da janela. Aquela luz difusa criava uma aura lânguida. Disse para si mesma que deveria estar se sentindo perturbada pensando neles dois daquela maneira, mas a bruma da tarde os havia envolvido numa espécie de indulgência e ela se sentia apenas vaga, flutuando. Estava tão longe que, quando Robert, talvez numa tentativa de trazê-la de volta à realidade, pressionou um pouco mais a sua mão, ela abriu os olhos.

— Você é como uma espécie de padre.

Ele riu.

— Não, não sou.

— Acho que acabei pensando em você desse modo.

— Padre Robert — ele disse sorrindo.

E então ela pensou: e se a mão desse homem viajasse pelo meu braço acima? Quem se importaria? As regras não haviam sido todas quebradas? Não fora isso que Mattie dissera?

O silêncio da neve caindo do lado de fora os envolveu. Podia ver que Hart lutava para entender onde ela estava e por quê, mas não podia ajudá-lo. Ela mesma não sabia. A sala de estar era sempre um pouco fria durante o inverno, pensou. Seu corpo se arrepiou uma vez, apesar do vapor que, podia ouvia aparelhos de calefação. Do lado de fora, o céu escurecia tanto que a tarde poderia ser confundida com o anoitecer.

Ele tirou a mão de cima da dela, que se sentiu exposta.

Kathryn bebeu outra garrafa de cerveja. Comeram todo o pão e as lagostas. No meio do almoço, Robert se levantara e mudara o CD. De B. B. King para Brahms.

— Você tem coisa muito boa por aqui.

— Você se interessa por música?

— Me interesso.

— Que tipo?

— Piano, especialmente. Era você ou Jack quem selecionava a música? — ele perguntou e voltou a se sentar.

A mulher coçou a nuca. Não tinha certeza de ter entendido.

— Geralmente, os CDs e o sistema de som são paixão ou do marido ou da mulher, mas não de ambos — explicou. — Pelo menos é isso que tenho notado.

A mulher pensou a respeito.

— Eu cuidava da música. Jack não tinha ouvido musical. Mas gostava de rock e de alguma coisa da música de Mattie, acho que por causa da batida. E como era na sua casa?

— Eu cuidava da música. Minha ex-mulher, infelizmente, ficou com o sistema de som e quase todos os CDs. Um dos meus filhos tem algum talento. Toca saxofone na escola. Já o outro parece não se interessar.

— Mattie toca clarinete e tentei despertar o interesse dela pelo piano, mas foi uma tortura.

Kathryn pensou em todas as horas que passara com a filha ao piano e claramente a menina não queria estar ali ao lado dela. Exagerava sua relutância patológica tentando coçar as costas numa parte em que não podia alcançar ou ajeitando o banco ou levando um tempo enorme para situar dedos e teclas. Era um esforço fazê-la tocar uma música e impossível obrigá-la a estudar. De vez em quando, a mãe deixava o cômodo, irritação contida, ocasião em que a garota começava a chorar. Antes que o ano acabasse, Kathryn entendeu que se insistisse em dar aulas de piano à filha, a relação delas ruiria. Atualmente, Mattie não vivia sem música — no seu quarto, no carro, sempre com os fones nos ouvidos, como se por ali entrasse oxigênio.

— Você toca piano? — Kathryn perguntou.

— Tocava.

Ela o estudou por um instante e acrescentou um pequeno detalhe a um perfil que vinha formando desde o dia em que ele entrara em sua casa. Era o que se fazia com as pessoas. Pintar quadros, acrescentar pinceladas que faltavam, esperar a cor e a forma se materializarem, pensou.

Ele mergulhou um pedaço de lagosta na manteiga e o levou à boca ainda pingando.

— Na noite anterior à viagem de Jack — disse —, ele foi até o quarto de Mattie e perguntou-lhe se gostaria de ir ao jogo dos Celtics na sexta-feira à noite. Um amigo lhe dera dois excelentes lugares. O que eu gostaria de saber é o seguinte: um homem que planeja se matar convidaria a filha para um jogo de basquete que só ocorreria quando ele já estivesse morto?

Robert limpou o queixo com o guardanapo, pensou um pouco e disse mais para si mesmo:

— Um homem que tem excelentes lugares para um jogo do Celtics se mataria antes de ver o jogo?

Os olhos de Kathryn se arregalaram.

— Desculpe — ele disse imediatamente. — Não, não faz o menor sentido. Não é da natureza humana proceder assim. Eu, pelo menos, nunca soube de caso algum.

— E Jack me disse para telefonar ao Alfred. Ele me disse para pedir a Alfred que viesse na sexta-feira consertar o chuveiro que estava vazando. Se não tivesse intenções de voltar para casa, não teria me pedido isso. Não do modo como falou; como se tivesse se lembrado daquilo enquanto se dirigia ao carro. E, se realmente pensasse em suicídio, teria agido comigo de forma diversa. Teria se despedido de mim de outro modo, tenho certeza. Haveria nele alguma coisa de peculiar que talvez eu não registrasse na hora, mas da qual me lembraria depois. Alguma coisa.

Hart pegou seu copo d'água e afastou um pouco a cadeira da mesa.

— Você lembra quando o investigador do conselho de segurança me perguntou se Jack tinha algum amigo íntimo na Inglaterra?

— Lembro — disse Robert.

Ela fixou os olhos na tigela cheia de cascas de lagosta.

— Acabei de lembrar de uma coisa — disse, levantando-se da mesa. — Já volto.

Enquanto subia as escadas, Kathryn tentou se lembrar se lavara aquela peça de roupa específica. Ela usara o jeans por dois dias e depois o jogara no cesto. Mas não no seu cesto; no cesto de Mattie. E não lavara nenhuma roupa da filha depois disso. As roupas dela que precisavam ser limpas vinham sendo lavadas na casa de Julia desde o acidente.

Achou o jeans debaixo de um monte de roupas sujas que ela e Robert haviam jogado no cesto poucas horas antes. Removeu o maço de papéis que as toalhas, sob as quais os jeans estiveram enterrados, haviam umedecido um pouco.

Quando voltou à sala de estar, Robert contemplava a neve que continuava caindo. Ficou observando, enquanto ela punha um prato de lado e desdobrava os papéis sobre a mesa.

— Veja isso aqui — disse, passando para Hart o bilhete de loteria de Jack.

— Logo depois de saber da explosão, achei esses papéis no bolso de trás dos jeans de Jack que estavam pendurados na porta do banheiro. Não dei muita importância na hora e simplesmente os guardei no bolso da minha calça. Olhe essa anotação: "M em A" e os números que se seguem. O que é que isso parece para você?

Robert estudou os números e, pelo piscar dos seus olhos, Kathryn viu que ele entendera o que ela estava pensando.

— É um número de telefone do Reino Unido — ele disse.

— É o prefixo de Londres, não é? Um, Oito, um?

— Acho que sim.

— O número de dígitos não está correto?

— Não tenho certeza.

— Deixe-me ver — ela disse. E lhe estendeu a mão.

Robert lhe devolveu o bilhete, não sem certa relutância.

— Estou curiosa — disse, defendendo-se. — Se é um número de telefone, por que está escrito nesse bilhete de loteria? E isso é coisa recente. Ele deve ter comprado esse bilhete no dia anterior à viagem. — Olhou para a data no bilhete. — É isso mesmo, 14 de dezembro.

Ela estava fazendo uma coisa absolutamente razoável, Kathryn pensou, enquanto se dirigia ao telefone ao lado do sofá. Discou o número. Imediatamente reconheceu o som de uma campainha que não era o som americano ao qual estava acostumada. Era um som que lhe lembrava antigos aparelhos telefônicos franceses, com ganchos pretos e finos.

Uma voz respondeu do outro lado da linha e Kathryn, alarmada, despreparada para aquilo, levantou os olhos rapidamente para Robert. Não havia pensado no que diria. Uma mulher disse "alô" novamente e dessa vez um pouco irritada. Não era a voz de uma mulher idosa e nem de uma menina.

Em sua mente, ela buscava um nome. Gostaria de perguntar: a senhora nunca ouviu falar de um homem chamado Jack Lyons? De repente, porém, a pergunta lhe pareceu absurda.

— Devo ter discado errado. Desculpe tê-la incomodado.

— Quem está falando? — perguntou a mulher, agora cautelosa.

Kathryn não conseguiu dizer o próprio nome.

Ouviu o clique de um telefone batido de forma contrariada seguido por silêncio.

Com as mãos tremendo muito, ela repôs o fone no aparelho e se sentou no sofá. Sentia-se desconcertada como quando menina telefonara para um garoto para confessar que gostava dele, mas não tivera coragem de dizer seu nome.

— Deixe isso para lá — disse Robert, a voz serena, da mesa.

Kathryn esfregou as mãos nos joelhos do jeans para acabar com a tremedeira.
— Escute. Você pode descobrir uma coisa para mim?
— O quê?
— Você pode conseguir os nomes de todas as tripulações com as quais Jack voou?
— Por quê?
— Talvez eu possa reconhecer um nome que já tenha visto. Da mesma forma que poderia dar nome a um rosto que já tenha visto uma vez.
— É isso que você quer? — perguntou vagarosamente.
— É difícil até para mim mesma saber o que quero.

Enquanto Hart subia ao escritório de Jack para conseguir a relação de nomes que compunham as diversas tripulações com as quais o piloto havia viajado, Kathryn espalhou os papéis pela mesa e começou a inspecioná-los. O recibo do correio pela compra de vinte e quatro dólares chamou sua atenção particularmente. Talvez ele não houvesse comprado selos, pensou, olhando o recibo mais de perto. Abriu o papel pautado branco sobre o qual o marido copiara provavelmente parte de um poema:

"Aqui, na estreita passagem e no impiedoso norte,
traições perpétuas, lutas sem resultados.
A fúria de punhaladas a esmo no escuro:
o esforço pela sobrevivência
de famintas células de vida cegas no ventre."

O que significava o poema? Ela olhou para fora, para o branco além das janelas. A neve já se acumulava em volume significativo sobre o gramado. Pensou se deveria ligar para Julia para ver se ela e Mattie estavam bem. Ficou imaginando se a filha já teria acordado.

Desdobrou a segunda folha de papel pautado – a lista de lembretes. "Robe Bergdorf FedEx chegando dia 20." Estranho, pensou, pois nenhum pacote da FedEx havia chegado no dia 20. Disso, tinha certeza.

Levantou-se da mesa e mais uma vez ponderou sobre o significado dos versos do poema. No momento, significavam muito pouco, mas, se conseguisse encontrar o poema inteiro, talvez tivesse uma idéia melhor. Foi até a estante de livros. Eram apenas algumas prateleiras de madeira que subiam quase até o teto. Jack lia sobre aeroplanos, biografias e eventualmente algum romance com enredo intrigante. Kathryn, por sua vez, lia principalmente ficção contemporânea escrita por mulheres, embora tivesse especial admiração por Edith Warthon e Willa Cather. Procurou uma velha antologia de poemas e a encontrou na parte inferior da estante.

Sentou-se na borda do sofá. Pôs o livro no colo e começou a virar as páginas. Não encontrou nada e decidiu voltar ao princípio e virar página por página até achar os versos que procurava. Logo percebeu que não precisaria fazer isso. Os poemas da primeira parte do livro eram antigos. Usando a linguagem dos versos como guia, ela abriu o livro pouco depois da metade. A partir dali, os poemas já haviam sido escritos em sintaxe semelhante à dos versos que tinha na mão. Estudava metodicamente página por página, quando Robert a chamou do escritório de Jack.

Do lado de fora, a neve continuava caindo pesadamente, em cascatas rápidas, contra a janela. A meteorologia havia previsto que atingiria uma altura entre dez e quinze centímetros, dissera-lhe Hart. Pelo menos Kathryn sabia onde estava Mattie e tinha certeza de que não se arriscaria a sair de carro com um tempo desses.

Deixou o livro sobre o sofá e foi até o escritório do marido, onde Robert estava sentado em frente à mesa. Nas mãos, ele tinha uma folha brilhante de fax. Nesse exato momento, ao vê-lo sentado à mesa de Jack, Kathryn se deu conta de que ele sabia o que havia na gravação do marido — era óbvio que sabia.

— Conte-me sobre a gravação — ela disse.

— Esta é a lista com os nomes de todas as pessoas com as quais Jack viajou na Vision — ele afirmou, estendendo-lhe a folha de papel.

— Obrigada — ela disse, apanhando a lista, mas não se dando ao trabalho de olhá-la. Via que o homem não havia pensado que ela lhe pediria que falasse da gravação com a voz do marido. — Por favor, me diga o que você sabe.

Hart cruzou os braços e afastou a cadeira da mesa, botando alguma distância entre eles.

— Eu mesmo não ouvi a gravação. Nenhum de nós ouviu.

— Isso eu já sei.

— Só posso lhe dizer o que um amigo que trabalha no sindicato me contou.

— Está certo.

— Você quer mesmo saber?

— Quero — ela disse, embora não tivesse certeza. Como poderia ter certeza de que não queria ouvir o que ele tinha a dizer antes que quisesse?

Robert se levantou abruptamente e se dirigiu à janela, costas voltadas para Kathryn. Falou secamente, como um homem de negócios; como se quisesse despir suas palavras de qualquer conteúdo emocional.

— O vôo segue normal por 55 minutos. Aparentemente, Jack fica apertado.

— Como assim?

— Aos 56 minutos e 14 segundos de vôo, ele sai da cabine de comando. Não diz o que há de errado. Diz apenas que vai voltar imediatamente. As pessoas que ouviram a fita acham que ele foi ao banheiro. Robert se virou, mas não olhou diretamente para ela.

Kathryn fez um gesto com a cabeça para que ele continuasse.

— Dois minutos depois, o primeiro oficial, Roger Martin, informa que está tendo problemas com seus fones de ouvido. Pergunta a Trevor Sullivan, o engenheiro de vôo, se ele pode lhe emprestar os seus. Sullivan os passa a Martin e diz "Experimente estes". Martin prova e verifica que o equipamento do engenheiro funciona perfeitamente. Diz para ele: "Bem, não é a tomada. Os meus devem estar com algum defeito."

— Os fones de ouvido de Robert Martin estão funcionando mal — diz Kathryn.

— Sim. Martin devolve o equipamento de Sullivan e Sullivan diz: "Espere um minuto. Talvez Lyons tenha um de reserva." Ao que parece, Sullivan desafivela seu cinto de segurança e pega a maleta de Jack. Você sabe onde eles guardam as malas de mão?

— Ao lado dos pilotos?

— No anteparo exterior ao lado de cada piloto, isso mesmo. Então Sullivan deve ter tirado de dentro da maleta de Jack algo que provavelmente não consegue identificar porque exclama "Que diabos?".

— Viu alguma coisa que não esperava.

— Parece que sim.
— Não eram os fones de ouvido.
— Não sabemos.
— E então?
— Então Jack retorna à cabine e Sullivan diz: "Lyons, isso é alguma brincadeira?"
Robert faz uma pausa.
— Neste momento pode ter havido um tumulto — diz Robert. — Ouvi versões conflitantes. Mas, se houve algum tumulto, foi coisa rápida. Isso porque Sullivan diz quase imediatamente: "Que porra é essa?"
— E então?
— Então ele diz "Meu Deus do Céu!"
— Quem diz "Meu Deus do Céu"?
— Sullivan.
— E então?
— É isso.
— Ninguém diz mais nada?
— Não. A gravação acaba assim.

Kathryn balança a cabeça e olha para o teto, pensando sobre o significado do fim da fita.

— Ele tinha uma bomba na maleta — ela diz em voz baixa.
— Uma bomba armada. Por isso estão pensando que foi suicídio.

Robert ficou parado no meio do escritório. Pôs as mãos no bolso.

— Até mesmo uma frase diferente — disse Robert — e toda a gravação pode significar uma coisa completamente diversa. Até mesmo com as minhas palavras exatas, a gravação pode não significar absolutamente nada. Você sabe disso. Já falamos sobre o assunto.

— Eles têm certeza de que Jack estava na cabine naquele momento?

— Ouve-se a porta da cabine se abrindo e fechando. Em seguida, Sullivan se dirige a Jack especificamente.

— O que eu não consigo entender — ela diz — é como Jack podia ter algo tão perigoso na mala de mão.

— Na verdade — respondeu Robert —, esta é a parte fácil. Ele foi até a janela e ficou olhando a neve. É uma coisa inofensiva. Completamente inofensiva. Todo mundo faz.

— Faz o quê?

— Uma porção de pilotos internacionais faz isso; quase todos os membros de tripulação que conheci. Geralmente, são jóias. Ouro, prata, às vezes, pedras preciosas.

Ela não estava certa de ter entendido. Pensou nas jóias que ganhara de presente de Jack ao longo dos anos: um fino bracelete de ouro num aniversário de casamento; uma corrente de ouro em forma de "S" no dia dos seus anos; brincos cravejados de brilhantes num Natal.

— Entrando e saindo mais de cem vezes de um aeroporto, você acaba conhecendo muito bem o pessoal da segurança. Conversam sobre as respectivas famílias e os guardas acabam deixando a tripulação passar sem revista. É uma espécie de cortesia. Quando eu voava, provavelmente tive de mostrar meu passaporte uma vez em cinqüenta. Na alfândega, quase nunca olhavam a minha bagagem.

Kathryn sacudiu a cabeça.

— Eu não fazia idéia... Jack nunca me disse nada.

— Muitos pilotos não dizem nada. Imagino que, se trazem um presente para a mulher, não querem que ela saiba que foi contrabandeado. Diminui o valor, acho.

— Você já fez isso?

— Sempre no Natal. Quando a tripulação se encontra no saguão do hotel para pegar a van e ir ao aeroporto, a pergunta é sempre a mesma: "O que você comprou para sua mulher?"

Ela pôs as mãos nos bolsos da calça jeans e ficou de pé, um pouco inclinada para a frente.

— Por que Jack não diz nada na gravação? Se ele não soubesse que se tratava de uma bomba, teria ficado tão surpreso quanto Trevor Sullivan. Teria dito alguma coisa. Diria, por exemplo: "Do que é que você está falando?", teria exclamado alguma coisa, gritado.

— Não necessariamente.

— Jack mentiu sobre a mãe — disse Kathryn.

— E daí?

— Não dormiu no apartamento da tripulação.

— Isso não é suficiente.

— Alguém pôs a bomba no avião.

— Se foi uma bomba, posso garantir que alguém a colocou no avião.

— E Jack devia saber disso — ela disse. — Era a maleta dele.

— Isso eu não posso garantir.

— O piloto marroquino cometeu suicídio.

— Foi completamente diferente — disse Robert.

— Como nós podemos saber que foi diferente?

— Você está fazendo o papel de advogado do diabo — Hart respondeu com uma certa veemência. — Você não acredita realmente que Jack tenha feito nada. — Suspirou, meio frustrado, e deu as costas a ela. — Você queria saber sobre a gravação — ele disse, depois de uma pausa — e eu te contei.

* * *

Ela desenrolou o fax que havia enfiado debaixo do braço. Havia nove ou dez páginas de nomes, começando com as tripulações mais recentes e descendo até 1986, ano em que Jack começara a trabalhar na Vision. Ela olhou a lista: Christopher Haverstraw, Paul Kennedy, Michael DiSantis, Richard Goldthwaite... Ocasionalmente, um rosto aparecia em sua mente, um homem ou uma mulher com os quais Jack e ela haviam jantado ou alguém que ela conhecera numa festa, mas a maioria dos nomes era de desconhecidos. E a metade vivia na Inglaterra. Nesse sentido, Kathryn pensou, a vida de um piloto da Vision era estranha; uma profissão quase anti-social. Os membros de uma tripulação com a qual o marido voara podiam viver a alguns quilômetros de distância ou do outro lado do oceano.

E, então, numa lista datada de 1992, ela viu o nome pelo qual estivera procurando sem mesmo se dar conta; o nome singular que saiu do papel e passou por ela como uma descarga elétrica:

"Muire Boland.

Comissária de bordo."

Tinha certeza de que se tratava de um nome de mulher. Seria francês e ela o estava pronunciando de modo incorreto? Abriu a grande gaveta da mesa de Jack, na sua frente O envelope de correspondência comercial com o nome escrito num canto não estava lá, mas ela podia vê-lo tão claramente quanto o nome digitado na lista que tinha nas mãos. "Muire 3h30min", Jack havia rabiscado. Em um envelope de promoção do Bay Bank.

Sabendo instintivamente que, se hesitasse, seria paralisada pela indecisão, Kathryn tirou o bilhete de loteria do bolso. Pegou o telefone e discou o número novamente. Uma voz respondeu. A mesma de antes.

— Alô — disse rapidamente. — Muire está?
— Quem?
Repetiu o nome.
— Ah, você quer dizer *Miu-rah* — replicou a voz do outro lado da linha e Kathryn ouviu a pronúncia correta com um leve "r" dobrado. — Não — disse a mulher.
— Ah, desculpe — respondeu a viúva, sentindo um tremendo alívio. Tudo o que ela queria agora era acabar com a conversa.
— Muire esteve aqui — disse a voz inglesa —, mas ela voltou para casa. — Você é amiga dela?
Kathryn não conseguiu responder. Deixou-se afundar na cadeira.
— Quem está falando? — perguntou a mulher em Londres.
Kathryn abriu a boca, mas não pôde dizer seu nome. Apertou o fone contra o peito.
"M em A" estava escrito no bilhete de loteria. "Muire 3h30min" ela lera no envelope do banco. Em ambos, a letra de Jack, com quatro anos de diferença, e ligados por um telefonema.
Robert pegou o fone da sua mão e recolocou-o no gancho.
— Por que você perguntou por Muire? — ele indagou com a voz calma. — Você está pálida como um fantasma.
— Foi um palpite.
Quem era a mulher chamada Muire? E qual a conexão com Jack? Teria passado sua última noite com essa mulher? Estariam tendo um caso? As perguntas pressionavam seu peito, ameaçando sufocá-la. Pensou em todas as piadas que as pessoas contam sobre pilotos e comissárias de bordo. Nunca dera muita atenção a essas histórias, pois achava que isso não pudesse ser sério.
— Robert, será que você descobriria alguma coisa sobre um nome específico? Por exemplo, onde a pessoa mora?

— Se você tem certeza de que é isso que quer.
— É um inferno, meu Deus!
— Então deixa pra lá.

Kathryn pensou sobre essa possibilidade e voltou a perguntar:

— Você me faria este favor?

— Ela queria ver TV — Julia estava dizendo. — Mas tive de pensar em outra coisa. Alguém uma vez me deu *A testemunha* no Natal.

Robert deixara o escritório. Kathryn pensou que ele talvez estivesse lavando a louça.

— Foi Jack quem lhe deu o vídeo de presente.
— Ela parece que está gostando, mas agora está comendo. Acordou às duas.
— Não a deixe ver televisão — disse a mãe. — Estou falando sério. Se for preciso, corte o cabo.

Kathryn se balançou na cadeira do escritório, enquanto olhava a linha de neve que se formava sobre o parapeito da janela. Parecia água num aquário. "Muire esteve aqui", dissera a voz.

— Robert está aí? — Julia perguntou.
— Está.
— Ele passou por aqui, você sabia?
— Sabia.
— Então você já sabe sobre...?
— Sobre o apartamento da tripulação? Sei.

Kathryn levantou uma perna e passou o braço em volta do joelho. Duas anotações com um intervalo de quatro anos, unidas por uma única inicial. Sentiu uma pontada de angústia que imediatamente produziu gotas de suor na sua testa.

— Não perca a fé — disse a avó.

— E que fé seria essa, exatamente?
— Você sabe o que eu quero dizer.
— Estou tentando não saber.
— Eles mudaram a previsão meteorológica. Neve de 25 a 30 centímetros.
— Melhor eu ir já para aí — disse Kathryn, enxugando a testa com a manga.
— Não seja boba. Não saia de casa se não for absolutamente necessário. Você almoçou bem?

Era normal Julia pensar em comida numa hora daquelas.
— Almocei. Posso falar com Mattie?

Houve um silêncio do outro lado.
— Olhe — retrucou a avó cautelosamente. — Mattie está ocupada. Ela está bem. Se você falar com ela, pode ficar triste e distante outra vez. Ela precisa descansar por alguns dias. Ficar só vendo vídeos e comendo pipoca. É como uma droga, e ela vai precisar dessa droga. Quanto mais tempo melhor. Ela precisa sarar, Kathryn.
— Mas eu gostaria de estar com ela.
— Kathryn, você esteve com ela todos os minutos durante dez dias. Você precisa entender que a mera presença de uma machuca a outra. Você não pode suportar a dor dela e vice-versa. Você normalmente não passa tanto tempo com ela.
— Mas esta não é uma situação normal.
— Bem, talvez todos nós precisemos de um pouco de normalidade agora — disse Julia.

Kathryn foi até a janela e limpou o vidro embaçado. A neve estava alta e ninguém havia desobstruído a entrada.

Ela suspirou. Era sempre difícil discordar da sabedoria de Julia, especialmente quando se sabia que ela acabava tendo razão na maioria das vezes.
— Não saia de casa — a avó repetiu.

* * *

Durante toda a longa tarde, a neve continuou caindo regularmente, elevando-se mais e mais no terreno. De tempos em tempos, o vento assobiava e gemia para imediatamente silenciar como se a tempestade tivesse desistido de se transformar em nevasca. Enquanto Robert dava telefonemas do escritório de Jack, Kathryn andava impaciente de cômodo em cômodo, cruzava e descruzava os braços, olhava as paredes e a neve para depois repetir tudo de novo. Ultimamente, só o que ela conseguia fazer era ficar parada no meio de um aposento, pensando.

Depois de algum tempo, surpreendeu-se no banheiro. Tirou as roupas e abriu a torneira do chuveiro, deixando a água esquentar ao máximo. Entrou no box e pôs a cabeça para trás recebendo diretamente no rosto o jato de água. Ficou nessa posição por um longo tempo. Era um prazer ficar ali até que a caldeira se esvaziasse e a água se tornasse gradativamente menos morna.

Quando fechou a torneira, ouviu música. Não vinha de um CD, mas de um piano.

Ajustou a gola de um longo roupão de algodão cinza já gasto, que descia até seus tornozelos. No espelho, uma mulher mais velha olhava para ela, rosto pálido e olheiras.

Escovando os cabelos enquanto caminhava, seguiu a música até a sala de estar, onde Robert tocava piano.

Ela conhecia a peça: Chopin. Deitou-se no sofá, mantendo o roupão fechado sobre as pernas.

Fechou os olhos. "Fantaisie Impromptu" era uma composição generosa, extremamente bonita com sua extravagante profusão de notas. Hart a executava de um modo que raramente ouvira, sem sentimentalismo, o que não ocultava o seu peso de antigas lembranças e segredos esquecidos. Quando ouviu os *glissandi,* pensou em diamantes sendo espalhados.

O piano estava num canto entre duas janelas. Robert havia arregaçado as mangas e ela prestou atenção primeiro nas suas mãos e depois nos seus antebraços. Havia alguma coisa no sussurro da neve que melhorava a acústica do cômodo ou talvez fosse o fato de não haver nenhum outro som competindo com a música: o instrumento soava melhor do que ela recordava, embora não fosse afinado havia meses.

Devia ter sido assim há muitos anos, pensou, enquanto ouvia. Nada de televisão, rádio, vídeos. Apenas o longo espaço de uma tarde branca, no qual alguém podia viver sem pressa e fazer seu próprio tempo, seu próprio som. E era mais seguro. Ela estava conseguindo dirigir sua mente, conseguindo não pensar na explosão, em Jack ou Mattie. O piano não era uma das coisas que ela e o marido dividiam. Era apenas dela, seu empenho solitário, embora fosse um laço com Julia, o que também era uma segurança.

— Eu não tinha idéia — disse quando ele terminou de executar a peça.

— Já não tocava há algum tempo — respondeu ele, virando-se para ela.

— Você é romântico. Um romântico enrustido. Você toca maravilhosamente.

— Obrigado.

— Toca mais alguma coisa.

Neste momento, ela se deu conta de que Robert era um homem com um passado — claro que era. Tinha uma vida inteira, da qual ela não sabia quase nada; aprendera a ser um excelente pianista, aprendera a pilotar aviões, se tornara alcoólatra, casara, tivera filhos, se divorciara da mulher e depois disso se envolvera nessa atividade extraordinária.

Ela reconheceu a melodia: "The Shadow of Your Smile" Mudando o clima num segundo.

Quando Hart acabou de tocar, coçou a nuca e olhou para a janela.

— Deve haver pelo menos trinta centímetros de neve aí fora.

— Ninguém tirou a neve da entrada de garagem. Que horas são?

Ele olhou o relógio.

— Três. Acho que vou dar uma volta.

— Com um tempo desses?

— Vou só até o portão e volto. Preciso de um pouco de ar.

— Espero que você saiba que não precisa ir para o hotel esta noite. A casa tem muitos quartos e muitas camas. Você pode dormir no sofá-cama do quarto de hóspedes. É confortável. Está lá para isso.

— Um refúgio, você disse.

— É verdade.

— A informação que você me pediu está sobre a escrivaninha de Jack.

Ela começou a falar, mas ele sacudiu a cabeça:

— Com tanta gente no mundo, isso não deveria ter acontecido logo com você.

Kathryn se espreguiçou no sofá por alguns minutos e depois, como se estivesse um pouco grogue, subiu as escadas. Iria para a cama e faria uma longa sesta. Levou consigo o livro de poemas.

Deitou-se na cama e começou a virar as páginas distraidamente. Leu partes de poemas de Gerard Manley Hopkins,

Wordsworth e Keats. Pouco depois da metade do livro, a palavra *traições* chamou sua atenção. Ela percebeu que havia encontrado o poema certo. Quase imediatamente, antes que pudesse começar a lê-lo, viu uma anotação quase apagada na margem interna.

"M!"

Escrita leve, a lápis, com um ponto de exclamação.

Era real, estava ali, de modo inconfundível e inequívoco.

Ela se sentou em um único movimento, aproximou o livro dos olhos e leu o poema. Chamava-se "Antrim" e fora escrito por Robinson Jeffers. Parecia ser sobre antigas disputas por um pequeno pedaço de terra, provavelmente Antrim. Falava sobre sangue derramado por muitas causas, várias emboscadas e traições, o próprio patriotismo e os corpos sacrificados que se tornaram pó. E o pó esperava pela ressurreição.

O que significava?

Deixou o livro cair ao lado da cama. Deitou-se novamente e escondeu o rosto no travesseiro. Sentia-se como se houvesse viajado muitos quilômetros.

Quando acordou, olhou instintivamente para o relógio da mesa-de-cabeceira. Eram 3h30min da manhã. Dormira nove horas. Que dia era mesmo? Vinte e oito? Vinte e nove?

Levantou-se da cama e dirigiu-se ao corredor, meio cambaleante. A porta do quarto de hóspedes estava fechada. Robert devia ter voltado da sua caminhada e ido dormir. Teria comido alguma coisa, visto televisão, lido um livro?

Na cozinha, não havia sinais de que alguém tivesse cozinhado alguma coisa. Kathryn fez café e tomou uma xícara. Pela janela acima da pia, pôde ver que não nevava mais. Abriu a porta dos fundos e foi imediatamente atingida por uma lufada de pó de neve que caiu da cimalha. Piscou os olhos e sacudiu a cabeça. Depois de se acostumar à escuridão, pôde ver que o mundo fora coberto por uma espessa colcha branca; uma colcha remendada de modo a ter pontos altos, de forma que as árvores, os arbustos e os carros se transformavam em pequenas elevações. Na verdade, parecia haver tanta neve que se perguntou se a previsão meteorológica de trinta centímetros não fora otimista. Fechou a porta e recostou-se nela.

"M em A"

"Muire 3h30min"

"M!"

Apertando o roupão contra o corpo, Kathryn subiu rapidamente as escadas e se dirigiu ao escritório de Jack. A nudez do aposento a surpreendeu novamente. Viu o papel que Robert havia deixado sobre a escrivaninha.

Muire Boland, ela leu, saíra da companhia em janeiro de 1993. Fora comissária de bordo da Vision por três anos. Havia um endereço, um número de telefone e a data de nascimento. Muire Boland tinha agora 31 anos.

Robert escrevera ao lado do número do telefone: "Tentei este, mas quando liguei ninguém tinha ouvido falar dela." Abaixo dessa informação, anotara uma lista de números. Havia sete M. Bolands listadas no catálogo telefônico de Londres.

Kathryn tentou formular a pergunta; uma pergunta razoável. A pessoa ao telefone conhecia Jack Lyons? Em caso positivo, ela poderia fazer uma ou duas perguntas? Seria isso um pedido tão fora do comum?

A mulher lançou um olhar pelo escritório; sua suavidade metálica, sua estética masculina. Ela não se permitiria acreditar que Jack tivera um caso. Como poderia, se vira, em primeira mão, a imprensa transformar alguns poucos fatos numa história sensacionalista, como quando vazara o conteúdo do CVR?

Apanhou o telefone e discou o primeiro número. Um homem respondeu e, pela sua voz, parecia que ela o havia acordado. Calculou rapidamente o tempo em Londres. 9h40min. Perguntou se Muire estava.

O homem tossiu como quem fuma muito.

— Com que a senhora quer falar? — ele perguntou, como se não houvesse ouvido bem da primeira vez.

— Muire Boland.

— Não tem nenhuma Muire Boland aqui.

— Desculpe — disse Kathryn e desligou.

Riscou o primeiro número e tentou o segundo. Nenhuma resposta. Tentou o terceiro. Um homem respondeu. Voz profissional, de negociante.

— Fala Michael Boland — ele disse como se estivesse esperando uma ligação específica.

— Desculpe. Foi engano.

Ela cortou o terceiro nome e tentou o quarto. Uma mulher respondeu.

— Alô.

— Alô — respondeu Kathryn. — Gostaria de falar com Muire Boland.

O silêncio do outro lado foi tão completo que Kathryn pôde ouvir o débil eco de outra conversação transatlântica.

— Alô? — Kathryn disse outra vez.

A mulher desligou. A viúva ficou sentada com o telefone mudo no ouvido. Pegou o lápis para riscar o quarto número, mas hesitou e deixou-o intacto.

Discou o quinto número e depois o sexto. E então o sétimo. Quando acabou, olhou para a lista. Tinha um homem que não conhecia Muire Boland, um número não respondido, um Michael Boland, o homem de negócios, uma mulher que não quis falar, mais um número que não atendia, uma mensagem na secretária num sotaque quase ininteligível, dizendo que Kent e Murray esperavam que ela deixasse seu telefone, uma adolescente que não conhecia nenhuma Muire, mas informou que sua mãe se chamava Mary.

Tentou o quarto número outra vez.

— Alô — respondeu a mesma mulher.

— Desculpe incomodá-la — disse Kathryn rapidamente, antes que a outra pudesse desligar —, mas estou tentando localizar Muire Boland.

Estranhamente, fez-se o mesmo silêncio da primeira ligação. Havia alguma coisa ao fundo. Música? Máquina de lavar roupas? E então Kathryn ouviu um som baixo, vindo do fundo da garganta da mulher, como o começo de uma palavra que ela pretendesse dizer. Novo silêncio, desta vez mais breve.

— Não há nenhuma Muire aqui — disse a voz finalmente.

Kathryn pensou que ela se atrasara entre o pensamento e sua enunciação, pois, quando abriu a boca para falar, a mulher já havia desligado.

Quando Robert a encontrou de manhã, ela estava sentada à mesa da sala da frente. O sol já estava alto e a neve do lado de fora estava tão brilhante que ele teve de proteger os olhos para vê-la distintamente. Podia ver todas as linhas e poros da face dele.

— Está um bem claro aqui — ele disse.

— Às vezes é preciso usar óculos de sol nesta sala. Jack usava.

Ela ficou observando-o enfiar a camisa para dentro das calças.

— Você dormiu bem? — ele perguntou.

— Dormi. E você?

— Muito bem.

Ela podia ver que ele dormira vestido. Provavelmente cansado demais para se despir, pensou.

Ajustando os olhos à claridade, Robert parecia vê-la melhor agora.

— O que há de errado?

Kathryn sentou-se um pouco mais para a frente na cadeira.

— Vou para Londres — ela disse.

Ele não titubeou um segundo.

— E eu vou com você.

AS TOALHAS DE MESA SE ESPALHAM PELO CAMPO E FORMAM uma colcha de retalhos gigantesca. Famílias se sentam em cada uma delas, usando pratos de papel ou talheres de prata; chá gelado em garrafas térmicas de plástico. Crianças correm pelos espaços entre as toalhas e eventualmente pelo meio do lanche de alguém. Kathryn abre a velha cesta de piquenique, que fora de Julia, e tira um cacho de uvas, um pacote de batatas fritas, uma generosa fatia de queijo Brie, *croissants* e um pequeno retângulo de alguma coisa de cheiro muito forte. Não muito longe dela, Jack está parado, conversando com outros dois pais. O tempo já está nublado e as moscas começam a irritar Kathryn observa o marido inclinar a cabeça para melhor ouvir o homem, que é mais baixo do que ele. Tem um copo de água mineral numa das mãos e a outra enfiada no bolso do jeans. Ele ri, levanta a cabeça e encontra os olhos da esposa. Além da risada, ela pode ver uma leve tensão de sociabilidade, a pergunta gentil nos seus olhos: "Quando é que isso vai acabar?"

Pouco mais além, Kathryn vislumbra Mattie no meio de um grupo de amigas. Tem os braços cruzados como se estivesse com frio, o que não é o caso. Simplesmente, tem quinze anos e não sabe o que fazer com as mãos. O rosto familiar da menina já não é mais tão familiar para a mãe. Ele parece uma obra de arte em transição: a forma alongada, os lábios já não inchados por causa do aparelho nos dentes.

— Até que está indo tudo bem — diz Barbara McElroy, da toalha estendida ao lado.

Num minuto, Kathryn registra todo o menu: frango frito, salada de batatas do supermercado, salada de repolho, um pacote de *chips*, *brownies*.

— Melhor do que no ano passado — diz Kathryn.

— Você acha que ainda vão jogar beisebol?

— Se não chover.

— Mattie está ficando alta — diz Barbara, olhando em direção à garota.

Kathryn concorda com a cabeça.

— Roxanne veio? — ela pergunta e se arrepende imediatamente, pois Roxanne, uma menina esbelta de quinze anos, que usa *piercing* no lábio inferior, certamente não gostaria de ser vista no piquenique anual da escola. Kathryn ocasionalmente fala com ela, que costuma arranjar confusão e gosta de chamar a atenção nos corredores da escola. A mãe de Mattie conclui que Barbara foi ao piquenique por causa de Will, seu filho de sete anos. O marido de Barbara, um pescador de bacalhau, passa muito tempo ausente.

Como Jack, pensa Kathryn.

— Sua avó tem uma maravilhosa proteção para torta na vitrina — diz Joyce Keys, que está na toalha exatamente atrás de Barbara. Involuntariamente, o cérebro de Kathryn registra o cardápio dos Keys: salada de arroz ao *curry*, salmão frio, água mineral Perrier, e a torta especial – *konfetkakke* – de Martha Ingerbretson. Joyce e seu marido James são arquitetos e têm um escritório em Portsmouth: Keys & Keys.

Toda a vida social da cidade num piquenique, pensa a mulher de Jack.

– Eu ainda não a vi – diz Kathryn.

– Jack vai jogar, não vai? – pergunta Barbara.

– Acho que sim.

Ela vê o marido baixar a cabeça para falar com Arthur Kahler, o proprietário do posto de gasolina Mobil, com quem às vezes ele joga tênis. É por isso que suas costas o incomodam tanto, pensa, está sempre se curvando para falar com as pessoas. Ele usa uma camisa pólo branca e tênis. Outra espécie de uniforme. Dá um tapa atrás da orelha, olha para a mão e joga longe a mosca que matou. Vê que sua mulher está olhando para ele.

– Estou morrendo de fome – diz, vindo em direção a ela e sentando-se em frente à toalha.

– Você acha que eu devo chamar Mattie?

– Não. Ela vai vir quando tiver terminado.

– Você vai jogar beisebol?

– Acho que sim – responde, tomando um gole de água mineral.

– Você sempre diz que vai ser chato e acaba adorando – replica ela, provocando.

O piloto passa a mão nas costas de Kathryn. Para cima e para baixo. O toque é inesperado e delicioso. Ela quer encostar a cabeça no peito dele e fechar os olhos. Ele não a toca há dias.

– Aliás, eu bem que poderia beber uma bela cerveja gelada agora – ele diz, afastando a mão.

– Num piquenique escolar?

— Kahler parece não se incomodar.

Kathryn dá uma olhada em direção a Kahler e vê o enorme copo de plástico vermelho na mão dele.

Ela lhe passa uma metade de pão árabe, com pasta de grão-de-bico dentro.

— Martha me disse que ele vai fechar o posto para reforma na semana que vem. Vamos ter de abastecer o carro em Ely Falls.

Jack concorda com a cabeça.

— Ah, mas, você não vai estar aqui — diz Kathryn, lembrando-se de que Jack se ausentará por duas semanas. Ficará em Londres para a sessão bianual de treinamento.

— Não, não vou estar.

— Eu poderia ir com você desta vez. O período escolar se encerra na próxima quarta-feira. Eu poderia pegar um vôo para Londres e encontrar você lá. Passaríamos juntos quase uma semana. Seria divertido.

Jack olha para o lado. A proposta fica suspensa sobre a toalha como fumaça de cigarro num dia de chuva.

— Poderíamos deixar Mattie com Julia — acrescenta Kathryn. — Mattie adoraria se ver livre de nós por uma semana.

— Não sei — ele diz devagar, voltando-se de novo para ela.

— Não vou a Londres há séculos — a esposa argumenta —, e nunca por um pouquinho mais de tempo.

O marido sacode a cabeça.

— Você ia odiar. Essas sessões de treinamento não acabam nunca. Passamos o dia inteiro dentro do simulador e temos aulas à noite. Fazemos as refeições com a tripulação britânica. Eu não conseguiria ver você nunca. Não íamos fazer nada.

— Eu posso me entreter muito bem sozinha.

Em seguida, se pergunta por quê, afinal de contas, precisa se explicar.

— Então, por que ir quando eu estou lá? — ele diz, de certa forma encerrando o assunto. — Você pode muito bem ir sozinha quando quiser.

Magoada, ela morde os lábios.

— Escuta — o marido diz, tentando se desculpar —, eu ficaria frustrado o tempo todo, sabendo que você está no hotel e poderíamos estar passeando por Londres. Essas sessões já dão nos nervos o suficiente. Não acho que uma pressão extra seja uma boa idéia.

Ela estuda o rosto do marido. Um belo rosto; um rosto para o qual as pessoas se voltam quando ele passa.

— Vamos fazer o seguinte. Por que você não vem depois dos treinamentos e vamos à Espanha? Eu peço uma folga e voamos para Madri. Não, melhor ainda, nos encontramos lá.

Jack, agora, parece mais animado, aliviado por ter contornado a situação.

— Vamos a Barcelona também — ele diz. — Barcelona é ótimo.

— Você já esteve lá? — ela pergunta.

— Não — responde rapidamente. — Só ouvi falar.

Kathryn pensa sobre uma viagem à Espanha com Jack. Seria agradável, ela sabe, mas não era o que tinha em mente, a Espanha. Ainda assim, o marido estaria longe por duas semanas; longe de Mattie por mais tempo ainda. Ela queria ir para Londres.

Sobre os ombros de Jack, Kathryn nota que Barbara McElroy os observa intensamente. Barbara sabe o que é ser deixada só por longos períodos de tempo.

— Isso está soando como um encontro de namorados — diz ela, tentando forçar uma nota de entusiasmo.

— Ei, Lyons — chama uma voz do alto da toalha. Kathryn olha para o céu nublado. Sonny Philbrick, um homem com uma pronunciada barriga de cerveja debaixo da sua camisa dos Patriots dá um chute de brincadeira no pé de Jack.

— Oi, Sonny! — diz o piloto.

— Então, como vai a aviação?

— Muito bem. E como vão os vídeos?

— A gente vai levando. E você, para onde está viajando agora?

Kathryn finge se ocupar com o piquenique.

Jack afasta os pés da beirada da toalha. Ela sabe que ele não vai se levantar, pois não quer encorajar Philbrick. O filho de Philbrick, que tem a idade de Mattie, é um garoto esbelto com um rosto bonito — grande jogador de xadrez, talvez um prodígio.

— Londres — diz Jack.

— Londres, hein?

— Londres — Jack repete.

Kathryn sente o esforço polido na voz dele. Ambos sabem para onde será conduzido o diálogo; para o mesmo lugar onde acabam todas as conversas de Jack com homens como Philbrick.

— Por quanto tempo? — pergunta Philbrick, olhando diretamente para Kathryn.

— Duas semanas — diz Jack.

— Duas semanas! — Philbrick dá um passo para trás exagerando a surpresa. — Você no meio de todas aquelas aeromoças por tanto tempo, é melhor se comportar.

Philbrick pisca o olho para Kathryn e ela conclui que ele deve ter sido o valentão chato da escola.

— Comissárias de bordo — diz Jack.

— Que seja!

— Para dizer a verdade — responde o piloto bem devagar —, eu tento trepar o mais que posso.

Por um segundo, a face do barrigudo perde qualquer expressão. Levou um choque. Depois sorri, dá um soco no ar sem largar o copo de papel. Ri alto demais, chamando a atenção das pessoas nas toalhas próximas.

— Lyons, você é mesmo um cara diferente, sabia?

Uma pausa levemente constrangedora paira no ar. Jack não responde.

— A gente se vê no jogo — diz Philbrick. — Você vai jogar, não vai?

Jack faz que sim com a cabeça e se vira para procurar alguma coisa na cesta. Kathryn observa Philbrick se afastando.

— Deus do Céu! — exclama Jack, com um suspiro de alívio.

No portão de embarque, eles ficaram afastados dos demais passageiros. Além das grandes janelas, montes de neve, surpreendentemente ainda brancos, montavam guarda na pista. Robert dobrou duas vezes seu sobretudo e o colocou sobre uma cadeira de plástico. Pusera sua bagagem de mão em cima dele, coisa que mulher alguma faria, pensou Kathryn, enquanto Hart lia o *Wall Street Journal*. Ela segurava seu sobretudo e observava o avião ligado ao portão por uma espécie de cordão umbilical pantográfico, o corredor por onde entrariam os passageiros. O avião era bonito, ela pensou, branco com marcas vermelhas, o logotipo da Vision escrito em letras vigorosas. O T-900 estava num ângulo que permitia a ela ver a cabine do piloto. Podia ver homens com camisas de mangas curtas, seus rostos na sombra, seus braços se movendo ao longo do painel de controle, como se estivessem checando uma lista. Ficou imaginando se já teria conhecido algum membro daquela tripulação. Teria algum deles comparecido à cerimônia religiosa?

Seus pés doíam e ela queria se sentar. Mas, para isso, teria de se meter entre dois passageiros sobrecarregados de malas.

De qualquer modo, faltavam apenas alguns minutos para o embarque. Kathryn usava o conjunto de lã negra que vestira na cerimônia e achava que parecia mais uma mulher de negócios do que uma professora. Talvez uma advogada viajando para Londres por causa de um de seus clientes. Seus cabelos estavam soltos e ela usava brincos de pérolas. Segurava as luvas de couro numa mão e trazia o cachecol de chenile em volta do pescoço. Decidiu que estava bem para as circunstâncias; pelo menos bem melhor do que há alguns dias. Mas seu rosto estava mais magro e ela parecia mais velha que doze dias antes.

Naquela manhã, depois de revelar seu plano de viagem a Robert, foi até a casa de Julia para informar a avó e a filha da sua intenção. Mattie se comportou de modo dolorosamente indiferente em relação à ida da mãe a Londres. Seu comentário lúcido, o único, entre suspiros e resmungos, fora "Tanto faz".

— Só ficarei fora por dois dias.

— Beleza — disse Mattie, e perguntou: — Posso voltar para a cama agora?

Na cozinha, Julia tentou lhe explicar a aparente indiferença da menina.

— Ela tem quinze anos — disse a avó, que já estava acordada havia horas. Vestira, para enfrentar o dia, um jeans com elástico na cintura e uma camisa de flanela verde. — Ela precisa culpar alguém e está culpando você. Sei que é irracional. Você, provavelmente, não lembra, mas, durante algum tempo, logo depois da morte dos seus pais, você me culpou.

— Não culpei, não senhora — Kathryn disse com convicção.

— Culpou. Nunca disse diretamente, mas eu sabia. E passou, como isso também vai passar. Nesse momento, Mattie quer culpar o pai. Está furiosa com ele por tê-la deixado, por desorganizar sua vida de um modo tão drástico. Mas culpá-lo está fora de questão. Ela é praticamente a única defensora do pai. Em algum momento, a raiva de Mattie vai se desviar de você e encontrar o alvo apropriado. O que você precisa evitar é que a culpa feche o círculo e Mattie venha a culpar a si mesma pela morte do pai.

— Então eu deveria ficar aqui — replicou Kathryn debilmente.

Mas Julia havia sido categórica: ela deveria ir. Em especial, a neta entendeu que a avó a queria fora de casa, não porque seria melhor para ela, mas porque seria melhor para Mattie.

Como viúva de piloto, Kathryn tinha direito a viajar pela Vision para onde quisesse e na primeira classe, caso houvesse lugares disponíveis. Ela disse a Robert para ficar com o assento da janela e enfiou sua bagagem embaixo do assento à sua frente. Imediatamente percebeu o ar mofino dentro do avião; seu cheiro distintamente artificial. A porta para a cabine de comando estava aberta e Kathryn podia ver a tripulação. O tamanho da cabine sempre a surpreendia: muitas delas eram menores do que os assentos dianteiros de certos automóveis. Perguntou-se como a cena sugerida pelo CVR do avião de Jack poderia ter ocorrido. Parecia não haver lugar suficiente para três homens sentarem e muito menos para que se movessem no meio de um tumulto.

De onde estava, conseguia ver apenas um terço da cabine e parte dos pilotos com suas camisas de mangas curtas. Era impossível, observando o cenário — os braços fortes, os gestos cheios de confiança —, não imaginar o homem sentado no assento à esquerda como seu marido. Desenhou mentalmente a forma dos seus ombros, a brancura da parte interior dos seus pulsos. Jamais fora passageira de um avião pilotado por Jack.

O comandante se levantou e seus olhos se encontraram com os de Kathryn, ela entendeu que ele pretendia expressar seus pêsames. Era um homem mais idoso, parte dos cabelos grisalha e olhos castanhos muito claros. Parecia gentil demais para estar no comando. Não conseguia expressar direito o seu pesar e ela gostou dele por ser tão inarticulado e até mesmo conseguiu lhe dar um leve sorriso. A viúva de Jack lhe disse que estava tão bem quanto se poderia esperar diante das circunstâncias, que era o que todo mundo queria ouvir. O comandante perguntou se iria até Malin Head para estar com os parentes dos outros passageiros e ela respondeu que não, rápida e talvez enfaticamente demais. Ele pareceu constrangido por ter feito a pergunta. Ela voltou-se para Robert e o apresentou ao comandante, que o estudou como se ele pudesse ser alguém já conhecido. Logo depois, se desculpou e voltou para a cabine, fechando a porta atrás de si. Para a sua segurança e a segurança de todos.

A comissária de bordo apanhou as taças de champanhe que havia distribuído e, para sua surpresa, Kathryn notou que bebera todo o conteúdo. Não se lembrava de haver bebido, embora pudesse sentir o gosto do champanhe na boca. Olhou o relógio: 20h14min. Em Londres, já era 1h14min.

O avião se dirigiu para a pista de decolagem. O piloto – o comandante de olhos claros – inverteu os motores para a partida. Seu coração pareceu estacar numa prolongada batida e então começou a bater rápida e dolorosamente. À sua frente, via apenas um ponto branco, exatamente como ocorre com a TV quando a desligamos. Kathryn apertou os braços do assento com as mãos e fechou os olhos. Mordeu o lábio inferior. Um véu de cerração protetora se dissipou e ela viu tudo que era possível. Pedaços de metal voando pela cabine; uma pessoa, talvez uma criança, presa num assento voando pelo ar, um incêndio começando em um compartimento de carga e se espalhando pela aeronave.

O avião ganhou velocidade com um ímpeto estranho. A pesada massa vacilante do T-900 se recusava a subir. Ela fechou os olhos e começou a rezar a única oração que conseguia lembrar: "Pai nosso, que estais no céu..."

Nunca sentira medo dentro de um avião. Nem mesmo nos vôos transatlânticos mais turbulentos. Jack sempre estava calmo, quer como passageiro, quer como piloto, e a calma dele parecia transferir-se para ela como uma espécie de osmose conjugal. Mas já não tinha mais essa proteção. Se podia ficar tranqüila dentro de um avião porque o marido estava tranqüilo, isso significaria que ela deveria morrer porque ele morrera? Sentiu então vergonha e vontade de vomitar. Robert pousou a mão em suas costas.

Quando o avião atingiu altitude de vôo, Hart fez um sinal à comissária, que trouxe água gelada e toalhas frias, além de um discreto saco de papel. O corpo de Kathryn, não encontrando alívio por ter decolado, rebelou-se. Para sua tristeza, vomitou o champanhe. Estava surpresa de ver como o medo da própria morte era intensamente visceral: não ficara tão nauseada nem mesmo quando soubera que Jack havia morrido.

Assim que o aviso para apertar os cintos foi desligado, ela se levantou e se dirigiu, vacilante, ao banheiro. Uma comissária lhe passou uma bolsa plástica que continha pasta, escova de dentes, sabonete, uma toalha de rosto. Kathryn percebeu na hora que esses *kits* eram mantidos à mão para passageiros com enjôo. Seriam apenas para passageiros da primeira classe ou todos tinham direito?

No pequeno toalete, Kathryn passou água no rosto. Seu suéter e sua blusa estavam encharcados de suor e ela tentou secar os ombros e o pescoço com toalhas de papel. O avião fez uma manobra brusca que lhe fez bater com a cabeça em um armário. Escovou os dentes da melhor maneira que pôde e pensou nas vezes em que se sentiu condescendente em relação a pessoas que tinham medo de voar.

Quando voltou, Robert se levantou e lhe deu a mão.

— Não consigo explicar — ela disse, sentando-se e fazendo um gesto para que Hart fizesse o mesmo. — Acho que foi medo. Eu estava certa de que o avião não conseguiria decolar. Pensei que ele estava andando depressa demais e que ia explodir.

Gentilmente, ele apertou o braço dela.

Kathryn apertou o cinto e Robert alinhou seu assento com o dela. De um modo que pareceu quase relutante, ele tirou uma revista da sua pasta.

A viúva começou a girar com os dedos a aliança de casamento.

No interfone, o comandante começou a falar com uma voz ressonante que pretendia ser tranqüilizadora. Ela, porém, continuava achando que havia alguma coisa errada com o próprio fato de estar voando. Sua cabeça não conseguia unir o avião ao seu peso, o desafio à gravidade, o estar suspenso no ar. Entendia a aerodinâmica do vôo, compreendia as leis da física que o tornavam possível, mas, no momento, seu coração não podia aceitar quaisquer dessas noções. Seu coração sabia que o avião podia cair.

* * *

Quando acordou, estava escuro dentro e fora da nave. À sua frente, um filme gasto passava silenciosamente na tela. O avião voava em direção à manhã. Quando Jack morreu, ele voava para dentro da escuridão, como se estivesse ultrapassando o Sol.

Pela janela, viu nuvens. Sobre onde?, perguntou-se. A Terra Nova? O Atlântico? Malin Head?

Ela se perguntou se o coração parava no momento da explosão ou quando a mente registrava que ia morrer. Ou ainda se parava como uma reação ao horror da queda na escuridão ou se só parava quando o corpo batia na água.

Como seria ver a cabine de comando explodir, afivelada no assento, caindo para dentro da noite, sabendo que vai atingir a água numa velocidade letal como certamente Jack sabia se tivesse estado consciente. Teria gritado o nome de Kathryn? O nome de outra mulher? Ou talvez o nome de Mattie? Ou teria Jack, no último e mais desesperado instante da sua vida, chamado pela mãe?

Ela esperava que seu marido não tivesse gritado nome algum e que nem por um segundo tivesse tido consciência que iria morrer.

Ao seu lado no táxi, Robert esticou as pernas. Os botões dourados do seu blazer haviam ativado o alarme de segurança do aeroporto. Ele usava calças cinza, camisa branca e uma gravata de estampado indiano dourado e preto. Parecia mais magro do que no dia anterior.

Kathryn ajeitou os cabelos com as mãos. Entre os dois, havia duas malas de mão, ambas incrivelmente pequenas. Ela arrumara tudo rapidamente e sem pensar muito. Um par de calcinhas e meias, uma outra blusa. Entraram na grande Londres e passaram por agradáveis áreas residenciais. O táxi fez uma curva abrupta.

Através da chuva, Kathryn pôde ver uma fileira de casas de estuque branco, todas com as mesmas fachadas. Tinham quatro andares e exibiam belas sacadas arqueadas. Delicadas cercas de ferro batido ladeavam a calçada e cada casa tinha uma lanterna que descia do teto do pórtico fechado por colunas. Somente as portas da frente demonstravam individualidade: algumas tinham pequenas vidraças, outras eram pintadas de verde-escuro. As casas mais próximas do táxi eram identificadas por números discretos sobre placas de latão. Sobre a placa da casa em cuja frente pararam, estava escrito 21.

Kathryn recostou-se no assento forrado.

— Ainda não — ela disse.

— Você prefere que eu vá no seu lugar? — perguntou Robert.

A viúva pensou na oferta enquanto alisava a saia. Tal como o som regular do motor, o motorista parecia não se perturbar com a espera.

— O que você faria quando chegasse lá? — ela perguntou.

Hart balançou a cabeça como se quisesse dizer que não havia pensado naquilo. Ou, que ele faria o que ela lhe pedisse.

— O que você fará? — ele indagou.

Kathryn estava um pouco tonta, e concluiu que não conseguia mais prever as ações e reações do seu próprio corpo. O problema de não pensar sobre o futuro imediato, concluiu, é que isso nos deixa despreparados para sua realidade.

A viagem até o hotel foi breve. A quadra onde ele se erguia era incrivelmente semelhante à que haviam deixado. O hotel era formado por sete ou oito casas e tinha uma entrada discreta. Os andares superiores tinham balaustradas brancas novinhas em folha.

    Robert havia reservado dois quartos adjacentes, mas não comunicantes. Carregou a mala dela até a porta do quarto.

    — Vamos almoçar no *pub* do andar térreo — ele disse. Checou o relógio. — Às 12h?

    — Certo — ela respondeu.

    — Você não precisa fazer isso.

O quarto era pequeno, mas perfeitamente adequado e exibia um inócuo papel de parede. Arandelas de latão na parede. Havia uma escrivaninha, uma tábua de passar roupas, uma alcova onde se podia fazer chá ou café.

    Ela tomou um banho de chuveiro, trocou a calcinha e a blusa e escovou os cabelos. Ao se olhar no espelho, levou as mãos ao rosto. Não podia mais negar que alguma coisa estava esperando por ela naquela cidade.

    Às vezes, pensou, a coragem era apenas uma questão de pôr um pé na frente do outro e não parar.

O *pub* estava escuro e tinha divisórias de madeira. A música era irlandesa. Havia gravuras de cavalos na parede, cercadas de cartão verde-escuro dentro de molduras douradas. Meia dúzia de homens estava sentada no bar bebendo cerveja em copos enormes. Duplas de homens de negócios entre as divisórias. Kathryn descobriu Robert confortavelmente apoiado contra o encosto de uma banqueta. Parecia satisfeito, talvez até mesmo mais que satisfeito. Acenou.

    Ela atravessou o salão e pôs a bolsa sobre uma banqueta.

— Tomei a liberdade de pedir uma bebida para você.

Ela olhou para o copo de cerveja. Na frente de Robert, um copo de água mineral. Sentou-se na banqueta ao lado dele. Seus pés tocavam os de Hart, mas lhe pareceu rude afastá-los.

— O que aconteceu com você? — ela perguntou subitamente, indicando o copo de água mineral. — Quero dizer, por que não bebe? Desculpe. Você se incomoda que eu pergunte?

— Não — ele disse, balançando a cabeça. — Meus pais eram professores numa faculdade de Toronto. Todas as noites, recebiam alunos, uma espécie de salão literário. A bandeja cheia de garrafas era sempre o centro das atenções. Os alunos adoravam, é claro. Eu comecei a tomar parte das reuniões quando fiz quinze anos. Aliás, quando penso na coisa agora, chego à conclusão de que meus pais criaram um bom número de alcoólatras.

— Você é canadense?

— Originalmente. Não agora.

Kathryn estudou o homem ao seu lado. O que sabia sobre ele, exceto o fato de ter sido bondoso com ela? Parecia ser competente no seu trabalho e não podia negar que era atraente. Será que acompanhá-la até Londres fazia parte do seu trabalho?

— Talvez tenhamos feito essa viagem sem uma boa razão — ela disse e percebeu uma nota de esperança na sua voz. Como encontrar um caroço suspeito no seio e ouvir o médico dizer que aquilo não é absolutamente nada.

— Robert, sinto muito. Isso é uma loucura. Sei que você deve pensar que fiquei maluca. Realmente, eu sinto muito por tê-lo arrastado até aqui.

— Eu adoro Londres — ele respondeu, como se não tivesse a menor vontade de acabar com a aventura conjunta tão rapidamente. — Você precisa comer alguma coisa. Odeio música irlandesa. Por que será que é sempre tão lúgubre?

Ela sorriu.

— Você já esteve aqui antes? — perguntou, concordando em mudar de assunto. — Quero dizer, no hotel?

— Venho com bastante freqüência. Nós fazemos permutas, acho que é assim que se diz, com os colegas britânicos.

Ela estudou o menu. E depois o colocou sobre o balcão do bar, bem lustrado, mas um pouco pegajoso.

— Você tem um rosto lindo — Robert disse de repente.

Kathryn corou. Há muito tempo que ninguém lhe dizia isso. Estava realmente sem graça pelo fato de ter corado. Pelo fato de ele poder notar que havia mexido com ela. Pegou o menu e começou a reexaminá-lo.

— Não posso comer, Robert. Simplesmente, não posso.

— Tem uma coisa que eu quero te dizer — ele começou.

A viúva levantou a mão. Não queria que ele dissesse coisa alguma que ela tivesse de responder.

— Desculpe — Hart disse. — Você não precisa disso.

— Eu estava pensando como isso aqui é agradável — exclamou Kathryn.

E notou, com surpresa, que ele não conseguiu esconder sua decepção por ela ter mudado de assunto.

— Acho melhor eu ir agora.

— Eu vou com você.

— Não, isso eu tenho de fazer sozinha.

Ele se inclinou e beijou-a no lado da face.

— Se cuida — disse.

Kathryn foi às cegas para a rua, movendo-se com um ímpeto que não ousava questionar. O táxi estacionou em frente à estreita residência quase no centro de Londres pela qual havia passado menos de uma hora antes. Ela examinou a rua e observou uma pequena lâmpada rosa na vidraça de um andar térreo. Pagou o táxi e, no momento em que pisou na calçada, teve a certeza de que dera moedas demais ao motorista.

A chuva descia em volta da sua sombrinha e molhava a parte de trás das suas pernas, para depois descer pelas meias. Houve um momento, enquanto estava parada em frente à imponente porta de madeira, em que pensou: não sou obrigada a fazer isso. No mesmo instante, entendeu que era exatamente a consciência de que, sem dúvida, faria o que estava para fazer que lhe permitia o luxo da indecisão.

Ela levantou a pesada aldrava de latão e bateu-a contra a porta. Ouviu passos na escada interna, o breve e impaciente choro de uma criança. A porta foi aberta abruptamente como se a pessoa atrás dela estivesse esperando uma encomenda.

Era uma mulher — alta, magra, cabelos negros que lhe caíam até o pescoço. Teria entre trinta e trinta e cinco anos. Segurava uma criança nos braços. Uma criança tão espantosa que a viúva de Jack teve de se conter para não gritar.

Começou a tremer, segurando a sombrinha num ângulo nada natural.

A mulher com a criança pareceu surpresa e por um momento intrigada. E então a surpresa desapareceu do seu rosto.

— Imaginei este momento durante anos — ela disse.

As feições da mulher se imprimiram na consciência de Kathryn como ácido destruindo uma placa fotográfica. Os olhos castanhos, as sobrancelhas negras e espessas. As pernas longas, a calça jeans justa, os mocassins cor de marfim, bastante usados, feito chinelos. A camisa cor-de-rosa, mangas arregaçadas. Mil perguntas competiam pela atenção de Kathryn. Quando? Por quanto tempo? Como ocorreu? Por quê?

O bebê nos braços da mulher era um menino. Um menino de olhos azuis. Os tons eram levemente diferentes, mas com uma diferença não tão pronunciada como nos olhos do pai.

O envelope do tempo estava bem aberto e Kathryn entrou nele.

Conteve-se para não ter de se apoiar na porta com o choque da mulher e com o do rosto do bebê.

— Queira entrar.

O convite para que a viúva entrasse quebrou o prolongado silêncio que se instalou entre as duas mulheres. Embora não fosse absolutamente um convite, não do modo como os convites são geralmente feitos; com um sorriso, ou um passo para trás, a fim de permitir a entrada do visitante. Fora uma espécie de pronunciamento, sem inflexão alguma, como se a mulher, em vez de mandá-la entrar, lhe tivesse dito: "Nenhuma de nós tem escolha, agora."

E o instinto, é claro, mandava que entrasse na casa, que saísse da chuva, que se sentasse.

Kathryn baixou a sombrinha e deixou-a cair assim que passou pelo umbral. A mulher segurou a porta com a mão livre. O bebê, talvez por ter notado o silêncio, olhou para a estranha com intensa curiosidade. Uma menina, no corredor, parou de brincar para prestar atenção.

Kathryn deixou a sombrinha pingando no parquete encerado. Nos poucos segundos em que a mulher permaneceu à sua frente, notou como o cabelo dela balançava na linha do maxilar. Cortado por um bom profissional, o que não ocorrera com o seu. Levou a mão ao cabelo e logo se arrependeu do gesto.

Estava quente no corredor dentro da casa; quente e sem ar. Podia sentir que transpirava por baixo do costume de lã e da blusa.

— Você é Muire Boland — disse Kathryn.

O bebê nos braços de Muire Boland, apesar de menino e apesar do cabelo levemente mais escuro, era exatamente o bebê que Mattie havia sido aos cinco meses de idade, calculou Kathryn. A consciência disso criou uma dissonância, um zumbido em seus ouvidos, como se aquela mulher desconhecida estivesse carregando nos braços um filho seu.

Jack tivera um filho homem.

A mulher de cabelos negros se dirigiu à sala de estar, deixando que Kathryn a seguisse. A criança no corredor, uma menina de grandes pupilas e lábios bem delineados pegou os cubos com os quais brincava e apertou-os contra o peito. Com a outra mão, tateou a parede sem desgrudar os olhos de Kathryn. Desse modo, entrou na sala de estar e aproximou-se das pernas da mãe. A menina era parecida com a mãe, enquanto que o menino, o filho, parecia com o pai. Kathryn ajeitou a sombrinha num canto e se dirigiu à sala de estar. Muire Boland estava de costas em frente à lareira. Esperava por ela, embora não a convidasse — nem convidaria — a se sentar.

O aposento tinha o teto alto e fora pintado num tom amarelo-limão. Frisas ornamentadas em alto-relevo haviam sido pintadas de branco brilhante. As cortinas na frente das janelas arqueadas eram longas e transparentes, deslizavam em varetas à francesa. Várias cadeiras baixas de ferro batido, tendo sobre elas almofadas brancas um pouco grandes demais, haviam sido dispostas em volta de uma mesa de centro de madeira trabalhada, o que fez Kathryn pensar em salas árabes. Na parede acima da lareira, além da cabeça da mulher, havia um espelho dourado enorme e pesado que refletia a imagem da viúva de Jack na entrada da sala, o que fazia com que ela e Muire Boland estivessem dentro da mesma moldura. Sobre a lareira, repousavam uma foto emoldurada em marchetaria, um vaso rosa-dourado de vidro, uma estatueta de bronze. Em cada lado do jardim-de-inverno, altas estantes com livros. No assoalho, um tapete em tons pálidos de cinza e verde. O efeito era de luz e ar, apesar da grandiosa arquitetura da casa e do tempo escuro e sombrio.

Kathryn teve de se sentar. Pôs a mão sobre uma cadeira de madeira logo na entrada da sala e se deixou cair pesadamente, como se suas pernas tivessem desistido de sustentá-la.

Sentia-se velha; mais velha do que a mulher à sua frente, que, entretanto, tinha quase a sua idade. Era o bebê, pensou, que testemunhava a vitalidade do amor; do sexo. Ou o jeans, em contraste com o conjunto negro de Kathryn. Ou o modo como Kathryn estava sentada com sua bolsa meticulosamente pousada sobre o colo. Suas pernas doíam. Parecia que tinha acabado de escalar uma montanha.

O bebê começou a se irritar, dando gritinhos breves e impacientes. Muire se inclinou para pegar uma chupeta na mesa de coquetel, colocou-a na própria boca, sugou-a algumas vezes, depois a pôs na boca do bebê. A criança usava um macacão de veludo cotelê azul-marinho e uma camiseta listrada. A mulher de cabelos negros tinha lábios carnudos e não usava batom.

Desviando seus olhos da mulher e do bebê, Kathryn se defrontou com a foto sobre a lareira. Quando a focalizou, quase se levantou da cadeira. Era uma foto de Jack e isso ela podia ver do outro lado da sala. Inconfundível. Jack embalando um bebê recém-nascido. Com a mão livre, acariciava os cabelos de uma menina, a que estava na sala com elas. Na foto, a garotinha tinha uma expressão solene. Parecia que os três estavam numa praia e Jack exibia um largo sorriso.

Kathryn não precisava mais de provas da evidência visceral de uma outra vida.

— Você está usando uma aliança — ela disse quase involuntariamente.

Muire tocou a aliança com o indicador e o polegar.

— Você é casada? — perguntou, incrédula.

— Fui.

Kathryn ficou confusa por um breve instante, até entender o significado do verbo utilizado no passado.

Muire passou o bebê para o outro braço.
— Quando? — perguntou.
— Há quatro anos e meio.
A mulher quase não moveu os lábios ao falar. As consoantes e as vogais rolavam da sua língua com um ritmo distinto e melódico. Devia ser irlandesa.
— Casamos na Igreja católica — Muire disse espontaneamente.
A viúva teve a sensação de um soco no peito.
— E você sabia...?
— Sobre você? Sim, é claro.
Como se fosse algo tácito. A mulher alta de cabelos escuros sabia de tudo. Enquanto Kathryn nunca soubera de nada.
Pôs a carteira sobre a mesa. Tirou o sobretudo. A calefação no aposento estava alta demais e ela suava muito. Sentia o suor sob seus cabelos e na nuca.
— Como é o nome dele? — perguntou, referindo-se ao bebê. No momento em que pronunciou a pergunta, ficou impressionada com a própria polidez.
— Dermot — disse Muire. — É o nome do meu irmão.
A mulher se inclinou e beijou o alto da cabeça da criança.
— Que idade ele tem?
— Está fazendo cinco meses hoje.
E Kathryn pensou imediatamente — e quem não pensaria? — que Jack deveria ter estado ali naquela sala, celebrando o nascimento.
Sossegado, o bebê parecia estar pegando no sono. Apesar das revelações dos últimos minutos, apesar da relação antinatural entre ela e o bebê (apesar do próprio fato da existência do bebê), Kathryn sentiu uma ânsia, quase física, de pegá-lo e levá-lo ao seu peito; àquele espaço vazio que quer sempre abraçar uma criança pequena. A semelhança com Mattie aos

cinco meses era assombrosa. Poderia até mesmo ser Mattie, pensou e fechou os olhos.

— Você está se sentindo bem? — a mulher perguntou do outro lado da sala.

Kathryn abriu os olhos e enxugou o suor da testa com a manga do traje.

— Eu pensei... — Muire começou. — Fiquei imaginando se você viria. Quando você telefonou, eu estava certa de que sabia de tudo. Quando ele morreu, tive certeza de que tudo seria descoberto imediatamente.

— Eu não sabia — disse Kathryn. — Realmente, não sabia. Não sabia até o momento de ver o bebê, agora há pouco.

Ou ela sabia?, perguntou-se. Sabia desde o momento em que ouvira aquele silêncio transatlântico ao telefone?

Havia pequenas rugas abaixo dos olhos da mulher de cabelos escuros, antecipando o arco que se formaria dos dois lados da sua boca no futuro. O bebê acordou de repente e começou a fazer sons desinibidos que já haviam sido familiares a Kathryn. Muire tentou acalmá-lo. Ergueu-o até o ombro e deu palmadinhas no seu bumbum, mas isso também não funcionou, pois a criança começou a chorar alto.

— Deixe-me deitá-lo — disse Muire, por sobre as lamentações do filho.

Quando ela saiu da sala, foi seguida pela menina, que não queria ficar a sós com uma estranha.

Jack se casara na Igreja católica. A mulher de cabelos escuros sabia que ele já era casado.

Kathryn tentou ficar de pé, mas viu que não conseguiria. Cruzou as pernas numa tentativa de não parecer tão chocada. Vagarosamente, inspecionou toda a sala. Os castiçais com lâmpadas elétricas na parede. As revistas na mesa de centro, um quadro a óleo reproduzindo uma rua de um bairro proletário. Ela se perguntava por que não conseguia sentir raiva. Era como se houvesse sido apunhalada. O punhal penetrara tão fundo que ainda não dava para sentir a dor. A punhalada produzira apenas choque. E o choque parecia estar produzindo civilidade.

Muire sabia; havia imaginado a situação. Kathryn, não.

Ao longo de uma parede, havia um armário que, Kathryn deduziu, devia conter a televisão e o aparelho de som. Pensou imediatamente nas fitas da Pantera Cor-de-Rosa que costumavam alugar, uma garantia de que Jack e Mattie se reduziriam a máquinas de produzir gargalhadas. Ambos tinham orgulho de citar de memória longos diálogos da série.

Um som fez a viúva virar a cabeça. Muire Boland estava parada no umbral da porta, observando-a de perfil. Ela entrou no cômodo e se sentou numa das cadeiras brancas. Em seguida, tirou um cigarro de um estojo de madeira sobre a mesa. Acendeu-o com um isqueiro de plástico.

Jack lhe dissera que não tolerava permanecer numa sala com um fumante.

— Você quer saber como aconteceu — disse Muire.

Embora magra, podia ser descrita como voluptuosa. Era por causa do bebê, pensou. A amamentação. Talvez houvesse uma leve barriga, conseqüência do bebê igualmente.

Uma lembrança aflorou na mente de Kathryn, na verdade uma foto que Jack tirara. Ela, vestindo um roupão acolchoado, dormia de bruços sobre uma cama desarrumada, os braços sob a cabeça. Juntas, a mãe e Mattie haviam tirado uma soneca e Jack, comovido com a esposa e sua cria, batera a foto.

Muire estava recostada numa almofada, um braço esticado. Cruzou as pernas e Kathryn calculou que teria mais de um metro e oitenta. Quase tão alta quanto o falecido marido. Kathryn tentou imaginar como seria o corpo de Muire nu e como seriam ela e Jack juntos.

Mas sua mente protestava, se rebelava, as imagens recusavam-se a tomar forma. Exatamente como a imagem do corpo do marido no fundo do oceano se obstinara em não se formar na sua mente. As imagens viriam mais tarde, pensou, exatamente quando menos quisesse vê-las.

— Sim — respondeu Kathryn.

Muire tragou o cigarro, inclinou-se para a frente e bateu o cigarro no cinzeiro.

— Eu voei com ele cinco anos e meio atrás. Eu era comissária de bordo da Vision.

— Eu sei.

— Nós nos apaixonamos — a mulher disse simplesmente. — Não vou entrar em detalhes. Diria apenas que não pudemos evitar. Estivemos juntos por um mês da primeira vez. Tivemos.... — a mulher hesitou, talvez por delicadeza, talvez em busca de palavras mais apropriadas — tivemos um caso — disse finalmente. Jack estava arrasado. Disse que jamais deixaria Mattie. Jamais poderia fazer isso com a filha.

O nome *Mattie* produziu um frêmito no ar, aumentando a tensão entre as duas mulheres. Muire Boland pronunciara o nome com muita naturalidade; como se conhecesse a garota.

Kathryn pensou: ele não podia deixar a filha, mas podia trair a mulher.

— Quando foi que aconteceu exatamente? — perguntou. — O caso.

— Junho de 1991.

— Oh!

O que ela estava fazendo em junho de 1991?, perguntou-se.

A mulher tinha a pele branca, delicada, uma tez quase perfeita. A pele de alguém que passa pouco tempo ao ar livre. Apesar disso, poderia ser corredora.

— Você sabia sobre mim — Kathryn repetiu. A voz não parecia a dela. Muito vagarosa e hesitante, como se estivesse drogada.

— Soube de você desde o princípio — disse Muire. — Eu e Jack não tínhamos segredos.

Maior a intimidade, então, pensou. Uma punhalada intencional.

A chuva escorria pelos vidros do jardim-de-inverno e as nuvens davam a falsa impressão de princípio de noite. Proveniente de um cômodo no andar de cima, Kathryn ouviu o peculiar som de um personagem de desenho animado. Ainda transpirando muito, levantou-se e moveu os braços dentro da roupa, verificando que parte da blusa saíra de dentro da saia. Enfiou-a novamente. Consciente de que estava sendo estudada pela mulher, a mulher que talvez conhecesse Jack muito melhor do que ela, Kathryn rezou para que suas pernas continuassem a sustentá-la. Atravessou a sala em direção à lareira.

Pegou a foto dentro da sua moldura. Jack vestia uma camisa que ela jamais vira antes, uma camisa pólo negra que parecia já ter sido muito usada. Segurava o bebê com um braço. A menina, a que Kathryn vira há pouco brincando com os cubos, tinha os cabelos ondulados de Jack e suas sobrancelhas. Não seus olhos, entretanto.

— Como é o nome dela? — perguntou.

— Dierdre.

Os dedos do marido estavam mergulhados nos cabelos da menina. Teria ele sido para Dierdre como fora para Mattie?

Kathryn fechou os olhos por um instante. A ofensa a ela, pensou, era quase intolerável. Mas a ofensa a Mattie era obscena. Via-se — e quem deixaria de ver? — que a menina na fotografia era extraordinariamente bonita. Um rosto esperto com olhos negros, longos cílios e lábios vermelhos. Uma verdadeira Branca de Neve. Será que as lembranças, que Mattie considerava sagradas, haviam sido repetidas, revividas com outra criança?

— Como você pôde? — gritou, olhando para a outra mulher e poderia muito bem ter gritado com Jack da mesma forma.

Seus dedos, escorregadios devido ao suor, deixaram cair o porta-retrato contra um canto da mesa. Não fizera aquilo de propósito e viu o pequeno incidente como um sinal de vulnerabilidade. A mulher sentada na cadeira se encolheu um pouco, mas não voltou a cabeça para ver se o vidro da moldura havia quebrado. Era uma pergunta para a qual não havia resposta.

— Eu o amava — disse Muire. — Nós nos amávamos.

Como se isso fosse suficiente.

Kathryn observou Muire apagar o cigarro. Como ela é tranqüila, pensou. Até mesmo fria.

— Há coisas sobre as quais não posso falar — disse a mulher.

Sua puta, pensou a viúva, uma bolha de ira querendo explodir na superfície. Tentou se acalmar. Era difícil imaginar aquela mulher como comissária de bordo dentro de um uniforme com pequenas asas na lapela sorrindo para os passageiros à medida que entravam no avião.

Quais eram as coisas sobre as quais Muire Boland não podia falar?

Kathryn apoiou as mãos no consolo da lareira e inclinou a cabeça para a frente. Inspirou profundamente tentando se acalmar. Uma ira distante provocou um som nos seus ouvidos, como um ruído branco.

Obrigou-se a se afastar da lareira e cruzou a sala novamente. Sentou-se na borda da cadeira como se tivesse de levantar e partir a qualquer momento.

— Eu estava disposta a fazer o que fosse necessário — disse Muire Boland. Afastou os cabelos da testa. — Uma vez tentei fazer com que ele fosse embora, me deixasse, mas não consegui.

Kathryn cruzou as mãos sobre o colo pensando sobre esse lapso confesso. A voluptuosidade do corpo durante o período de amamentação, o ventre levemente intumescido, combinados com a altura, os ombros angulares e os longos braços, eram arrebatadores, inegavelmente atraentes.

— Como foi que você fez? — perguntou. — Quero dizer, como o arranjo funcionava?

Muire Boland levantou o queixo.

— Nós tínhamos tão pouco tempo para ficarmos juntos... Fazíamos o que podíamos. Eu o apanhava num lugar previamente marcado perto do apartamento da tripulação e o trazia para cá. Às vezes, tínhamos apenas uma noite. Outras vezes... — novamente, ela hesitou — Jack, às vezes, mudava a escala de vôos.

Kathryn ouviu a linguagem de uma mulher de piloto.

— Eu não compreendo... — ela disse, embora, doentiamente, soubesse que compreendia muito bem.

— Às vezes, ele conseguia que sua base fosse Londres. — Pausa. — Mas é claro que isso era arriscado.

A viúva se lembrou dos meses em que lhe pareceu que Jack tinha uma escala terrível. Cinco dias voando, dois de folga, apenas um pernoite em casa.

— Como você sabe, nem sempre ele era escalado para Londres — continuou Muire. — Às vezes, tinha de fazer a rota Amsterdã-Nairóbi. Nesses períodos, eu ficava num apartamento em Amsterdã.

— E ele pagava por isso? — Kathryn perguntou abruptamente enquanto pensava: ele tirou dinheiro de mim; tirou de Mattie.

— Esta casa é minha — disse Muire, fazendo um gesto que abrangia os cômodos à vista. — Herdei de uma tia. Eu poderia vender e me mudar para o subúrbio, mas a idéia de mudar para o subúrbio, de um certo modo, não me atrai; dá-me arrepios.

Kathryn, é claro, vivia no que podia se descrever como subúrbio.

— Ele lhe dava dinheiro? — persistiu.

Muire olhou para além da esposa de Jack, como se dividisse com ela, por um momento, a traição especial de tirar dinheiro de uma família para dar a outra.

— De vez em quando — ela disse. — Eu tenho meu próprio dinheiro.

Kathryn especulou sobre a intensidade de amor que a constante separação pode promover. A intensidade criada pelos atos furtivos e secretos. Levou a mão ao rosto e apertou os lábios com os nós dos dedos. Seu próprio amor pelo marido não teria sido suficientemente forte? Podia dizer com segurança que ainda amava o marido quando ele morreu? Não considerava seu casamento e esposo fenômenos consolidados na sua vida? Pior ainda, teria Jack sugerido a Muire Boland que ela não o amava o bastante? Encolheu-se por dentro, ao pensar nessa possibilidade. Deu um longo suspiro e tentou recompor-se na cadeira, sentando-se mais ereta.

— De onde você é? — perguntou Kathryn, quando sentiu que podia confiar na sua voz novamente.

— Antrim.

A viúva desviou os olhos da mulher. O poema, pensou. Claro. "Aqui na estreita passagem e no impiedoso norte, traições perpétuas..."

— Mas vocês se conheceram aqui, não é mesmo? — disse. — Vocês se conheceram em Londres.

— Nós nos conhecemos no ar.

Kathryn olhou para o tapete e tentou imaginar o encontro aéreo.

— Onde você está, aqui em Londres? — perguntou Muire.

A mãe de Mattie voltou-se para a mulher e seus olhos piscaram. Não conseguia lembrar o nome do hotel. Muire apanhou outro cigarro do estojo.

— Kensington Exeter — disse Kathryn, lembrando-se de repente.

— Se isso faz com que você se sinta melhor, tenho certeza de que não houve nenhuma outra mulher.

Kathryn não se sentiu melhor com a informação.

— Como você sabe?

A luz exterior diminuiu dentro da sala. Muire acendeu um abajur e levou a mão à nuca.

Em vez de responder, fez uma pergunta:

— Como você descobriu sobre nós?

Nós, Kathryn ouviu.

Ela não queria responder à pergunta. A busca de pistas parecia de mau gosto agora.

— O que houve com o avião de Jack? — perguntou em vez de responder.

Muire sacudiu a cabeça e seus cabelos sedosos balançaram.

— Eu não sei — ela disse, mas Kathryn pensou ter identificado uma nota de evasão na voz de Muire e ela pareceu empalidecer de repente. — A sugestão de suicídio é um ultraje — continuou a mulher, inclinando-se para a frente, cotovelos sobre os joelhos e cabeça nas mãos. A fumaça desenhava espirais sobre seus cabelos. — Jack jamais faria isso, jamais...

Kathryn se surpreendeu com a emoção súbita da mulher; pelo grau de certeza que julgara que só ela tivesse. Fora a primeira emoção demonstrada por Muire desde que ela chegara a sua casa.

— Eu a invejo por ter podido proporcionar uma cerimônia religiosa em homenagem a Jack. Gostaria de ter estado presente.

Meu Deus, pensou Kathryn.

— Eu vi sua fotografia — Muire disse. — Nos jornais. — O FBI assumiu o caso?

— Foi o que me disseram.

— Eles falaram com você?

— Não. E com você?

— Não. Você sabe que Jack jamais cometeria suicídio.

— Claro que sei.

Afinal de contas, ela fora a primeira mulher. Mas então se perguntou: na cabeça de um homem, qual a esposa mais importante? A que ele tentou proteger não revelando a existência da outra? Ou aquela para a qual contara todos os seus segredos?

— A última vez que você o viu... — começou Kathryn.

— Naquela madrugada, cerca de quatro horas. Pouco antes de ele sair, eu me levantei... — ela não concluiu a frase.

— Vocês tinham jantado fora — Kathryn disse.

— Tínhamos — respondeu Muire, levemente surpresa por ela saber disso, mas não perguntou nada.

A viúva tentou se lembrar se alguma vez suspeitara de Jack estar tendo um caso. Achava que não. Sua confiança nele era total.

— Você veio aqui apenas para isso? — indagou Muire, tirando um pedacinho de tabaco do seu lábio inferior. Parecia ter recuperado a compostura.

— E não é suficiente? — perguntou Kathryn.

Muire deu uma longa tragada.

— Quis dizer, você não vai viajar para Malin Head?

— Não. Você esteve lá?

— Não pude ir.

Havia algo mais. Kathryn podia sentir.

— O que houve? — perguntou.

A mulher massageou a testa.

— Nada — ela disse, sacudindo um pouco a cabeça. — Nós tivemos um caso — acrescentou como se quisesse explicar o que estivera pensando. — Eu fiquei grávida e pedi uma licença à companhia aérea. Jack queria casar. Não era tão importante para mim. Ele queria casar na Igreja católica.

— Ele nunca foi à igreja.

— Ele era devoto — disse Muire, olhando fixamente nos olhos da outra.

— Então ele era duas pessoas completamente diferentes — disse Kathryn, incrédula. Uma coisa era casar na Igreja católica a pedido da amante, outra era ser religioso devoto. A viúva cruzou as mãos para evitar movimentos nervosos.

Em Ely, Jack jamais entrara uma só vez numa igreja. Como um homem podia ser duas pessoas tão completamente diversas? Mas, naquele instante, um novo pensamento penetrou na mente de Kathryn; um pensamento indesejado. Seria possível que Jack tivesse sido duas pessoas o tempo todo? Como amante, por exemplo. As intimidades que dividia com Kathryn seriam as mesmas que dividia com Muire Boland? Ela não conseguia perguntar. E, se conseguisse, haveria alguma identificação por parte da mulher sentada a sua frente? Seria o mesmo jogo amoroso? Ou haveria outro? Outro teatro? Outro roteiro? Diálogos diferentes? Diferente material de cena? Kathryn descruzou as mãos e as pressionou contra os joelhos. Muire a observava intensamente. Talvez também estivesse especulando.

– Preciso ir ao banheiro – disse, levantando-se abruptamente, do modo como talvez só um bêbado o fizesse.

Muire se levantou também.

– É só subir as escadas.

Ela conduziu Kathryn em direção ao corredor. Ficou ao pé da escada, indicando. A mãe de Mattie teve de passar por ela e seus corpos quase se tocaram. Sentiu-se diminuída pela altura da mulher.

O banheiro era claustrofóbico, o que fez o coração de Kathryn disparar. Olhou no espelho e verificou que sua face havia adquirido um tom rubro, estranhamente matizado. Tirou os grampos dos cabelos e os deixou soltos. Sentou-se no tampo do vaso sanitário. Uma estampa florida na parede fez com que ficasse ainda mais tonta.

Quatro anos e meio. Jack e Muire Boland haviam se casado na Igreja quatro anos e meio antes. Talvez tenham convidado amigos para o casamento. Será que algum deles sabia da verdade? Jack teria hesitado ao aceitar os votos sagrados?

Sacudiu a cabeça com veemência. Cada pensamento trazia consigo uma imagem que não queria ver. Essa era a dificuldade: fazer as perguntas, mas não querer ver as imagens produzidas por elas. Jack de terno, ajoelhando-se em frente a um padre. Jack abrindo a porta do carro; deslizando para o banco de passageiros. Uma garotinha de cabelos negros encaracolados abraçada aos seus joelhos.

Ouviu o telefone tocar.

Como, Kathryn se perguntava, Jack conseguira arranjar tudo? As mentiras, os despistes, a falta de sono. Num dia, ele a deixara para ir trabalhar e horas depois estava na igreja para o seu próprio casamento. O que ela e a filha estavam fazendo naquele dia e naquela precisa hora? Como Jack fora capaz de encará-las ao voltar para casa? Teria feito amor com Kathryn naquela mesma noite, na noite seguinte, na mesma semana? O pensamento fez com que se arrepiasse toda.

As perguntas batiam de parede a parede fazendo um leve zunido. Seu estômago ficou embrulhado ao lembrar as sessões de treinamento duas vezes por ano em Londres: duas semanas cada uma.

Se você nunca suspeitou de alguém, a suspeita não aflora à sua mente.

Levantou-se rapidamente, seus olhos deslocando-se à volta do pequeno lavabo. Passou água no rosto e o enxugou com uma toalha bordada. Abriu a porta do banheiro e viu do outro lado do corredor o quarto com uma cama de casal tamanho gigante. Ouvia Muire falando ao telefone no andar de baixo; as palavras subindo e descendo em seu sotaque irlandês. Se Jack não estivesse morto, talvez, ela não tivesse o direito de entrar naquele quarto de dormir. Mas agora nada mais importava. Tinha o direito de ver aquela casa. Afinal de contas, Muire Boland sabia muito bem da sua existência quando tudo começou.

A realidade doía em seu peito. Quantos detalhes exatamente Jack contara a ela? E quão íntimos teriam sido esses detalhes?

Enquanto andava pelo corredor, pensava nos esforços que havia feito para agradar o marido, a fim de acomodar as coisas para ele. Pensava no modo como criara toda uma teoria sobre a diminuição da intimidade sexual. Pensava no dia em que confrontara Jack com sua falta de desejo e ele negara peremptoriamente; como se fosse algo que nem merecesse a consideração dele; a consideração de ambos. E ela considerara tudo normal; dentro do que se espera de um casamento normal. Ela, aliás, considerava o seu um bom casamento. Fora isso o que dissera a Robert. Fizera papel de idiota e se perguntava se não era isso que a machucava mais do que tudo.

O quarto do casal era longo, estreito e estava desarrumado, aliás muito desarrumado, considerando-se os cômodos do andar inferior. Pilhas de roupas e revistas espalhadas pelo chão. Sobre a cômoda, xícaras de chá e restos de iogurte dentro das respectivas embalagens. Cinzeiros cheios, frascos de maquiagem na penteadeira. Um lado da cama de madeira não havia sido arrumado. Não deixou de notar a roupa de cama; fina, cara e bordada. Peças de lingerie sobre o cobertor. O outro lado da cama, intacto, seria o de Jack. Isso ela podia deduzir pela mesa-de-cabeceira com o despertador branco, a lâmpada de halogênio, um livro sobre a guerra do Vietnã. Será que Jack lia outros livros aqui? Livros que não lia em casa? Vestiria roupas diversas? Pareceria diferente nesta casa e neste país do que parecia em Ely Falls? Mais velho ou mais jovem?

O lar, pensou. Ora, eis um conceito interessante.

Foi até o lado da cama de Jack e puxou a colcha um pouco para baixo. Inclinou-se e pressionou o rosto contra o lençol. Inalou profundamente. Ele não estava ali; ela não sentia o seu cheiro.

Foi até o outro lado da cama, o de Muire. Na mesa-de-cabeceira, havia um abajur e um pequeno relógio de ouro. Como se desse busca, abriu a gaveta da mesinha. Pedaços de papéis, receitas, batom, um vidro de creme para a pele, algumas moedas, canetas, um controle remoto de TV e um objeto dentro de uma sacola de veludo. Sem pensar, desamarrou a fita que mantinha a sacola fechada e, ao ver o objeto, largou-o como se a tivesse queimado. Deveria ter adivinhado pela forma. O vibrador caiu das suas mãos na gaveta com estardalhaço.

Ajoelhou-se no chão e deitou a cabeça sobre a cama. Pôs as mãos na nuca. Queria que as perguntas parassem; queria esvaziar sua mente, esforço inútil. Passou a cabeça no lençol várias vezes, para a frente, para trás, para os lados. Levantou o rosto e verificou que havia deixado marca de rímel na roupa de cama.

Levantou-se e foi até o espelho em frente ao guarda-roupas. Abriu as portas.

As roupas eram de Muire, e não de Jack. Calças compridas pretas, saias de lã, blusas de linho. Um casaco de peles. Suas mãos tocaram o que pensou ser uma blusa de seda. Separando as roupas no cabide, descobriu que não se tratava de uma blusa, mas de um robe. Um longo robe de seda com um cinto trançado. Uma peça excepcional, cor de safira escura. Tremendo, olhou a marca logo abaixo da gola.

Bergdorf Goodman.

Já sabia antes de ler a etiqueta.

Saiu do quarto para o banheiro, notando tudo, como se fosse uma casa que pretendesse comprar.

No gancho próximo da banheira, havia um robe de homem, de flanela marrom. Jack jamais usava robe em casa. Dentro do armário acima da pia, encontrou um aparelho de barba e uma escova de cabelos. Havia também um frasco de colônia inglesa que não lhe era familiar. Inspecionando a escova, encontrou cabelos negros curtos.

Olhou a escova por longo tempo.

Já vira o suficiente.

Queria sair daquela casa agora. Fechou a porta do quarto de dormir. Podia ouvir Muire, que continuava falando ao telefone no andar de baixo; voz mais alta, de uma certa forma, como se estivesse discutindo com alguém. Passou pela porta aberta do quarto da menina. Dierdre estava deitada de bruços, mãos no queixo, a mesma impressionante expressão solene no rosto. Usava uma camiseta azul de mangas compridas e um macacão. Meias soquetes azuis. Estava tão absorta vendo televisão que a princípio não percebeu a estranha no umbral da porta.

— Oi — disse Kathryn.

A menina lançou um olhar na sua direção e, em seguida, virou de lado para melhor observar essa nova pessoa.

— O que você está vendo? — perguntou Kathryn.

— Danger Mouse.

— Já vi esse desenho. Costuma passar na televisão americana. Minha filha gostava do Coiote Trapalhão. Mas agora ela já está grande, quase tão alta como eu.

— Como é o nome dela? — a menina se sentou, agora mais interessada na estranha.

— Mattie.

Dierdre considerou o nome.

Kathryn deu um passo à frente e examinou o quarto. Notou o urso Paddington quase idêntico ao que Mattie tivera um dia. Uma foto de Jack usando boné de beisebol e camiseta. O desenho infantil, talvez recente, de um homem adulto e uma criança de cabelos encaracolados. Uma mesinha branca coberta de adesivos. O que teriam dito à menina? Saberia que seu pai estava morto?

Lembrou-se de um uniforme de basquete que Mattie ganhara aos oito anos. Ela e Jack quase choraram ao ver o incontido orgulho da filha dentro do pequeno troféu.

— Você fala engraçado — disse Dierdre.

— Falo?

A menina tinha um sotaque britânico. Nem irlandês nem americano.

— Você fala como o papai — continuou a menina.

Kathryn concordou vagarosamente com a cabeça.

— Você quer ver a minha boneca Samantha? — Dierdre perguntou.

— Sim — respondeu Kathryn, limpando a garganta. — Eu adoraria.

— Você vai ter de vir até aqui — afirmou a garota com um gesto. Ela saltou da cama e foi até um canto do quarto. Kathryn reconheceu as roupinhas, o guarda-roupa e o baú da popular boneca americana. — Papai me deu de Natal — disse passando a boneca para a viúva.

— Eu gosto dos óculos — retrucou Kathryn.

— Quer ver a sua mochila escolar?

— Quero muito.

— Ótimo, então vamos sentar na cama e você vai poder ver todas as coisas.

Dierdre mostrou as roupas da boneca, uma pequena carteira escolar, livrinhos mínimos presos por um cintinho de couro. Um lápis minúsculo e uma moedinha com a efígie de um índio.

— Seu papai lhe deu tudo isso no Natal?

A menina apertou os lábios, pensativa.

— Papai — Noel também deixou alguma coisa.

— Eu gosto dos cabelos de Samantha — disse Kathryn. — Mattie tinha uma boneca como esta, mas cortou os cabelos dela. Você sabe que os cabelos de boneca não crescem de novo e por isso não se deve cortá-los. Mattie ficou muito triste quando descobriu que não cresceriam mais.

Kathryn foi invadida por outra lembrança. A filha aos seis anos descendo uma colina em cima de uma bicicleta nova. A bicicleta ziguezagueava debaixo dela e parecia feita de geléia. Os pais nada podiam fazer senão acompanhar a façanha da menina. Voltando, ela parou e disse, orgulhosa: "Bom, isso está resolvido."

E outra lembrança: Mattie adormecida com um par de óculos de palhaço ligados a um enorme nariz de plástico.

E mais outra: num dia de Ação de Graças, quando tinha apenas quatro anos, anunciara ao pai que a mãe tinha acabado de fazer a "delícia do peru".

Onde Kathryn guardaria essas lembranças agora? Sentia-se como uma mulher recém-divorciada olhando para um vestido de noiva. Era possível deixar de gostar do vestido, se o casamento havia se desintegrado?

— Eu não vou cortar o cabelo dela — Dierdre prometeu.

— Ótimo. Seu papai esteve aqui no Natal? Às vezes os papais têm de trabalhar na noite de Natal.

— Ele estava aqui — disse Dierdre. — Fiz um marcador de livros para ele. Tinha o meu retrato e o do papai. Eu pedi o marcador de volta e ele disse que podia ser de nós dois. Você quer ver o marcador?

— Quero.

A garotinha procurou debaixo da cama o tesouro que dividia com o pai. Passou para Kathryn um livro infantil com imagens coloridas que ela não reconheceu. O marcador de livros era um pedaço recortado de papel colorido que havia sido plastificado. Dentro dele, a foto de Jack com Dierdre no colo. Ele está tirando os cabelos do rosto da menina para poder vê-lo.

A viúva ouviu passos na escada.

No sótão de Fortune's Rocks, havia uma caixa com roupas de boneca. Por um momento, Kathryn pensou na idéia de enviá-la a Dierdre.

Protetora, Muire estava de pé na porta, braços cruzados.

— Gosto muito da sua boneca — disse Kathryn, levantando-se da cama.

— Você precisa ir agora? — a menina perguntou.

— Acho que sim.

Dierdre a observou sair do quarto. Muire se afastou para deixá-la passar. Kathryn desceu rapidamente as escadas, consciente de que a mulher estava atrás dela. Estendeu o braço para apanhar a parte superior do conjunto.

— Dierdre mencionou que Jack esteve aqui no Natal — ela disse, vestindo o casaco.

— Nós comemoramos antes — retrucou Muire. — Tínhamos de fazer isso.

Kathryn conhecia essa história de comemorar feriados antes do dia.

Curiosa, ela se virou para a estante e examinou alguns títulos de livros: *Lies of Silence*, de Brian Moore, *Cal*, de Bernard McLeverty, *Rebel Hearts*, de Kevin Toolis, *The Great Hunger*, de Cecil Woodham-Smith. Um título que não conseguiu ler. Tirou o livro da estante.

— É gaélico? — perguntou.

— É.
— Onde você estudou?
— Queens. Em Belfast.
— Mesmo? E você se tornou...
— Comissária de bordo. Sim, eu sei, os irlandeses são a mais culta classe trabalhadora da Europa.
— Sua filha sabe sobre Jack? — Kathryn indagou, recolocando o livro na estante e apanhando o sobretudo.
— Ela sabe — Muire disse da porta —, mas não tenho certeza se entende. Seu pai passava tanto tempo fora de casa. Acho que, para ela, ele está viajando.
Seu pai.
— E a mãe de Jack? — Kathryn perguntou, fria. — Dierdre sabe da existência da avó, Matigan?
— Sabe, é claro.
A viúva permaneceu em silêncio. Chocada pela sua pergunta e principalmente pela resposta.
— Mas, como você sabe, a mãe de Jack sofre de Alzheimer — acrescentou Muire. E Dierdre, realmente, nunca pôde falar com ela.
— Sim, eu sei.
Se o marido não houvesse morrido, pensou Kathryn, será que ele estaria com Muire em casa, agora? Será que ela algum dia descobriria a sua outra família? Por quanto anos poderia continuar o caso, o casamento?
As duas mulheres estavam de pé sobre o parquete encerado. Kathryn olhou para as paredes, para o teto, para a outra. Queria registrar a casa inteira na memória; queria se lembrar de tudo o que vira. Sabia que jamais voltaria.
Pensou sobre a impossibilidade de conhecer realmente outra pessoa. Sobre a fragilidade das construções emocionais

dos seres humanos. Um casamento, por exemplo... Uma família.

— Há coisas — começou Muire e depois hesitou. — Eu gostaria...

Kathryn ficou esperando.

Muire mostrou as palmas das mãos.

— Existem coisas que eu não posso... — deu um profundo suspiro e enfiou as mãos nos bolsos do jeans. — Eu lamento muito. Mas não por tê-lo tido — Muire disse finalmente. — Lamento por tê-la magoado.

Kathryn não pretendia se despedir. Não lhe pareceu necessário.

Apesar disso, havia uma coisa que ela queria saber. Apesar do seu orgulho, tinha de perguntar:

— O robe. O robe azul-safira de seda. No seu armário.

Kathryn sentiu que Muire engolira em seco, mas sua face não demonstrara nada.

— Chegou depois da morte de Jack. Foi o meu presente de Natal.

— Foi o que eu pensei.

Ela esticou a mão para a maçaneta como se estivesse tentando alcançar um salva-vidas.

— Você deveria voltar para a América — disse Muire quando a primeira esposa de Jack saiu para a chuva. Ela sentiu as palavras da outra como uma ordem de comando, estranha e presunçosa.

— Foi pior para mim — continuou Muire e Kathryn se voltou, impelida pela nota melancólica na voz da outra, uma rachadura na fria fachada. — Eu sabia de você. Você nunca teve de saber de mim.

É POSSÍVEL QUE ELA ESTIVESSE CHORANDO. MAIS TARDE, NÃO saberia dizer quando começara. Esquecera o guarda-chuva e a chuva ensopava seus cabelos, fazendo-os grudar na sua cabeça. A chuva descia pela sua nuca, suas costas, pela frente da blusa. Estava exausta demais até mesmo para levantar a gola do sobretudo ou para passar o cachecol em volta do pescoço. Os passantes levantavam seus guarda-chuvas, olhavam uns para os outros e para ela. Respirava pela boca.

Não tinha um destino nem idéia de para onde andava. Pensamentos coerentes se recusavam a tomar forma. Lembrava-se do nome do hotel, mas não queria ir para lá. Não queria ficar lá dentro com outras pessoas e também não queria ficar sozinha em seu quarto.

Por um instante, pensou em usar um cinema como refúgio.

Desceu da calçada e, por hábito, olhou para o lado errado. Um táxi freou. Ficou quieta, parada, esperando que o motorista metesse a cabeça para fora da janela e gritasse com ela. Em vez disso, ele esperou pacientemente que atravessasse a rua.

Sabia que não estava bem e ficou ainda mais nervosa temendo cair inadvertidamente num buraco de obra. Ou descer do meio-fio e ser atingida por um ônibus vermelho. Entrou numa cabine telefônica para se sentir por um instante dentro de um lugar seguro. Era bom estar fora da chuva. Tirou o sobretudo e enxugou a testa com o forro, mas o gesto fez com que se lembrasse de algo em que não queria pensar. Sentiu que uma dor de cabeça estava à espreita para atacá-la e perguntou a si mesma se teria um Advil na bolsa.

Impaciente, um homem aguardava do lado de fora da cabine e, depois de algum tempo, bateu levemente na porta de vidro. Gesticulou para ela: precisava falar ao telefone. Vestiu novamente o sobretudo e saiu para a chuva. Caminhou por uma rua cheia de gente; uma rua que parecia não ter fim. O tráfego passando silvando pela rua espirrava água nas calçadas. Cabeças inclinadas, as pessoas passavam por ela. Sem um chapéu ou guarda-chuva, tinha dificuldades para enxergar claramente. Pensou em procurar uma loja e comprar uma sombrinha, talvez uma capa.

Numa esquina, viu dois homens rindo. Tinham guarda-chuvas negros e pastas de couro marrom. Entraram num local. Atrás da porta, com painéis de vidro fosco, havia luzes e o som de risadas. Estava escuro, já era noite e talvez fosse mais seguro entrar.

Dentro do *pub*, seu fato foi atingido pelo cheiro de lã molhada. Os óculos do homem em frente a ela estavam embaçados e ele ria com seu companheiro. Um homem atrás do bar lhe passou uma toalha. Alguém já a usara antes. Estava úmida e amassada, cheirando a loção de barba. Secou os cabelos como faria depois de um banho. Viu os homens olhando para ela. Tinham copos de chope nas mãos, o que a deixou com sede

Os homens se afastaram um pouco e lhe ofereceram uma banqueta. Do outro lado do bar, duas mulheres usando conjuntos azuis quase idênticos conversavam animadamente. Não havia ninguém sozinho. Todos tinham com quem falar. Poderia ser uma festa, não fora as pessoas parecerem mais contentes do que normalmente acontecia numa festa.

Quando devolveu a toalha ao *barman*, ela apontou para a chopeira. A cerveja tinha cor de bronze. A maioria dos homens fumava e havia uma nuvem de fumaça no teto.

Estava com sede e bebeu o chope como se fosse água Quando a bebida queimou em seu estômago, teve uma sensação agradável. Livrou-se dos sapatos encharcados, sacudindo-os dos pés e os largou no chão à sua frente. Olhou para baixo e viu que sua blusa, devido à chuva, estava quase transparente. Abotoou o sobretudo. O *barman* olhou na sua direção e levantou as sobrancelhas. Ela respondeu e ele lhe passou um outro chope. O calor de que precisava já se espalhava por seus braços, pernas, mãos e pés.

Ocasionalmente, ouvia um pouco das conversas à sua volta. Negócios, flertes.

A dor de cabeça resolveu atacar e se instalou nas suas têmporas. Pediu uma aspirina ao *barman*. Um homem de bigode olhou de viés para ela. Na parede do bar, na parte de cima, havia um anúncio da cerveja Guinness e Kathryn reconheceu o líquido negro nos copos. Jack, às vezes, levava essa cerveja para casa. Era outra coisa sobre a qual não queria pensar. O balcão do bar estava úmido com as rodelas de líquido deixadas pelos copos. A madeira, saturada com o cheiro de cerveja.

Depois de algum tempo, sentiu que precisava ir ao banheiro, mas não queria perder sua banqueta. Pensou em pedir um terceiro chope no caso de perder o lugar e não conseguir outro. O *barman* ignorou seu braço levantado, mas as mulheres em frente notaram seu gesto e aparentemente começaram a falar sobre ela.

O rapaz, finalmente, tomou conhecimento dela, mas pareceu ligeiramente menos simpático. Talvez houvesse algumas regras de *pub* que ela deixara de observar. Quando lhe perguntou se queria um terceiro drinque, ela sacudiu a cabeça e se levantou, pegando o sobretudo. Tentou caminhar com firmeza entre os homens e mulheres com copos nas mãos. Devia ser a hora depois do trabalho e se perguntou que hora seria essa em Londres. Sentiu alguma coisa pegajosa num dos pés e se deu conta de que havia deixado os sapatos no assoalho em frente ao balcão. Voltou-se, mas não conseguiu encontrar o caminho de volta. Tinha que ir ao banheiro urgentemente e não havia tempo para voltar ao bar. Seguiu o sinal que indicava os toaletes, mas não precisava.

Foi um alívio se ver sozinha novamente.

Depois, começou a ter problemas com suas meias. Lembrou-se de que, quando criança, teve de vestir um maiô molhado. Agora tinha de ajeitar-se naquele cubículo. As solas das suas meias estavam imundas. Pensou em tirá-las de uma vez; era mais fácil do que puxá-las para cima. Sensatamente, pensou que sentiria ainda mais frio se fizesse isso. Seu estômago ameaçou se revoltar, mas ela conseguiu dominar o enjôo.

Lavou as mãos numa pia encardida e se olhou no espelho. A mulher que via não podia ser ela, decidiu. O cabelo estava muito escuro, muito grudado à cabeça. Sua maquiagem parecia fantasmagórica. Embora a face estivesse corada, não havia sangue em seus lábios. Havia sangue, porém, nas veias estriadas sobre o branco dos seus olhos.

Uma mulher sem um lar – pensou.

Enxugou as mãos numa toalha e abriu a porta. Passou pelo telefone, no corredor. Sentiu um forte desejo de falar com Mattie. Era uma espécie de urgência física no centro do seu corpo; no lugar onde toda mulher quer segurar um bebê.

Tentou seguir as instruções estampadas num cartaz próximo do telefone, mas desistiu depois de várias tentativas. Pediu a um homem de paletó. Ditou os números para ele, contente com o fato de poder lembrá-los. Quando completou a ligação, o homem passou o telefone para ela e deu uma longa olhada na sua blusa. Ele entrou no banheiro dos homens e ela Kathryn lembrou que havia esquecido de lhe agradecer.

O telefone tocou umas seis, sete vezes. Nesse meio-tempo, no *pub*, uma porta fechou-se violentamente, um copo partiu-se contra o chão e uma mulher riu muito alto, sobressaindo-se sobre as outras vozes. Kathryn estava morrendo de vontade de ouvir a voz de Mattie. O telefone continuou tocando e ela continuou se recusando a desligar.

— Alô!

A voz estava sem fôlego, como se tivesse corrido.

— Mattie – gritou, e seu alívio atravessou o Atlântico. – Graças a Deus, você está em casa.

— O que é que há, mãe? Você está bem?

Kathryn se recompôs. Não queria assustar a filha.

— Como você vai? – perguntou, voz mais calma.

— Hmmm... Estou bem – a voz hesitante, especulativa.

A mãe tentou certo entusiasmo na voz:

— Estou em Londres. Aqui está ótimo!

— Mãe, o que é que você está fazendo?

Havia música ao fundo. Um dos CDs de Mattie. Sublime, pensou Kathryn. Definitivamente, sublime.

— Dá para você diminuir um pouco o volume da música? — perguntou Kathryn, que, devido ao barulho do *pub*, já estava com o dedo indicador apertando o ouvido esquerdo. — Não consigo ouvir você.

Esperou Mattie voltar ao telefone. Aumentara o número de pessoas no *pub* e, ao lado dela, um homem e uma mulher, segurando canecos de cerveja, gritavam nos ouvidos um do outro.

— Então? — disse Mattie.

— Está chovendo e eu estou telefonando de um *pub*. Andei caminhando um pouco; vendo a cidade.

— Aquele homem está com você?

— O nome dele é Robert.

— O que for.

— Não, ele não está comigo neste momento.

— Mãe, você tem certeza de que está bem?

— Claro que estou bem. O que você está fazendo?

— Nada.

— Você parecia que estava sem ar — disse Kathryn.

— É, é? — Pausa. — Mãe, não posso continuar falando agora.

— Julia está?

— Não, ela está na loja.

— Por que é que você não pode falar?

Ao fundo, a mãe ouviu parte de uma frase. Voz abafada. Masculina.

— Mattie?

Ouviu sua filha cochichar alguma coisa ao lado do telefone. Uma risadinha suprimida. Pedaços de outra frase. Uma voz distintamente masculina.

— Mattie? O que está havendo? Quem está aí com você?

— Ninguém, mãe. Eu tenho que desligar.

Sobre o telefone, na parede, havia anotações. Números escritos a caneta e marcador colorido: "Roland no Margaret's," dizia uma das anotações.

— Mattie, quem está aí? Estou ouvindo uma voz.

— Ah, é o Tommy!

— Tommy Arsenault?

— É.

— Mattie...

— Eu e Jason terminamos.

O homem ao lado de Kathryn cambaleava e pingou algumas gotas de cerveja sobre a sua manga. Ele deu um sorriso de desculpas e tentou enxugar os pingos com a mão, desajeitadamente.

— Quando foi que vocês terminaram?

— Noite passada. Que horas são agora aí em Londres?

Olhou o relógio, que ainda não acertara para a hora de Londres. E calculou:

— 16h45min.

— Por que você terminou com Jason? — perguntou, não permitindo a mudança de assunto.

— Achei que não tínhamos mais muito a ver.

— Ah, Mattie...

— Está tudo bem, mãe, realmente está tudo OK.

— O que é que você e Tommy estão fazendo?

— Batendo papo. Mãe, eu tenho de desligar.

— O que você vai fazer hoje?

— Não sei, mãe. Está fazendo sol, mas ainda tem muita neve derretida lá fora. Tem certeza de que está tudo bem com você?

Kathryn chegou a pensar em dizer que não estava nada bem, apenas para manter a garota ao telefone, mas sabia que aquilo era o pior tipo de chantagem de mãe para filha.

— Estou muito bem, Mattie, não se preocupe.

— Tenho que desligar, mãe.

— Amanhã de noite estarei em casa.

— Beleza. Agora eu tenho que desligar.

— Eu te amo — disse Kathryn, tentando segurar a filha um pouco mais ao telefone.

— Também te amo — disse a menina rapidamente.

Livre para desligar.

Ouviu o clique transatlântico.

Encostou a cabeça na parede. Um jovem de terno listrado, que esperara pacientemente ao seu lado, acabou por lhe tirar o telefone da mão.

Arrastou-se através de um mar de pernas, pegou seus sapatos, calçou-os e saiu do *pub* para a chuva. Comprou uma sombrinha num quiosque enquanto pensava que o negócio de guarda-chuvas na Inglaterra devia ser um dos mais prósperos. Por um momento, foi invadida pela autopiedade e pensou que, além de tudo, certamente apanharia um resfriado. Julia tinha uma teoria de que, se alguém chorasse em público, certamente seria atacado pela gripe. Não tanto como castigo pela exposição de emoções, e mais pela irritação das mucosas das membranas em contato com germes estranhos. Kathryn sentiu saudades de Julia; gostaria de vê-la dentro do seu roupão; queria tomar uma xícara de chá quente.

Maravilhou-se com a proteção da sombrinha; um magnífico desenho industrial que a jogava outra vez dentro do anonimato. Se baixasse bem a cabeça, podia esconder seu rosto das pessoas que passavam por ela. A sombrinha era como um véu.

Chovia em toda a Londres e Ely se espojava ao sol.

Caminhou até encontrar um parque. Pensou que não deveria entrar nele à noite embora houvesse postes com lampiões que criavam áreas de luz nas proximidades dos bancos. Agora a chuva diminuíra um pouco, parecia só uma garoa. A grama ficara meio cinza em volta dos postes. Caminhou até um banco preto e se sentou.

Estava sentada em frente ao que parecia ser um roseiral circular. A luz dos lampiões tornava visíveis os espinhos e a barreira parecia ser formidável. Pensou: não fora apenas uma traição a ela, mas também uma traição a Mattie e a Julia. Uma violação do círculo familiar.

A chuva parou completamente e ela colocou a sombrinha no banco. Seu cachecol de chenile perdera alguns fios numa extremidade. Poderia consertar aquilo quando voltasse para casa. Começou a puxar o fio desfazendo cinco, seis, sete pontos, acabando com os nós, gesto que lhe dava estranha satisfação.

Desenrolou uma fileira de pontos, depois outra. Então outra e mais outra. De repente, tinha apenas uma montanha de fios no colo e em volta dos tornozelos. Jack lhe dera aquele cachecol de presente de aniversário.

Foi puxando, até formar um monte de chenile retorcido, do tamanho de um montinho de folhas. Deixou a montanha de fios cair na grama e enfiou as mãos quase congeladas nos bolsos do sobretudo.

Agora, teria de remodelar todas as suas lembranças.

Um homem idoso, vestindo um impermeável amarelado, parou à sua frente. Talvez tivesse se surpreendido por encontrar uma mulher sentada num banco, à noite, com um emaranhado de fios a seus pés. Provavelmente era casado e pensava na sua mulher naquele momento. No momento em que ele ia se dirigir a Kathryn, ela lhe disse "Alô" e começou a enrolar os fios do que fora seu cachecol. Logo estava transformando o chenile preto em uma bola, com gestos rápidos e práticos.

Ela sorriu.

— Tempo horrível — o homem comentou.

— É verdade.

Aparentemente satisfeito com a industriosidade de Kathryn, o homem continuou seu caminho.

Ao vê-lo desaparecer, ela empurrou os fios para debaixo do banco. Pensou: eu não sabia da vida sexual da minha filha; não sabia da vida sexual do meu marido.

Na distância, podia ver halos luminosos em volta dos postes, um coro de luzes de freios, um casal atravessando a rua correndo. A chuva recomeçara. Tanto ele quanto ela usavam longas capas de chuva. A mulher calçava sapatos de saltos altos. Mantinham os queixos abaixados para se proteger da chuva. O homem tinha uma das mãos apertada abaixo da cintura, contra o sobretudo, e a outra, no ombro da mulher, conduzindo-a apressadamente antes que o sinal passasse de verde para vermelho.

Muire Boland e Jack talvez tivessem feito a mesma coisa muitas vezes nesta cidade, pensou. Corriam para atravessar um sinal. Talvez a caminho de um jantar; a caminho de um *pub*. Uma festa, reunião com outras pessoas. A caminho da cama.

O casamento de Muire Boland tinha consistência. Duas crianças contra uma. Duas crianças pequenas.

E, então, ela pensou: como alguém podia julgar que não tinha validez algo que produzira duas crianças tão belas?

* * *

Caminhou até ver na distância a discreta marquise que lhe era familiar e cuja fachada reconheceu. O hotel estava silencioso quando entrou. Havia apenas um funcionário, parado sob um cone de luz atrás da recepção; ele a cumprimentou. Enquanto caminhava em direção ao elevador, sentiu suas roupas úmidas e pesadas.

Estava enormemente aliviada por ter lembrado o número do seu quarto. Assim que enfiou a chave na fechadura, Robert emergiu do quarto adjacente.

– Deus do Céu! – ele exclamou. Sua testa estava enrugada, o nó da gravata afrouxado até o meio do peito. – Fiquei quase louco tentando imaginar o que havia acontecido com você.

Ela piscou os olhos sob a luz nada favorável do corredor e tirou os cabelos do rosto.

– Você sabe que horas são? – ele perguntou, de fato preocupado, como um pai com um filho que chegasse a casa mais tarde do que de costume.

Ela não sabia que horas eram.

– É 1h.

Kathryn tirou a chave da fechadura e foi até onde Robert estava mantendo aberta a porta do seu quarto. Através da moldura, pôde ver uma bandeja com uma refeição quase intocada aos pés da cama. Do corredor, sentia o cheiro de fumaça de cigarro vindo do quarto de Hart.

– Entre. Você não parece nada bem.

Uma vez ultrapassada a porta, ela deixou seu sobretudo cair ao chão.

– Na verdade, você está suja.

Ela tirou os sapatos que haviam perdido cor e forma. Ele puxou a cadeira debaixo da escrivaninha.

— Sente-se.

Fez o que Robert lhe pediu. Ele sentou-se na cama, de frente para ela. Os joelhos de ambos se tocavam. Suas meias molhadas, suas calças de lã cinza. Ele vestia uma camisa branca; não a mesma que usara na hora do almoço. Parecia um homem exaurido, olhos cansados, mais velho do que na hora do almoço. Kathryn imaginou que ela também envelhecera consideravelmente.

Hart envolveu as mãos dela nas suas. Seus dedos longos pareciam engolir os da mulher.

— Me diga o que aconteceu — ele pediu.

— Andei caminhando, apenas caminhando. Não sei aonde fui. Sim, eu sei. Fui a um *pub* e tomei cerveja. Fui até o parque e desfiei um cachecol em frente a um jardim de rosas.

— Desfiou um cachecol?

— Acho que pretendia desfiar a minha vida.

— Imagino que tenha sido muito ruim o seu encontro.

— É, pode-se dizer que sim.

Eu lhe dei trinta e cinco minutos de dianteira e depois a segui até o endereço. Você provavelmente já tinha ido embora. Caminhei a rua de cima para baixo por uma hora e meia e então vi uma mulher, que não era você, deixar a casa. Ela e duas crianças.

Kathryn olhou para o sanduíche intocado na bandeja. Talvez fosse de peru.

— Acho que estou com fome — ela disse.

Robert se virou, pegou o sanduíche, colocou-o num prato e passou-o para ela. Kathryn equilibrou o prato no colo e sentiu um arrepio por todo o corpo.

— Coma um pouco e depois vá tomar um banho quente. Quer que eu peça alguma coisa para você beber?

— Não, acho que já bebi muito. Você está sendo tão paternal.
— Pelo amor de Deus, Kathryn!

A carne do sanduíche fora tão prensada que tinha gosto de vinil. Recolocou o sanduíche no prato.

— Eu já estava pensando em chamar a polícia. Cheguei a telefonar para o número da casa aonde você foi. O telefone tocou muitas vezes, mas ninguém respondeu.

— Eram os filhos de Jack.

Ele não pareceu surpreso.

— Você já havia imaginado — ela disse.

— Era uma possibilidade, mas eu não pensei em crianças. A mulher que vi era ela? Muire Boland? A mulher...

— Dele. Eram casados. Casados na Igreja.

Robert recuou levemente e ela viu a incredulidade desaparecer aos poucos da sua face.

— Casaram na Igreja católica — disse Kathryn.

— Quando?

— Quatro anos e meio atrás.

Na cama, havia uma maleta entreaberta. Dava para ver, saindo pela abertura, a camisa que Robert vestira à tarde. Parte de um jornal havia caído de um lado da cama. Na mesa-de-cabeceira, havia uma garrafa de água mineral pela metade.

Ela notou que ele a examinava como um médico talvez o fizesse. Procurava sinais de doença em seu rosto.

— Acho que já superei a pior parte — disse.

— Suas roupas estão arrasadas.

— Elas vão secar.

Ele apertou os joelhos dela.

— Eu lamento tanto, Kathryn.

— Quero voltar para casa.

— Nós vamos. Vamos trocar as passagens, logo de manhã bem cedo.

— Eu não deveria ter vindo — disse, passando o prato de volta para ele.

— Não devia mesmo.

— Você tentou me avisar.

Ele olhou para um lado.

— Estou com fome, mas não consigo comer isso.

— Vou pedir frutas e queijos para você. E uma sopa, talvez.

— Ótimo.

Kathryn se levantou e sentiu as pernas bambas.

Robert se levantou também. Ela encostou a cabeça em seu peito.

— Todos esses anos. Tudo falso.

— Schhh!

— Ele teve um filho, Robert. E uma outra filha.

Ele puxou-a mais para perto, tentando consolá-la.

— Todas as vezes em que fizemos amor. Por quatro anos e meio eu fiz amor com um homem que tinha outra mulher. Fizemos coisas. Eu fiz coisas. Lembro-me delas...

— Está tudo bem agora.

— Não está bem. Eu lhe mandava cartas de amor. Eu escrevia intimidades nessas cartas, nos cartões. Ele aceitou tudo.

Robert massageou as costas dela.

— Foi melhor que eu soubesse.

— Talvez.

— É melhor não viver uma mentira.

Kathryn sentiu uma pequena mudança na respiração de Hart, como um soluço. Afastou-se e verificou que ele parecia acabado. Robert esfregou os olhos.

— Vou tomar um banho agora. Desculpe tê-lo feito se preocupar. Eu deveria ter telefonado.

Ele levantou a mão como se dissesse que ela não precisava pedir desculpas.

— O que importa é que você voltou e está aqui — Kathryn pôde ver no seu rosto o quanto ele realmente se preocupara com ela.

— Você mal consegue ficar de pé.

— Gostaria de tomar banho aqui. Não quero ficar sozinha no meu quarto. Depois do banho, estarei melhor.

Pôde ver a dúvida nos olhos de Hart quanto a ela estar melhor.

Deixou a água quente correr e derramou um frasco inteiro de gel na banheira. Ao se despir, ficou impressionada. Como suas roupas estavam sujas! A bainha da saia estava descosturada. Ficou nua, parada no centro do banheiro. Deixara pegadas sujas nos ladrilhos brancos. Numa estante de vidro, havia toalhas e um belo cesto com produtos de higiene.

Pôs um pé dentro da água e hesitou. Em seguida, entrou na banheira e se deixou mergulhar lentamente. Lavou o rosto e os cabelos usando a água com espuma, cansada demais para sair da banheira e apanhar o xampu. Pegou uma toalha, dobrou-a e a colocou numa das extremidades da banheira. Recostou-se.

Um estojo de toalete, de couro, estava pousado precariamente na borda da pia. O blazer com os botões dourados estava pendurado num gancho atrás da porta. Ouviu alguém bater no quarto, a porta se abrindo, uma breve troca de palavras e a porta se fechando. Serviço de quarto, pensou. Gostaria de ter pedido chá quente. Uma xícara de chá seria perfeito.

Havia uma fenda no caixilho da janela e ela podia ouvir os sons vindos da rua, carros passando, um grito distante Mesmo à 1h.

Sentiu-se sonolenta e fechou os olhos. Apesar da leveza da água, era um esforço mover o corpo, sair da banheira. Tentou esvaziar a cabeça; pensar apenas em água quente, espuma e nada mais.

Quando a porta se abriu, não fez nenhum esforço para se cobrir, embora a espuma houvesse se tornado menos espessa e talvez deixasse expostos os bicos dos seios.

Graças à flutuação, os joelhos emergiam da água como ilhas vulcânicas. Com os dedos dos pés, brincava com a corrente do tampo da banheira.

Robert havia pedido chá. E um pouco de conhaque.

Ele colocou a xícara e o cálice na borda da banheira Recuou e se encostou na pia. Pôs as mãos nos bolsos das calças. Cruzou as pernas na altura dos tornozelos. Kathryn sabia que ele olhava seu corpo.

— Se eu fosse você, misturava o chá com conhaque — Hart disse.

Sentou-se na banheira para fazer o que sugerira.

— Estou saindo – disse.

— Não vá.

Atrás dele, o espelho estava embaçado pelo vapor. Perto da janela, o ar do lado de fora, ao se misturar com o calor, criara fiapos de nuvens. Ela misturou o conhaque com o chá e tomou um longo gole. Sentiu imediatamente o calor no centro do seu corpo. As propriedades medicinais da bebida eram espantosas, pensou.

Segurou a alça da xícara com os dedos cheios de espuma. Ele tirou a mão do bolso, e com o polegar, limpou a umidade da borda da pia.

— Vou precisar de um roupão.

No fim, Kathryn lhe contou tudo. No escuro, deitada na cama dele, disse-lhe cada palavra que lembrava do encontro na casa de Muire. Hart escutou praticamente sem interromper, murmurando alguma coisa aqui e ali, fazendo uma ou duas perguntas. Ela usava o roupão felpudo do hotel e ele permaneceu vestido. Robert passava gentilmente a mão no braço de Kathryn enquanto ela falava. Quando começaram a ficar sonolentos, ele cobriu a ambos com o cobertor. Ela aninhou a cabeça no espaço entre o peito e o braço do homem. No escuro, sentiu o calor ainda estranho do seu corpo, sentiu sua respiração. Pensou, talvez, em mais alguma coisa que quisesse dizer, mas, antes que pudesse formar as palavras, caiu num sono profundo e sem sonhos.

Na manhã seguinte, sentou-se na beira da cama, dentro do seu roupão branco, e começou a costurar a bainha da saia com agulha e linha que encontrara no cesto do banheiro. Robert estivera ao telefone falando com a companhia aérea, trocando as passagens, mas agora lustrava os sapatos. O sol atravessava as cortinas brancas. Ela imaginou que provavelmente não se movera um instante durante todo o tempo em que dormira. Quando acordara, Hart já havia levantado, tomado banho e vestira roupa limpa.

— Acho que esta saia não tem salvação.
— É para agüentar apenas até eu chegar em casa.
— Vamos descer para tomar café-da-manhã — ele disse. — Um café-da-manhã de verdade!
— Vai ser ótimo.
— Não tenha pressa.

Kathryn costurou pacientemente, pontos regulares, como Julia lhe havia ensinado. Esperava que o minúsculo carretel de linha durasse. Tinha consciência de que Robert a observava atentamente. Alguma coisa mudara desde a noite anterior, refletiu. Vendo-se observada de tão perto, seus gestos se tornaram mais precisos, regulares.

— Você parece quase feliz — ela disse, levantando o olhar para ele.

A insanidade do dia anterior permanecia nas sombras, Kathryn sabia. Estaria sempre ali; um ponto escuro num quarto iluminado. E a agarraria, puxaria para baixo se deixasse. Ela pensou, então, que deveria ser capaz de dizer que vivera o pior e o superara. Seria uma espécie de dádiva saber que um nadir fora alcançado. Podia quase sentir aquela espécie de liberdade; viver a própria vida sem ter medo.

Mas sabia que tal liberdade era uma ilusão e que provavelmente havia mais coisas à espreita, esperando para atacar. Tudo o que tinha de fazer era imaginar Mattie no avião que explodira. Isso poderia acontecer com a garota no futuro. A vida era capaz de urdir coisas piores do que as que haviam acontecido com ela. Saber que há males à espreita torna a vida mais angustiante, pensou.

Terminou de costurar e ficou observando Robert lustrar seus sapatos e depois os dela. Seus gestos lembravam os de

Jack, um pé apoiado na gaveta aberta. Quanto tempo fazia exatamente que isso acontecera?

Kathryn levantou da cama e deu um beijo no canto dos lábios de Hart. As mãos dele, ocupadas com os sapatos, e as dela, com o estojo de costura. Sentiu a surpresa do homem. Pôs os punhos sobre os ombros dele e olhou nos seus olhos.

— Obrigada por ter vindo comigo a Londres. Não sei como teria sobrevivido à noite passada sem você.

Robert a olhou e ela teve a certeza de que ele queria lhe dizer alguma coisa.

— Vamos comer — disse a viúva rapidamente. — Estou morrendo de fome.

O salão de jantar tinha painéis de madeira e, sobre eles, papel de parede azul suave. O assoalho era vermelho oriental. Foram conduzidos a uma mesa numa espécie de jardim-de-inverno, com pesadas cortinas. Robert lhe indicou a cadeira de frente para a janela. A toalha da mesa era de linho branco e pesado. Sobre ela, talheres de prata e xícaras, pires e pratos de uma porcelana que Kathryn não conhecia. Sentou-se e pôs o guardanapo sobre o colo. Havia quadros de gravuras de arquitetura nas paredes e, no teto, um enorme candelabro de cristal. Pôde notar que os hóspedes eram, na maioria, homens de negócios.

Espiou pela janela. O sol brilhava na rua lavada pela chuva. O salão a lembrava de outros que vira em filmes; cenas de mansões rurais inglesas. Pensou que aquele refeitório talvez já houvesse sido uma sala de estar de alguma antiga residência; um espaço formal e aconchegante ao mesmo tempo. Preocuparam-se em não pasteurizar o cômodo, o que teria acontecido num hotel americano, de modo a ninguém perceber que alguém vivera ou voltaria a viver naquele local. A lareira estava acesa. Pediram ovos, salsichas e torradas que vieram numa bandeja de prata. O café estava quente e ela o soprou antes de tomar um gole.

Levantou o olhar e viu a mulher parada na entrada do salão. Derramou algumas gotas de café sobre a toalha branca. Robert sacou um guardanapo para limpar a sujeira, mas Kathryn deteve sua mão. Ele se virou, para olhar o que ela tinha visto.

A mulher caminhou depressa rumo à mesa deles. Usava um casaco longo sobre uma saia curta de lã e um suéter. Kathryn teve a impressão de que a cor era uma combinação de tons pálidos de verde. A mulher arranjara os cabelos em forma de rabo de cavalo e parecia amedrontada.

Quando ela se aproximou da mesa, Hart se levantou, espantado.

— Fui imperdoavelmente cruel com você ontem — a mulher, sem esperar, foi dizendo para Kathryn.

— Este é Robert Hart — respondeu.

Ela lhe estendeu a mão.

— Muire Boland — a mulher murmurou, se apresentando, o que não era necessário. Continuou falando para Kathryn:

— Preciso falar com você — ela disse e, depois, hesitou um pouco. Kathryn entendeu que hesitara por causa de Robert.

— Está tudo bem.

Hart fez um gesto convidando a mulher a se sentar.

— Eu estava com muita raiva — começou Muire Boland. Falava rapidamente, como se tivesse pouquíssimo tempo. Sentada mais próxima dela do que na tarde anterior, Kathryn notou que a mãe tinha as mesmas grandes pupilas da filha. —

Tenho estado com raiva desde o acidente — ela continuou. — Na verdade, essa raiva dura há anos. Eu tinha tão pouco tempo para estar com ele.

Kathryn estava atônita. Será que a mulher pretendia que ela a perdoasse? Ali, naquele salão? Agora?

— Não foi suicídio — disse Muire.

A viúva sentiu sua boca secar. Robert, ainda agindo num mundo que as duas mulheres já haviam abandonado, perguntou se Muire queria uma xícara de café. Tensa, ela disse que não, balançando a cabeça.

— Tenho de me apressar. Tive de abandonar a minha casa e sabia que você não poderia entrar em contato comigo.

O rosto da mulher estava angustiado e não por remorso, mas por medo.

— Tenho um irmão cujo nome é Dermot. Tive outros dois irmãos. Um deles foi morto por paramilitares na frente da mulher e dos três filhos enquanto jantava. O outro morreu numa explosão.

Kathryn tentou processar as informações. Pensou ter compreendido. Ela se sentiu zonza, como se alguém houvesse lhe dado um violento soco na cabeça.

— Servi de *courier* desde que comecei na companhia aérea — Muire continuou. — Fui trabalhar na Vision por causa da rota Boston-Heathrow. Trazia dinheiro da América para o Reino Unido. Outras pessoas se encarregavam de fazer o dinheiro chegar a Belfast.

Mais tarde, pareceria a Kathryn que fora naquela hora que o tempo parara totalmente, dera um giro em volta de si mesmo, e tudo começou a se desenrolar vagarosamente. O mundo à volta dela — as pessoas que tomavam café-da-manhã, os garçons, os veículos na rua e até mesmo os gritos dos passantes — parecia flutuar numa espécie de poça fluida. Somente ela, Robert, Muire, a mesa, a toalha com a mancha de café pareciam bem definidos.

Um garçom veio até a mesa para limpar a mancha e trocar o guardanapo. Perguntou a Muire se queria pedir seu café-da-manhã, mas a outra balançou a cabeça. Os três esperaram em estranho silêncio até o garçom se retirar.

— Alguém vinha me encontrar em cada aeroporto, Boston e Heathrow, na ida e na volta. Eu tinha uma mala de mão que punha no chão da sala da tripulação e saía. Alguns segundos depois, a pegaria novamente. Era bastante fácil, na verdade. — A mulher de cabelos negros estendeu o braço, pegou o copo de água de Robert e deu um gole. — Então eu conheci Jack... — ela disse — e fiquei grávida.

Kathryn sentiu seus pés gelarem.

— Quando parei de trabalhar na companhia, Dermot apareceu em casa. Perguntou a Jack se ele continuaria o meu trabalho. Apelou para seu sangue irlandês e católico — ela fez uma pausa e massageou a testa. — Meu irmão é um homem passional e sabe ser muito convincente. A princípio, Jack ficou irritado comigo por não tê-lo informado de nada. Eu não queria envolvê-lo. Mas, aos poucos, ele foi ficando intrigado. O risco o empolgava, certamente, mas não foi só isso. Ele se entregou à causa como se fosse dele, como se fizesse parte daquilo. Com o tempo, se tornou tão dedicado quanto o meu irmão.

— Um convertido — disse Robert.

Kathryn fechou os olhos e engoliu em seco.

— Não estou querendo magoá-la dizendo isso — exclamou Muire. — Estou tentando explicar.

Kathryn abriu os olhos.

— Duvido que você possa me magoar mais do que já magoou.

Ao contrário do dia anterior, a mulher sentada do outro lado da mesa, à sua frente, parecia desarrumada, como se houvesse dormido com as roupas que vestia. O garçom apareceu com um bule de café, mas Robert o despachou com um gesto.

— Eu sabia que Jack se envolvera muito — Muire disse —, mas ele parecia ser um homem que não tinha medo de se envolver — pausa — e por isso eu o amava.

A frase machucou. Então a viúva pensou: e por isso ele a amava, pois você lhe ofereceu uma causa.

— Havia outros envolvidos. Gente em Heathrow, Logan, Belfast.

Muire pegou um garfo e começou a marcar trilhas na toalha com ele.

— Na noite anterior à viagem de Jack, uma mulher lhe telefonou e disse que ele precisaria levar algo de Heathrow para Boston. O mesmo esquema. Não era uma coisa absolutamente sem precedentes. Já ocorrera uma ou duas vezes antes. Mas eu não gostei. Era mais arriscado. A vigilância é maior na partida de Heathrow do que na chegada. Maior ainda do que em Logan. Mas, na essência, a missão não era muito diferente.

Muire pousou o garfo na mesa, olhou o relógio e começou a falar mais rapidamente.

— Quando soube da explosão, tentei entrar em contato com meu irmão. Fiquei quase louca. Como puderam fazer aquilo com Jack? Será que todo mundo tinha perdido a cabeça? Além disso, politicamente era uma atitude demente. Explodir um avião americano. Qual o propósito? O mundo inteiro se voltaria certamente contra a nossa causa.

Pôs a mão na testa e suspirou.
— E este, naturalmente, era o objetivo — prosseguiu.
Fez-se um profundo silêncio.
Kathryn tinha a sensação angustiante de que estava recebendo uma série de mensagens em código e que precisava decifrá-las desesperadamente.
— Porque não foram eles — disse Robert devagar, como se houvesse compreendido tudo. — Não foi o IRA que plantou a bomba.
— Não, claro que não — afirmou Muire.
— Ela foi plantada para desacreditar o IRA — retrucou Hart, balançando a cabeça.
— Quando não consegui entrar em contato com meu irmão, pensei que o houvessem assassinado. E então não consegui contatar mais ninguém.
Kathryn se perguntou onde estariam os filhos de Muire naquele exato momento. Com A?
— Finalmente, meu irmão telefonou ontem à noite. Estava escondido. Tinha pensado que meu telefone houvesse sido grampeado.
A viúva estava vagamente consciente de que, à sua volta, outros hóspedes comiam torradas, tomavam café e talvez tocassem seus negócios.
— Jack não sabia o que levava — Robert disse mais para si mesmo, colocando tudo em ordem pela primeira vez.
Muire anuiu com a cabeça.
— Jack jamais carregava material explosivo. Havia sido muito claro a esse respeito. Era um acordo.
Na sua mente, Kathryn viu o tumulto no avião.
— É por isso que não se ouve a voz de Jack na gravação — Hart acrescentou de repente. — Ele ficou tão chocado quanto o engenheiro.

E então Kathryn pensou: Jack também fora traído.

— Está tudo desmoronando — disse Muire e se levantou. — Você deveria ir para casa o mais rapidamente possível.

Ela pôs a mão na mesa e se inclinou na direção da viúva, que, por um instante, sentiu o rápido cheiro de mau hálito e de roupa mal lavada.

— Vim aqui porque sua filha e meus filhos têm laços de sangue.

Será que Muire Boland queria promover um entendimento entre elas; um entendimento elementar entre duas mulheres?, Kathryn se perguntou. Quase simultaneamente se deu conta de que, claro, as duas estavam ligadas por mais que ela não quisesse. Estavam ligadas pelas crianças, certamente. Meio-irmãs, meio-irmãos, mas também por Jack. Através de Jack.

Muire se recompôs, pronta para ir embora. Em pânico, Kathryn se conscientizou de que talvez nunca mais visse aquela mulher.

— Conte-me sobre a mãe de Jack. — Uma concessão.

— Então ele não lhe falou? — perguntou Muire.

Kathryn balançou a cabeça.

— Eu pensei isso — disse a outra, pensativa. — Ontem, quando você...

Muire fez uma pausa.

— A mãe fugiu com outro homem quando ele tinha nove anos.

— Jack sempre afirmou que ela estava morta.

— Tinha vergonha por ter sido abandonado por ela. Mas, estranhamente, não culpava a mãe. Culpava o pai. Culpava-o pela sua brutalidade. Na verdade, apenas recentemente Jack reconheceu que tinha uma mãe viva.

Kathryn olhou para o lado, constrangida com o fato de ter sido obrigada a perguntar.

— Preciso ir embora agora. Só o fato de eu estar aqui é um risco que vocês estão correndo.

Talvez tenha sido o sotaque irlandês, Kathryn pensou. Talvez o sotaque tenha agido como um gatilho. Ou era a simples busca de uma razão para o inexplicável: por que um homem se apaixona?

Robert olhou rapidamente de Muire para Kathryn e novamente para Muire. Tinha na face uma expressão que Kathryn nunca vira antes: angústia.

— O que foi? — Kathryn perguntou-lhe.

Ele abriu a boca, porém fechou-a novamente, como se fosse dizer uma coisa, mas tivesse achado melhor silenciar. Pegou uma faca e começou a brincar com ela como fazia com a caneta.

— O quê? — repetiu.

— Adeus — Muire disse. — Sinto muito.

Kathryn sentiu tontura. Há quanto tempo Muire Boland atravessara a porta do salão de jantar? Há três, quatro minutos?

Robert olhou para a viúva de Jack e então pousou cuidadosamente a faca ao lado do seu prato.

— Espere — disse a Muire, enquanto ela virava as costas para ir embora.

Kathryn viu a outra parar, virar-se vagarosamente e estudar o rosto de Robert enquanto inclinava a cabeça, intrigada.

— Quem eram os outros pilotos? — perguntou Robert rapidamente. — Eu preciso dos nomes.

O corpo de Kathryn se enrijeceu. Ela olhou para Hart e então para Muire. Sentiu que estava tremendo.

— Você sabe sobre isso? — perguntou ao homem, quase um sussurro.

Ele olhou para a toalha da mesa. Kathryn notou a cor tomando o rosto do homem.

— Você sempre soube de tudo? — indagou. — Você veio à minha casa já sabendo que Jack poderia estar envolvido?

— Sabíamos apenas que havia uma rede de contrabando — Robert disse. — Não sabíamos quem fazia parte, embora suspeitássemos de Jack.

— Você sabia aonde isso podia conduzir? Sabia o que eu poderia vir a descobrir?

Hart alçou a cabeça e seus olhos se encontraram com os de Kathryn. Naquele instante, ela viu tudo na face dele: Amor. Responsabilidade. Perda.

Principalmente perda.

Ela se levantou e seu guardanapo caiu no chão. Seus movimentos nervosos assustaram os hóspedes das mesas próximas que olharam para ela alarmados.

— Eu confiei em você.

Kathryn saiu do salão de jantar e passou pela porta de entrada. Entrou num táxi estacionado em frente ao hotel. Deixara seu sobretudo e sua mala no quarto. Pouco se importava.

Trocaria sua passagem no aeroporto.

Durante o trajeto, olhou para as mãos em seu colo, tão apertadas que os nós dos dedos adquiriram um tom branco translúcido. Não conseguia ver nem ouvir nada. Podia, entretanto, sentir a ira percorrendo suas veias, o coração batendo forte. Jamais sentira tanto rancor. Só queria ir para casa.

Em Heathrow, passou pelo portão automático e entrou no meio de uma aglomeração internacional, todos se movendo em todas as direções como se estivessem consensualmente perdidos. Descobriu o balcão da British Airways e entrou na fila. Trocaria de passagem e de companhia, pouco se importando com os custos.

Sentiu-se exposta enquanto esteve na fila, como se não tivesse mais nenhuma privacidade. Robert talvez tivesse adivinhado suas intenções e viesse atrás dela. Esperaria pelo seu vôo no banheiro, se fosse preciso, havia decidido.

A fila andava muito vagarosamente e sua ira começou a abranger a ineficiência dos funcionários do balcão da companhia.

Perguntou-se se voaria sobre Malin Head no caso de fazer a mesma rota de Jack.

Então, sentiu uma espécie de puxão gravitacional. Tão forte que a deixou surpresa. Levou a mão ao peito.

A força da gravidade parecia aumentar à medida que se aproximava do começo da fila.

Na hora de ser atendida, pôs a passagem no balcão. O funcionário olhou para ela esperando que falasse.

— Qual o aeroporto mais perto de Malin Head? — perguntou.

Seus braços estão cheios de roupa para lavar – toalhas molhadas, lençóis amarrotados, pares de meias que insistem em cair. Inclina-se para apanhar um pano de chão enquanto pensa que, se tivesse levado o cesto para cima antes, isso não estaria acontecendo. Abraça ainda mais fortemente a trouxa úmida e se dirige à escada. Ao passar pelo seu quarto, dá uma olhada para dentro.

Trata-se de uma visão momentânea. Tão breve que mal se registra. Uma imagem subliminar como milhares de outras que entram no cérebro, mas não despertam a atenção da consciência. Como ver uma mulher vestindo uma jaqueta de pêlo de camelo escolher laranjas no supermercado, ou como ver, mas sem notar, um grande colar em volta do pescoço de um estudante.

Jack está inclinado sobre seu carrinho de bagagem, arrumando a mala. Sua mão se move rapidamente e esconde um artigo debaixo das roupas. Ela acha que é uma camisa. Azul com listras amarelas. Uma camisa que jamais vira antes. Talvez a tenha comprado em uma necessidade num quiosque do aeroporto.

Kathryn sorri, demonstrando que não pretendia assustar o marido. Ele se levanta e deixa a tampa da maleta cair e se fechar.

— Você quer uma mãozinha? — ela pergunta.

Fica parada por um momento observando o sol da tarde cair sobre o assoalho do quarto, fazendo brilhar o encerado cor de abóbora.

— A que horas você vai? — indaga a esposa.

— Daqui a dez minutos.

— E quando volta?

— Terça-feira. Por volta do meio-dia. Talvez fosse bom chamar Alfred Zacharian e pedir a ele que dê uma olhada no vazamento do banheiro. Hoje está pior do que ontem.

Nota que seu cabelo ainda está molhado do banho de chuveiro. Ele emagreceu. Praticamente não se vê mais sinal de barriga. Ela o observa enquanto Jack se dirige ao armário de onde tira seu uniforme, para vesti-lo em seguida. Nunca deixa de se emocionar ao ver o marido em seu uniforme, a autoridade que a roupa imediatamente lhe confere e que se cristaliza à medida que vai abotoando os três botões dourados.

— Vou sentir saudades — ela diz impulsivamente.

Ele se vira e pisa numa área de luz. Seus olhos parecem cansados.

— O que houve?

— O que houve o quê?

— Você parece preocupado.

— É só uma dor de cabeça — diz, sacudindo a cabeça e massageando os olhos.

Kathryn o observa enquanto ele tenta relaxar e as rugas desaparecem da sua testa.

— Você quer um Advil? — pergunta.

— Não. Está tudo bem.

O piloto fecha a maleta e a segura pela alça. Fica parado um instante. Parece que vai lhe dizer alguma coisa, mas muda de idéia. Tira a mala de cima da cama.

— Deixe a roupa para lavar a seco depois da minha volta — ele diz, andando em sua direção. Olha para os olhos da esposa talvez por um segundo a mais do que o normal. Separado pela trouxa de roupa, Jack a beija. O beijo escorrega para o canto direito dos lábios de Kathryn.

— Terça-feira eu cuido disso — ele finaliza.

ELA TENTAVA LER O MAPA ENQUANTO LEMBRAVA DE MANTER O carro à esquerda, uma tarefa que exigia toda a sua concentração. Talvez por isso, ironicamente, tenha levado algum tempo para perceber que estava na estrada de Antrim enquanto dirigia para oeste, afastando-se do aeroporto de Belfast. O vôo decorreu sem maiores problemas e ela conseguiu alugar um carro imediatamente. Sentia uma urgência quase física de chegar a seu destino.

Como o avião aterrissou a oeste de Belfast, praticamente não viu a cidade, os prédios bombardeados com as fachadas marcadas por balas de metralhadora dos quais tanto ouvira falar. De fato, era difícil conciliar a paisagem pastoral à sua frente com o insolúvel conflito que já tirara tantas vidas – mais precisamente as de cento e quatro pessoas durante uma explosão sobre o oceano Atlântico. A harmonia das brancas fachadas sem adornos das casas, bem como as verdes pastagens, só eram perturbadas pelos fios dos postes e pelas linhas telefônicas; ocasionalmente uma antena parabólica. Distantes, as colinas pareciam mudar de cor e até de forma, dependendo de como eram apanhadas pelo sol através das nuvens num dia de bom tempo. A terra parecia antiga, trilhada há séculos e as colinas pareciam gastas e musgosas, como se pisadas por milhares de pés sobre a parte da serra mais próxima da estrada. Kathryn podia ver pontos brancos espalhados, formados por centenas de ovelhas. Podia ver os terrenos arados, verdadeiras colchas de retalhos, as cercas verdes e baixas que limitavam as plantações como linhas desenhadas por mãos infantis.

Não fora por causa deste cenário a maldita luta, pensou, enquanto dirigia. Era alguma outra coisa que jamais entendera. Jack, por amor ou arrogância, estava envolvido naquele complicado conflito da Irlanda do Norte. Isso transformara a ela e a Mattie em participantes, embora periféricos e involuntários.

Sabia alguns fatos sobre o problema. Apenas o que absorvera das manchetes dos jornais e da televisão, como todo mundo, sempre que a situação se tornava suficientemente catastrófica para merecer a atenção da imprensa americana. Lera ou ouvira falar sobre a violência sectária do início dos anos setenta, das greves de fome, do cessar-fogo de 1994 e da subseqüente quebra do cessar-fogo, mas sabia pouco sobre a razão de tudo aquilo. Ouvira falar de tiros dados de propósito nos joelhos, de carros bombardeados, de homens mascarados invadindo casas de civis, mas não conseguia sentir o patriotismo que envolvia essas ações terroristas. Às vezes, chegava a pensar nos participantes do conflito como valentões malorientados que se consideravam idealistas como os fanáticos religiosos homicidas de qualquer época. Outras vezes, a crueldade e a óbvia estupidez dos britânicos pareciam um convite a frustrações e amarguras que podiam levar qualquer grupo de pessoas a praticar ações violentas.

O que a intrigava agora, entretanto, não era a razão do conflito, mas a participação de Jack, uma coisa que ela mal conseguia absorver. Teria acreditado na causa ou teria se deixado envolver pela sua aparente autenticidade? Conseguia entender o apelo da luta, o imediato significado que dava à vida de uma pessoa. O próprio fato de ele ter se apaixonado, o idealismo romântico, o fato de defender o lado oprimido e até mesmo a religião, tudo fazia parte de um todo. Significava se entregar inteiramente a uma pessoa ou a um ideal e, nesse caso, os dois estariam inextrincavelmente ligados. Do mesmo modo que a causa fora parte do caso de amor, o caso de amor fora parte da causa a ponto de depois, talvez, uma coisa não sobreviver sem a outra. Vista por esse ângulo, a questão não era tanto por que Jack iniciara um caso com Muire e se casara com ela na Igreja católica, mas sobretudo por que não deixara Mattie e Kathryn.

Porque ele amava Mattie demais – ela respondeu para si mesma.

Começou a questionar se Muire e o marido haviam sido mesmo legalmente casados. Um casamento na Igreja conferiria imediata condição legal à cerimônia? Não sabia como isso funcionava ou como a outra e Jack a fizeram funcionar. E não saberia nunca. Havia coisas demais que ela nunca viria a saber.

Na fronteira, mal saiu de Londonderry, mostrou seu passaporte, saiu da Inglaterra, entrou na República da Irlanda e em Donegal simultaneamente. À medida que se dirigia para o Norte, a paisagem se tornava cada vez mais rural. Começou a ver mais ovelhas do que pessoas e a verificar que as casas se tornavam cada vez mais raras. Seguiu os sinais que indicavam Malin Head, Cionn Mhalanna em irlandês. Havia um forte aroma de turfas no ar. A paisagem agora era mais acidentada, mais selvagem; vistas de penhascos e rochas pontudas; dunas altas cobertas pelo verde; pela urze. A estrada ficara tão estreita que ela se viu dirigindo em alta velocidade no que era quase uma mão única. Defrontou-se com uma curva fechada e quase jogou o carro dentro de um fosso.

É claro, poderia ter sido a mãe, pensou. Um desejo de reconquistar a mãe; de ter a mãe que o abandonara. Certamente, essa fora uma das razões pelas quais se apaixonara por Muire Boland e a própria Muire parecia não ter dúvidas sobre isso. Mas, além dessa especulação, pensou, o terreno se tornava obscuro. Quem podia precisar as motivações de um homem? Mesmo que Jack estivesse vivo com ela no carro naquele momento, poderia ele explicar claramente o porquê? Alguém poderia? Mais uma vez, ela não teria jamais uma resposta. Podia apenas imaginar a verdade. O que ela mesma decidisse que seria a verdade.

À medida que dirigia, novas lembranças começaram a invadi-la, a provocá-la e sabia que talvez levasse meses ou anos até que decidissem desaparecer. A idéia de que Jack pudera tirar dinheiro dela e de Mattie para dá-lo a outra família era insuportável. Sentia sua pressão arterial subir dentro do automóvel. Ou a briga, lembrou-se subitamente, aquela horrível briga pela qual ela chegara a se culpar! O desplante dele em deixá-la pensar que era a culpada pelas brigas, quando o tempo todo ele estava tendo um caso com outra mulher! Seria por isso que Jack ficava tanto tempo em frente ao computador? Seria para escrever cartas para a amante? Seria por isso que decidira pôr um fim na discussão, perguntando-lhe se queria que ele fosse embora? Estaria pensando já há algum tempo em se separar dela?

Ou os versos do poema, pensou. Teria Jack abandonado a vigilância e permitido que pedaços de sua relação com Muire invadissem seu casamento com Kathryn? Teria sido a sua vida invadida de maneira que jamais percebera? Quantos livros ela teria lido ou quantos filmes teria visto porque Muire os sugerira a Jack? Quanto da vida da mulher irlandesa teria deslizado para dentro da dela?

Mais uma vez, jamais saberia.

Continuou seguindo as indicações que lhe deram e prosseguiu em direção ao ponto mais noroeste da Irlanda. Por incrível que parecesse, a estrada se tornou ainda mais estreita, com espaço apenas para o seu carro. Enquanto dirigia, perguntou-se por que jamais o imaginara tendo um caso. Como uma mulher podia ter vivido tanto tempo com um homem sem jamais suspeitar de nada? Parecia, no mínimo, um monumental caso de ingenuidade, de olvido. Mas, mal havia formulado a pergunta, já sabia da resposta. Um adúltero dedicado jamais causa suspeitas, deu-se conta, pois o que menos quer na vida é ser descoberto.

Kathryn nem mesmo pensara em suspeitar de Jack. Nunca percebera sinal de outra mulher, jamais encontrara manchas de batom nos ombros das camisas do marido. Mesmo sexualmente, jamais teria imaginado. Simplesmente pensara que a diminuição do desejo sexual era algo normal num casal unido há mais de uma década.

Abaixou a janela do carro para poder haurir o ar – uma curiosa e inebriante mistura de sal marinho e clorofila. A paisagem à sua volta, deu-se conta de repente, era extraordinária. A textura da vista – os ricos matizes de verde, sua densidade – dava-lhe uma sensação de solidez que não sentira em Londres. A confluência do oceano com a costa rochosa, embora mais bravia do que seu litoral na Nova Inglaterra, despertava emoção. Respirava normalmente, pulmões absorvendo o ar com naturalidade, pela primeira vez, desde que Muire Boland aparecera na porta do restaurante do hotel.

Entrou no vilarejo e teria passado por ele se um cenário que já vira antes não a tivesse alertado: só faltava o velho pescador. Tirou o pé do acelerador e parou. Estacionou em uma esplanada orlada de lojas e moradias. Viu onde o câmera devia ter estado, onde a repórter de cabelos escuros e guarda-chuva conduzira a entrevista em frente ao hotel. O prédio era limpo, branco e bem cuidado. Viu o cartaz em cima da porta: Malin Hotel.

Pensou que poderia passar a noite ali. Seu vôo de volta a Londres só sairia no dia seguinte de manhã. Talvez também devesse comer alguma coisa.

Seus olhos levaram algum tempo até se ajustarem à escuridão; até verem as antigas paredes de mogno do bar tradicional. Notou as cortinas escarlates, as banquetas com assento de vinil, a fria sobriedade do ambiente, aliviada só um pouco pelo fogo que ardia na lareira ao fundo. Ao longo das paredes, havia pequenos bancos e mesas e talvez meia-dúzia de pessoas jogando cartas, lendo ou tomando cerveja.

Kathryn sentou-se em frente ao balcão do bar e pediu uma xícara de chá. Quase ao mesmo tempo, uma mulher loura, de penteado elaborado, sentou-se na banqueta ao lado. Kathryn virou a cabeça e examinou o que estava escrito acima da caixa registradora. Tarde demais se deu conta de que as pessoas no bar eram repórteres.

O rosto da mulher refletia-se no espelho atrás das garrafas. Estava impecavelmente maquiada e parecia nitidamente norte-americana. Seus olhares se encontraram.

— Posso lhe oferecer um drinque? — perguntou a mulher, a voz calma. Kathryn entendeu que a repórter falara baixo porque não queria que ninguém mais soubesse da sua presença.

— Não, obrigada.

A mulher disse o seu nome e as iniciais da rede de televisão para a qual trabalhava.

— Nós da imprensa ficamos no bar — explicou. — Os parentes das vítimas ficam no salão de estar. Ocasionalmente, um marido ou um pai aparece por aqui para beber alguma coisa. Em termos de conversa, acho que já exaurimos uns aos outros. Estamos todos entediados. Desculpe, se isso soa rude.

— Imagino que até mesmo a explosão de um avião pode virar algo tedioso.

O *barman* colocou a xícara de chá em frente a Kathryn e a repórter pediu meio caneco de chope da Smithwick.

— Eu a reconheci das fotografias. Sinto muito por tudo o que você teve de passar.

— Obrigada.

— A maioria das grandes redes de televisão e agências de notícias vão manter alguém aqui até a operação de resgate acabar ou ser abandonada — disse a mulher.

Kathryn deixou seu chá ficar forte. Adoçou-o muito e o mexeu com a colher para esfriá-lo.

— Você se incomodaria se eu lhe perguntasse por que está aqui? — indagou a jornalista.

Cautelosamente, Kathryn tomou o primeiro gole de chá.

— Não me incomodo, mas não posso lhe responder. Eu mesma não sei por que estou aqui.

Pensou sobre sua ira, sobre o puxão gravitacional, sobre o que descobrira naquela manhã. Sobre como seria fácil contar tudo àquela mulher loura. Pensou sobre como a repórter ficaria excitada por obter o que seria, sem dúvida, a parte mais sensacional de toda a investigação; até mesmo mais sensacional do que o vazamento da gravação da cabine de comando. E, uma vez a reportagem publicada, as autoridades não iriam atrás de Muire Boland? Não a prenderiam e a mandariam para a cadeia?

Mas então pensou no bebê, que se parecia com Mattie, e em Dierdre, que tinha uma boneca Molly.

— Não foi suicídio. Isso é tudo o que eu posso dizer.

Robert sabia de tudo o tempo todo, pensou Kathryn. Alguém lhe informara antes mesmo de ele aparecer na sua casa. O sindicato suspeitava de Jack e lhe pedira para ficar de olho nela. Hart ficara vigiando, à espera de que ela desse algum sinal de que sabia das atividades do marido. Pensara que, depois do sinal, ela lhe daria o nome dos outros pilotos. Robert a usara.

Perdeu o interesse no chá. Sentia novamente dentro de si a urgência de ir até o local. Desceu da banqueta.

— Escute, será que não poderíamos conversar, pelo menos? — perguntou a repórter.

— Acho que não.

— Você vai até o local?

Kathryn permaneceu em silêncio.

— Você não vai conseguir ir até lá. Tome.

A loura tirou um cartão da sua carteira, escreveu um nome no verso e passou-o para ela. — Quando você chegar lá, pergunte por Danny Moore. Ele vai levá-lo até o local. Se você mudar de idéia, me dê um telefonema. Estou hospedada aqui. Gostaria de convidá-la para jantar.

Kathryn pegou o cartão e olhou para ele.

— Espero que você consiga ir logo para casa — disse à repórter.

* * *

No caminho em direção à saída do hotel, a viúva passou pelo salão e viu uma mulher numa poltrona, com um jornal fechado no colo. E a mulher não estava olhando para o que estava impresso. Kathryn teve a impressão de que ela não via nada à sua frente, tão vago era seu olhar. Ao lado da lareira, no outro extremo do salão, um homem estava parado com as mãos no bolso, um olhar semelhante no rosto.

Passou de novo pelo salão e entrou no seu carro. Olhou novamente o cartão.

Já sabia o que iria fazer. Não podia controlar as ações imediatas ou eventuais de Robert Hart. Mas podia controlar o que ela própria faria. Na verdade, há muitos anos não se sentia tão calma e senhora de si.

Se revelasse as razões da explosão, Mattie ficaria sabendo da existência da outra família. E isso ela jamais superaria. Kathryn tinha absoluta certeza. Rasgou o cartão em pedacinhos e deixou-os cair no chão.

Sabendo que seu destino não estava longe, mais uma vez seguiu as placas para Malin Head. Passou por chalés destruídos, nada mais que amontoados de pedras; os telhados de sapê caídos e apodrecidos há muito tempo. Viu a grama cor de veludo verde ao longo de um despenhadeiro. Um verde-esmeralda, mesmo no auge do inverno. Viu varais cheios de roupas que o sol secara e enrijecera; a arte abstrata que formavam. Bom tempo para secar roupa, pensou.

Ao dobrar uma curva, foi surpreendida pela linha do horizonte do Atlântico Norte. Bem no meio havia uma forma cinza cor de chumbo; um navio. Um helicóptero dava voltas por cima dele. Barcos de pesca brilhantemente coloridos flutuavam perto do navio como pequenas focas ao redor da mãe. O barco de resgate, pensou.

Este era o local onde o avião mergulhara. Estacionou o carro e começou a caminhar o mais rápido possível até o despenhadeiro. Abaixo dela, quase mil metros verticais de rochedo e argila descendo até o mar. De tal altura, a água parecia parada, a borda em forma de concha de uma praia distante. Estrelas de espuma pipocavam sempre que a água batia contra os rochedos. Um barco de pesca vermelho se dirigia e à praia. Até onde a visão de Kathryn alcançava, a água tinha apenas uma cor: azul-metálico.

Duvidava de já haver visto um pedaço mais dramático de costa marítima – cru, selvagem, mortal. Punha um desastre em perspectiva, pensou. Mais do que qualquer outra paisagem, esta, certamente, vira muitas tragédias.

Ela seguiu o barco de pesca vermelho com os olhos até ele desaparecer atrás da península que era a própria Malin Head.

Dando partida novamente no carro, seguiu pela estrada estreita, ficando de olho barco vermelho sempre que aparecia. O barco finalmente atracou no ancoradouro formado por um longo píer de concreto. Parou o carro e saiu.

As embarcações que se dirigiam para o píer eram brilhantes e exibiam cores primárias – laranja, azul, verde e amarelo. Na opinião de Kathryn, pareciam mais portuguesas do que irlandesas. O barco vermelho que ela estivera observando contornou o píer e então o pescador jogou sua corda de atracação. Kathryn caminhou até lá. Numa extremidade, havia homens uniformizados e, além deles, outros grupos de homens em trajes civis. Enquanto ela caminhava, o homem a bordo do barco vermelho descarregou uma peça de metal prateado do tamanho de uma cadeira, o que logo chamou a atenção dos civis que cercaram o pescador. Um dos homens acenou para o motorista de um caminhão que seguiu em marcha a ré para o píer. O pedaço de metal, provavelmente, parte do avião de Jack, foi posto na carroceria do caminhão.

Na entrada, Kathryn foi parada por um guarda:

— A senhora não pode passar deste ponto.

Talvez fosse um soldado, um policial. Tinha nas mãos uma metralhadora.

— Sou parente — disse, sem tirar os olhos da arma.

— Meus sinceros pêsames, madame, mas há um esquema de viagens específico para os parentes das vítimas. A senhora pode se informar no hotel.

Como observar baleias ou sair em cruzeiro, Kathryn pensou.

— Só preciso falar com Danny Moore por um segundo — disse.

— Ah, bem! — ele exclamou. — É aquele ali — afirmou o guarda, apontando para um barco azul.

Kathryn murmurou um agradecimento e passou rapidamente pelo guarda.

Evitando contato visual com os homens em trajes civis que já haviam começado a notá-la, chamou o pescador do barco azul em voz alta. Viu que ele se preparava para deixar o píer outra vez.

— Espere! — ela gritou.

Era um homem jovem, de cabelos escuros cortados rentes. Usava uma argola no lóbulo da orelha esquerda. Estava enfiado num suéter que, talvez algum dia, tenha sido de cor marfim.

— Você é Danny Moore?

Ele concordou com a cabeça.

— Poderia me levar até o local?

O homem pareceu hesitar, preparando-se, talvez, para também a informar do esquema de viagem para parentes das vítimas.

— Eu sou a esposa do piloto. Preciso ver o lugar onde meu marido afundou e não tenho muito tempo.

O pescador estendeu-lhe a mão e puxou-a para dentro do barco.

Indicou-lhe um banco perto do leme. Kathryn observou um dos civis correndo em direção ao barco. O homem recolheu a corda de atracação e deu a partida.

Disse-lhe alguma coisa que ela não entendeu. Então se inclinou em direção a ele, mas o barulho do motor e o vento tornavam difícil a conversa.

Ela notou que o barco estava muito limpo; não havia sinais de peixe. Por que pescar se havia essa outra tarefa pela qual provavelmente se pagava mais?

— Vou pagar pelo seu serviço — disse Kathryn, lembrando-se.

— Ah, não — respondeu o homem, olhando para longe, meio sem graça. — Não aceito dinheiro de familiares.

Assim que o barco dobrou o píer, o vento mostrou sua fúria. O pescador sorriu de leve, quando seus olhos se encontraram com os dela.

— Você é daqui? — perguntou Kathryn.

— Sou — ele disse e pronunciou novamente uma palavra que a viúva não conseguiu entender. Devia ser o nome do lugarejo em que o homem vivia, pensou.

— Você está fazendo este trabalho desde o começo? — ela gritou.

— Desde o começo — disse e desviou o olhar. — Agora não é tão mau, mas no princípio...

Kathryn não queria pensar em como fora no princípio.

— Belo barco — ela disse, para mudar de assunto.

— O melhor.

Seu sotaque era um incômodo lembrete do de Muire Boland.
— É seu?
— Não. É do meu irmão, mas nós pescamos juntos.
— O que é que vocês pescam?
O motor cortou a água com um ruído estridente e contínuo.
— Caranguejos e lagostas.
De pé, ela virou-se de frente para a proa. Ao seu lado, no leme, o pescador deu um passo para trás, a fim de manter o equilíbrio no barco. A viúva deu uns passos desajeitados em seus sapatos de salto alto que há muito haviam perdido a forma.
— Vocês pescam com este tempo terrível? — indagou, apertando o casaco do seu conjunto contra o corpo.
— Pescamos com qualquer tempo.
— Vocês saem para pescar todos os dias?
— Não. Saímos domingo à noite e voltamos sexta de tarde.
— Vida dura!
Ele deu de ombros.
— Hoje o tempo está bom. Há sempre cerração aqui em Malin Head.
À medida que se aproximavam do navio, Kathryn notou outros pescadores engajados na operação de resgate — todos em barcos alegres, coloridos, festivos demais para a triste tarefa. No deque do navio, havia mergulhadores com roupas de borracha. O helicóptero continuava a dar voltas sobre a grande embarcação. Os destroços, é claro, deviam estar espalhados por uma grande área.
Atrás da cabeça do pescador, a viúva notou a linha do litoral, os rochedos que se exibiam com sua carga de xisto e argila geológica. A paisagem era gótica na forma e devia ter essa bruma até mesmo com bom tempo, era fácil imaginar o

cenário assustador numa noite de nevoeiro. Tão diferente de Fortune's Rocks, onde, em comparação, a natureza parecia haver se rendido. Ainda assim, repórteres haviam ficado de frente uns para os outros, nos dois lados do Atlântico.

— Foi aqui que trouxeram à tona a cabine de comando — disse o pescador.

— Aqui? — ela exclamou e começou a tremer devido à proximidade da morte.

Kathryn saiu da cabine e caminhou até a popa. Olhou para superfície da água sempre se movimentando, mesmo que aparentemente parada. Pensou em como as pessoas deixam de ser o que foram no dia anterior ou no anterior a ele.

A água parecia opaca. Sobre ela, circulavam as gaivotas. Também não quis pensar na razão da presença daquelas aves.

O que fora real?, perguntou-se, enquanto estudava a água, tentando encontrar um ponto fixo, o que se tornara impossível. Fora ela a mulher do piloto? Ou fora Muire Boland? Muire Boland que casara na Igreja católica, que sabia da mãe de Jack, da infância de Jack. Muire que sabia de Kathryn, enquanto Kathryn nunca soubera da sua existência.

Ou fora Kathryn a esposa verdadeira? A primeira mulher, aquela que ele protegera da verdade e não quisera abandonar?

Quanto mais Kathryn aprendia sobre Jack — e ela não tinha dúvida de que aprenderia mais, encontrando entre os pertences do marido, assim que eles lhe fossem devolvidos, outras referências a M —, mais ela teria de repensar o passado. Seria como ter de contar uma história inúmeras vezes; uma história cada vez um pouco diferente porque um detalhe fora acrescentado, um fato fora mudado. E, se fossem alterados detalhes suficientes ou se os fatos fossem importantes o bastante então, talvez, a história se encaminhasse para uma direção totalmente diversa daquela entrevista no princípio.

Uma onda fez o barco guinar subitamente e ela se agarrou na balaustrada. Jack, pensou, fora apenas o marido de outra mulher.

Olhou brevemente para o helicóptero que circulava sobre eles. Certa vez, vira um enorme passando a alguns metros da água em Fortune's Rocks. O dia prometera ser ensolarado, mas um nevoeiro matinal começava apenas a se dissipar. A massa do avião parecia muito pesada para se manter no ar. Kathryn teve medo pelo avião, assombrada com o fato de o vôo ser possível.

Jack teve conhecimento do seu destino. Nos derradeiros segundos, deve ter tido consciência do que aconteceria.

No final, gritara o nome de Mattie, ela decidira. Queria acreditar nisso e seria verdade.

Novamente, estudou a água. Há quanto tempo o pescador navegava em círculos? Ela perdera a capacidade de perceber a passagem do tempo à medida que ele se desenrolava. Quando, por exemplo, começara o futuro? Ou acabara o passado?

Tentou achar um ponto fixo na água, mas não conseguiu.

Mudanças súbitas teriam força para invalidar tudo o que ocorrera antes?

Logo, ela deixaria esse lugar, pegaria o avião e depois iria até a casa de Julia. Diria à filha: "Vamos para casa, agora." A vida de Kathryn era ao lado de Mattie. Não podia haver outra realidade.

Tirou a aliança do dedo e jogou-a no oceano.

Sabia que os mergulhadores não encontrariam Jack; que ele não existia mais.

— A senhora está bem?

O jovem pescador virou-se para ela, a mão direita no leme. Tinha a testa franzida e parecia preocupado.

A viúva lançou-lhe um sorriso rápido e disse com a cabeça que tudo estava bem.

Não carregar mais a carga do amor era livrar-se de uma carga pesada.

ELE PÕE O ANEL NO DEDO DA NOIVA E POR UM MOMENTO NÃO afasta a mão. O juiz de paz entoa as frases da cerimônia simples. Kathryn olha para os dedos de Jack sobre a baixela de prata; para o brilho da própria prata. Ele comprara um terno para a ocasião, um terno cinzento que, embora o torne mais bonito, também o deixa mais estranho para ela. Como acontece com todos os homens que não costumam usar ternos. Ela usa um vestido de *rayon* estampado de flores que tem dobras na cintura e esconde sua gravidez. Tem mangas curtas, ombreiras mínimas e vai até pouco abaixo dos joelhos. Ainda consegue sentir o cheiro de loja no tecido. Também usa um chapéu – cor de pêssego como o vestido, uma rosa azul na bainha que combina com as flores do estampado. No corredor, outro casal sussurra frases impacientes enquanto espera. Kathryn levanta a cabeça para receber um beijo estranho, longo e formal. O chapéu de abas largas escorrega um pouco na sua cabeça.

— Vou te amar para sempre – promete Jack.

* * *

A ida de automóvel até o rancho nas montanhas. A temperatura cai muito à medida que sobem. Ela colocara sobre os ombros o blusão de couro do marido; sobre o vestido cor de pêssego. Sente o sorriso do casamento ainda em seu rosto, um sorriso que não desaparecera e fora captado em uma fotografia. Sua cabeça se inclina um pouco quando o carro faz uma curva. Pergunta-se sobre o significado de uma noite de núpcias, uma vez que os dois já vivem juntos. Estariam diferentes na cama? Pergunta-se sobre o significado de um casamento ministrado por um homem que não conheciam, que provavelmente nunca mais verão e que se esquecerá deles. O ar seco do oeste torna seu cabelo mais fino, o que não ocorre na umidade de Ely.

Continuam subindo a montanha. O céu da noite desenha linhas brancas no cerrado e nas rochas; cria sombras nas pedras arredondadas. Vêem uma luz a distância.

Alguém acendeu o fogo na lareira. Kathryn pergunta a si mesma se a armação entre as toras de madeira é verdadeira ou imitação. O banheiro tem um chuveiro de metal e uma pia cor de rosa. Jack parece perturbado pela modéstia da mobília, como se tivesse planejado outra coisa.

— Estou adorando tudo — a esposa diz para tranqüilizá-lo.

Senta-se. O colchão da cama afunda com seu peso e faz um som metálico. Ela arregala os olhos e ele ri.

— Estou feliz por ser uma cabana — o marido comenta.

Despem-se em frente à lareira. Ela o observa enquanto ele afrouxa a gravata e desabotoa a camisa. Nota o modo como Jack aperta a fivela do cinto para soltar o gancho. Ele tira a calça. Meias de homem, ela pensa. Se soubessem como ficam com elas, não as usariam.

Nu, Jack sente frio e mergulha na cama. Seus corpos deslizam, um contra o outro, como seda. Ele puxa o cobertor, o único luxo do cômodo, sobre os ombros de ambos.

A cama geme ao menor movimento. Eles deitam lado a lado, os rostos afastados de poucos centímetros. Tocam-se como nunca fizeram antes; devagar, com economia de movimentos, como se executassem uma antiga dança, ritualística e atenta. Quando Jack a penetra, move-se dentro dela com refinado cuidado e paciência. Kathryn suspira uma vez, brevemente.

— Nós três — ele diz.

três

Os braços de Mattie tremiam, sacudindo a vara de pesca.

— Ei, você viu? — ela gritou.

— Parece enorme — respondeu Kathryn.

— Acho que eu o fisguei pra valer!

— Puxe a linha para longe das rochas para não cortá-la.

A mãe podia ver as listras negras e prateadas sacudindo-se logo abaixo da superfície da água. Observava a filha lutar com o peixe há quarenta minutos, usando a vara de pesca do pai, dando linha e depois puxando, dando linha, novamente resmungando, e puxando outra vez, sempre mais para perto, prendendo a vara debaixo do braço, para melhor alavancá-la. Kathryn tentou pegar o peixe com a rede e falhou. Finalmente, conseguiu. Levantou a rede um pouco para a menina ver sua própria presa.

Jack tinha de estar aqui, pensou automaticamente. Mattie largou a vara, pegou o peixe e jogou-o na areia. Derrotado, o peixe se debatia. A garota apanhou a fita métrica e Kathryn se abaixou para ver melhor.

— Quase meio metro — disse Mattie, orgulhosa.

— É verdade — respondeu a mãe, acariciando a cabeça da menina. Seu cabelo havia adquirido um agradável tom de cobre durante o verão. Ela o usava ao natural, sem alisá-lo. Estava praticamente nua, não fora pelas duas tiras azuis do biquíni.

— Você vai comê-lo ou deixá-lo ir embora? — Kathryn perguntou.

— O que você acha que eu devia fazer?

— Se não fosse seu primeiro peixe, eu lhe diria para soltá-lo. Seu pai nunca lhe ensinou como limpar um peixe?

Mattie ficou de pé, içando o peixe com as forças que lhe restavam.

— Vou pegar a câmera.

— Eu te amo, mamãe.

Kathryn caminhou pela grama, enquanto ouvia as cordas do mastro da bandeira que se erguia no pátio. Batiam fora do ritmo, criando notas surdas. Era um belo dia, como tinham sido quase todos naquele verão; um conjunto de belos dias, com muitas cores. Na manhã daquele mesmo dia, ela admirara um quase miraculoso nascer de sol, as nuvens baixas do início da manhã dando lugar a um cor-de-rosa intenso ao longo de todo o horizonte. Os redemoinhos do vapor que subiam pelos ares pareciam fumaça cor de alfazema. E, quando o Sol, finalmente, apareceu, uma explosão sobre a superfície do mar, este mudou de tom e, por alguns gloriosos minutos, toda a água virou uma superfície turquesa lisa, aqui e ali enrugada, refletindo o matiz rosado do horizonte. Era a beleza paradoxal de uma bomba nuclear ou de um navio pegando fogo. Uma conflagração conjunta de céu, mar e terra.

Sua única queixa era ter que acordar cedo; acordar cedo como uma solteirona ou uma viúva que, aliás, era o seu caso. Acordar cedo sugeria uma falta de excitação noturna que demandava mais horas de sono. Nessas manhãs fantasmagóricas, Kathryn lia, feliz com o fato de poder novamente ler um livro inteiro. Podia também ler um jornal de ponta a ponta e lera especialmente aquele que estava sobre a cadeira na varanda, cuja manchete anunciava o cessar-fogo.

A história da bomba plantada no vôo 384 da Vision, com a involuntária porém não isenta culpa do comandante Jack Lyons, fora publicada na véspera do Ano-Novo no *Belfast Telegraph*. Revelava a existência de uma rede de contrabandistas entre membros de tripulações e os nomes dos outros pilotos envolvidos. Mais importante, entretanto, a informação de que a bomba fora plantada por elementos leais à Inglaterra com o propósito de desacreditar o IRA e sabotar o processo de paz. Entre outros, Muire Boland e seu irmão tinham sido presos, após a descoberta de uma ligação entre eles e Jack. Por enquanto, ninguém mencionara a existência de um segundo casamento e uma segunda família, coisa que Kathryn aguardava, apavorada, havia meses. Decidira arriscar e só contar tudo a Mattie se a coisa se tornasse pública. Era uma aposta muito arriscada e ninguém poderia dizer como acabaria. A filha sabia apenas o que o resto do mundo sabia e isso era o bastante.

Kathryn não tinha conhecimento do que acontecera com os filhos de Muire Boland. Às vezes, imaginava-os brincando com A.

Durante a primavera, a viúva lera livros sobre o conflito irlandês, esforçando-se para entendê-lo. Podia dizer que tinha conhecimento de um número bem maior de fatos do que em dezembro último. Para ela, entretanto, essas informações apenas tornavam a saga ainda mais complexa. Durante os últimos meses, também lera as notícias de revoltas populares, execuções paramilitares, explosões de carros. Agora, tinham decretado um novo cessar-fogo. Talvez algum dia houvesse uma resolução, embora Kathryn não tivesse esperanças de que ela sucedesse em breve.

Mas isso não era da sua conta. Não era a sua guerra.

Na maior parte do tempo, era tudo o que podia pensar para enfrentar os dias à sua frente. Exigia muito pouco de si mesma. Passava o dia inteiro de maiô e por cima dele usava uma velha blusa de moletom azul-marinho. Estava tricotando uma miniblusa que parava alguns centímetros acima do umbigo, para Mattie, e pensava em fazer uma para si mesma. Esses eram os limites das suas ambições imediatas. Quase todos os dias, Julia passava pela casa ou elas davam uma parada na loja. Faziam refeições juntas, tentando recriar uma família de três pessoas. A avó ficara abalada com a infidelidade de Jack. Pela primeira vez, a neta vira a avó sem palavras, incapaz de dar um conselho.

Kathryn passou pelo pórtico, depois pela sala e a cozinha. Achou que a câmera estivesse na mesinha do corredor. Então se virou rapidamente.

Ele estava parado em frente à porta dos fundos e aparentemente já havia batido algumas vezes. Via seu rosto através dos painéis de vidro da porta. Apoiou-se com a mão na parede para se refazer da surpresa. Entre ela e a porta, havia uma pungente lembrança; a reprise de uma outra ocasião em que caminhara pelo corredor para abrir a porta para ele; um momento que havia mudado toda sua vida, alterado seu curso para sempre.

Deu os últimos sete, oito passos em direção à porta como se estivesse em transe. Abriu-a.

O homem estava encostado no batente com as mãos nos bolsos. Usava camiseta branca e bermuda cáqui. Viu que ele havia cortado o cabelo e estava bronzeado. Não conseguiu notar muito mais, pois estava contra o sol. Sentia a presença dele, entretanto, pela curiosa mistura de resignação e determinação que parecia emanar do seu corpo. Ele provavelmente julgava que Kathryn bateria a porta na sua cara ou pediria que fosse embora, ou lhe perguntaria o que esperava dela agora. Certamente, era essa a atitude que ele temia.

O ar entre eles parecia pesado.

— Já passou tempo suficiente? — o homem perguntou.

E a mulher começou a conjecturar sobre quanto tempo seria o suficiente.

— Mattie pescou um peixe — ela disse, lembrando-se do que viera fazer na casa. — Tenho de apanhar a câmera.

Achou a máquina fotográfica onde pensou que estaria. Pôs a mão na testa enquanto cruzava a casa. Sua pele estava quente e, pensou, abrasiva, com camadas de areia da praia e sal do mar. Cedo, de manhã, ela e a filha tinham surfado de peito nas ondas e chegaram várias vezes à praia, de joelhos, como marinheiros náufragos.

Atravessou o gramado novamente e, dessa vez, preocupada com o homem que deixara na porta. Por um instante, passou-lhe pela cabeça que sonhara com a presença dele, apenas o imaginara ao sol, de pé, na porta. Tirou uma dúzia de fotos da filha e de seu peixe, querendo prolongar aquele momento para dar a si mesma um pouco de tempo. Somente quando a garota começou a demonstrar sinais de impaciência foi que Kathryn pendurou a câmera no pescoço e a ajudou a carregar peixe e equipamento de pesca até a varanda da casa.

— Você tem certeza de que quer fazer isso? — a mãe perguntou à menina, referindo-se ao fato de levar o peixe. Logo se deu conta de que deveria fazer essa pergunta a si mesma.

— Quero tentar — respondeu Mattie.

A garota tinha melhor visão que a mãe e vislumbrou Robert antes dela. Parou de andar e baixou um pouco o peixe. Seus olhos piscaram alarmados. Lembranças de um pesadelo.

O mensageiro, pensou Kathryn.

— Tudo bem — disse baixinho para a filha. — Ele acabou de chegar.

A mulher e a jovem acabaram de cruzar o gramado uma ao lado da outra. Voltavam de uma pescaria como muitos já haviam feito. O pai, no caso a mãe, carregando o material e o filho, no caso a filha, carregando o troféu, o primeiro de muitos peixes que seriam pescados na vida. Na semana anterior, Kathryn havia encontrado na garagem a vara e o molinete de Jack e metodicamente tentara se lembrar de tudo que o marido lhe ensinara sobre pescaria no verão anterior. Apesar disso, não fora capaz de ajudar muito a filha, uma vez que não era entusiasta de pescarias. Mas Mattie estava determinada. Aprendera a manejar o equipamento grande demais para ela e, de passagem, desenvolvera uma certa técnica.

O vento passou a soprar do leste e imediatamente Kathryn sentiu a leve mudança na temperatura que sempre acompanhava o fenômeno. Em poucos minutos, veriam espuma na crista das ondas. Pensou em Jack, então, como sempre fazia, e entendeu que nunca mais sentiria o vento leste sem se lembrar do dia em que estava parada na varanda e o marido lhe falara da possibilidade de comprar a casa. Este era apenas um dos milhares de gatilhos que disparavam lembranças. E lá vinha outra vez o vento leste.

Já fora surpreendida inúmeras vezes por momentos semelhantes; recordações de Jack Lyons, de Muire Boland, de Robert Hart, de aviões, qualquer referência a Irlanda, Londres, camisas brancas, guarda-chuva. Até mesmo um copo de chope podia servir de gatilho para a memória. Aprendera a viver com isso, como as pessoas aprendem a viver com um tique nervoso, uma gagueira ou uma dor intermitente no joelho e que se espalha pelo corpo todo.

— Olá, Mattie! — disse Robert quando a garota se aproximou da varanda. Falou de uma forma simpática, mas não simpática demais, o que poderia colocá-la em posição de defesa, alerta. Isso a deixaria ainda menos à vontade do que — Kathryn notara — já estava.

E Mattie, que fora bem-educada, também disse "olá", mas em seguida virou o rosto para um lado.

— Beleza de peixe! — comentou Hart.

Tendo o homem e a filha dentro da mesma moldura visual, Kathryn disse:

— Mattie está aprendendo a pescar sozinha.

— Pouco mais ou pouco menos de meio metro?

— Pouco mais — disse Mattie, com uma ponta de orgulho.

A garota apanhou o cesto de pesca das mãos da mãe.

— Vou limpá-lo ali — apontou para um canto da varanda.

— Desde que depois de limpo você não ande por aí com o peixe no anzol — disse Kathryn brincando. Então ficou observando enquanto Mattie pousava o peixe no canto da varanda. A menina estudou as guelras de diversos ângulos e depois tirou uma faca do cesto. Deu um corte experimental. A mãe torceu para que o peixe estivesse morto.

Robert andou até o outro extremo da varanda. Ele gostaria de falar com ela, pensou Kathryn.

— Como isto aqui é bonito — Hart disse, quando ela se aproximou. Voltou-se e se apoiou na balaustrada. Estava se referindo à paisagem. Agora ela via seu rosto claramente. Parecia mais delineado, mais definido do que lembrava. Provavelmente, o bronzeado. — Eu já imaginara isso.

Para ambos, as lembranças dolorosas das coisas imaginadas.

As pernas de Robert também estavam bronzeadas e exibiam pequenos pêlos louros. Kathryn se deu conta de que jamais vira suas pernas nuas. As dela também estavam nuas, coisa que ele demonstrou ter registrado.

— Como a menina está? — perguntou apontando para Mattie. Seu olhar era como o lembrava; intenso e agudo. Observador.

— Melhor — disse Kathryn em voz baixa para que a filha não ouvisse. — Está melhor. Foi uma primavera muito difícil.

Por semanas, ela e a garota viveram sob o impacto da raiva coletiva. "Se Jack não houvesse se envolvido...", diziam alguns. "Foi seu pai que carregou a bomba...", disseram outros. Houve telefonemas anônimos ameaçadores, cartas angustiadas de parentes das vítimas, um pelotão de repórteres no portão. Simples idas de carro ao trabalho haviam sido angustiantes. Kathryn se recusara a deixar sua casa. Tivera de pedir à Prefeitura de Ely que pusesse seguranças na sua propriedade. O Conselho Municipal se reuniu em sessão extraordinária para votar seu pedido, que acabou sendo aprovado, após muito debate. Entrou no orçamento sob a seção Atos de Deus.

A necessidade de segurança foi diminuindo com o correr do tempo, mas nem Mattie nem a mãe jamais recuperariam sua vida normal. Este era um fato da existência das duas que teriam de aceitar. Ela pensou sobre o comentário de Robert a propósito dos filhos de vítimas de acidentes aéreos: "sofrem mudanças com o desastre e se acostumam."

— E como vai você?

— Bem — disse ela.

Hart se voltou, apoiou a mão em uma coluna da balaustrada e lançou um olhar geral sobre o gramado e o jardim.

— Você está cultivando rosas.

— Estou tentando.

— Elas estão com boa aparência.

— Só uma idiota como eu tentaria cultivar rosas à beira do mar.

No arco do jardim, estavam os capuzes-de-fradinho e as roseiras; na parte oblonga, os jacintos e as rosas-chá. Mas ela preferia as rosas inglesas, por causa de seus impudicos miolos carmesins. Eram fáceis de cultivar, apesar do ar marinho. Kathryn gostava de extravagância em flores. Uma ostentação.

— Eu deveria ter-lhe dito logo no primeiro dia — ele murmurou e ela não estava preparada para ouvir tão cedo essa declaração. — Mais tarde, compreendi que, se contasse, a perderia.

Ela permaneceu em silêncio.

— Tomei a decisão errada.

— Você tentou me contar.

— Não tentei com empenho suficiente.

Pronto, ele já dissera o que sentia.

— Às vezes, não consigo acreditar que tudo aconteceu de fato.

— Se tivéssemos descoberto antes, talvez não tivesse acontecido.

Se tivéssemos descoberto Jack e Muire antes, é o que ele está dizendo, pensou Kathryn.

— A bomba era para explodir no meio do oceano, não era? — perguntou a viúva. — Era para explodir onde sobrariam menos indícios.

— É o que nós achamos.

— Por que eles simplesmente não se comunicaram com a polícia e disseram que membros do IRA haviam colocado a bomba? — indagou Kathryn.

— Não podiam. Há códigos entre o IRA e a polícia.

— Então, eles apenas esperaram que a investigação conduzisse a polícia a Muire e Jack.

— Como um longo estopim.

Kathryn deu um profundo e sonoro suspiro.

— Onde ela está?

— No presídio de Maze. Em Belfast. Ironicamente, os terroristas leais à Inglaterra também estão lá.

— Você suspeitava de Jack?

— Sabíamos que era alguém que fazia a sua rota.

Ela se perguntou, e não pela primeira vez, se uma mulher podia perdoar um homem que a traíra. E, se o perdoasse, seria uma ratificação do amor ou absoluta loucura?

— Você já conseguiu superar a pior parte? — ele perguntou.

Kathryn coçou uma picada de mosquito em seu braço. Agora a luz clareava, tornando o crepúsculo mais nítido.

— O pior é que não posso nem chorar por ele. Como chorar por alguém que eu talvez nem tenha conhecido? Que não era a pessoa que eu pensava que fosse? Jack manchou minhas lembranças.

— Chore pelo pai de Mattie — disse Robert e ela entendeu que ele já havia pensado naquilo.

Kathryn viu a filha fazendo um profundo corte no peixe. De ponta a ponta.

— Eu não podia continuar longe de você. Tinha de vir aqui. Entendeu que Robert também havia apostado alto. Como ela fazia agora com sua filha. Não revelando algo que talvez devesse revelar.

E, então, virando-se ligeiramente, ela a viu. Ao observar o jardim de uma extremidade da varanda, coisa que fazia muito raramente, ela a viu. Ou talvez a tenha visto devido à particular configuração das rosas nesse ano.

— Lá está ela — afirmou, surpresa, quase sussurrando.

Mattie não deixou de notar a surpresa na voz da mãe. Levantou a cabeça, interrompendo sua cirurgia, bisturi numa das mãos.

— A capela — disse Kathryn, explicando.

— Quê? — respondeu Mattie, levemente espantada.

— O jardim. O arco, ali. A forma. A coisa de mármore que pensei que fosse uma espécie de banco todos esses anos. Não é um banco.

A garota estudou o jardim e, por um momento, viu, Kathryn sabia, nada mais do que um jardim.

Mas a mulher estava vendo as irmãs da Ordem de Saint Jean le Baptiste de Bienfaisance, ajoelhadas em seus hábitos brancos de verão. Ajoelhadas numa capela de madeira na forma de uma janela arqueada. Uma capela que talvez tenha se incendiado, deixando apenas o altar de mármore.

Ela caminhou em direção ao jardim.

Ver tudo como é ou como foi, pensou.

— Vou buscar alguma coisa para bebermos — disse a Robert, secretamente feliz com a sua descoberta.

Foi até a sala de entrada pensando em ir à cozinha, cortar algumas fatias de limão e encher alguns copos com chá gelado.

Em vez disso, parou para olhar uma das janelas da sala de estar que iam do assoalho até o teto. Através da vidraça, viu Mattie lutando com seu peixe, enquanto Hart a observava, encostado à balaustrada. Poderia ter explicado à filha como posicionar a faca, mas ela estava usando o material de Jack. Sabia também que Robert esperaria.

Pensou em Muire Boland num presídio na Irlanda do Norte. Pensou no marido, cujo corpo jamais fora encontrado. Pensou que talvez fosse mais fácil carregar sua dor se decidisse que ele fizera o que fizera porque fora abandonado pela mãe ou por causa da brutalidade do pai. Ou que sofrera a influência de algum padre quando estudara no Santo Nome. Ou a guerra do Vietnã, a meia-idade, o tédio proporcionado pela companhia aérea. Ou o desejo de dividir o risco, o perigo com uma mulher que amasse. Mas Kathryn sabia que podiam ser todas essas razões ou nenhuma delas. A motivação de Jack, que permaneceria desconhecida para sempre, era feita de pedaços de todas as suas motivações, um desconcertante mosaico.

Encontrou o pedaço de papel onde o deixara pouco antes, debaixo do relógio, em cima do consolo da lareira. Algumas semanas antes, pensara que talvez fizesse o que estava para fazer.

Desdobrou o bilhete de loteria.

Do lado de fora, Mattie acabara de cortar um filé de peixe e o jogara dentro de um saco plástico que Robert mantinha aberto para ela. No outro lado da linha, em Londres, apenas o silêncio, como Kathryn já imaginara.

— Eu só queria saber se as crianças estão bem — ela disse, do outro lado do Atlântico.